U0128857

个性月历

素材

为黑白照片上色

素材

制作全景照片

素材

素材

素材

在照片中添加蓝天白云

素材

改变照片季节

素材

去除痘痘和痣

素材

更换照片背景

素材 1

素材 2

去除照片中的电线

素材

梦幻空间

素材

反转片负冲效果

素材

素材

局部曝光过度

素材

修复曝光不足的照片

素材

钨光灯照明下摄影照片的修补

素材

幻灯片效果

去除痘痘和痣

素材

打造彩妆美女

高级柔肤技术

素材

素材

数码照片处理完全学习手册

个性杂志封面

改变眼睛的颜色

美白牙齿

素材

素材

苗条身材

制作数码照片的电脑桌面

个性广告招贴

素材

制作柔焦效果照片

素材

受环境色影响的照片修饰　　　素材

受环境色影响的照片修饰　　　素材

数码照片处理完全学习手册

倾斜照片的修复

素材

素材

调整偏色照片

素材

调整曝光过度的照片

素材

夜景人像照片的修饰

素材

自然光下的人

去除在身上的阴影　　　　素材

红外摄影效果　　　　素材

用魔术棒快速抠出图像　　　　素材

调整暗淡的照片　　　　素材

用个人照片制作海报效果

杂乱背景人像照片的修饰　　　　素材

通道制作选区　　　　素材

蒙版编辑选区　　　　素材

应用图像和计算结合　　　　素材

05直线光线下人像修饰　　　　素材

色彩范围做选区抠图　　　　素材

完全学习手册

云扬摄影／编著

数码照片处理
完全学习手册

清华大学出版社
北京

内 容 简 介

本书分为12章，对Photoshop数码照片后期处理进行了详细的讲解，内容涵盖Photoshop软件功能、图片的基本调整、图像的锐化与选取技巧应用、各种照片特效的尝试、特殊风格摄影的处理技巧等，为Photoshop及摄影爱好者提供了很多的便利。通过对本书内容的学习，读者即可以掌握Photoshop软件的使用技巧，也可以掌握数码照片后期处理。

本书可作为Photoshop初中级读者，家庭用户和数码爱好者的学习用书，同时也可作为高等院校相关专业的参考用书。

本书封面贴有清华大学出版社防伪标志，无标签者不得销售。

版权所有，侵权必究。侵权举报电话：010-62782989　13701121933

图书在版编目（CIP）数据

数码照片处理完全学习手册／云扬摄影编著. —北京：清华大学出版社，2010.8
（完全学习手册）
ISBN 978-7-302-21616-2

Ⅰ.①数… Ⅱ.①云… Ⅲ.①数字照相机－图像处理—手册 Ⅳ. ①TP391.41-62

中国版本图书馆CIP数据核字（2009）第230271号

责任编辑：陈绿春
责任校对：徐俊伟
责任印制：孟凡玉

出版发行：清华大学出版社		地　　址：北京清华大学学研大厦 A 座
http://www.tup.com.cn		邮　　编：100084
社　总　机：010-62770175		邮　　购：010-62786544
投稿与读者服务：010-62795954，jsjjc@tup.tsinghua.edu.cn			
质　量　反　馈：010-62772015，zhiliang@tup.tsinghua.edu.cn			

印　刷　者：北京嘉实印刷有限公司
装　订　者：三河市溧源装订厂
经　　销：全国新华书店
开　　本：203×260　印　张：21.25　插　页：4　字　数：582 千字
　　　　　附光盘 1 张
版　　次：2010 年 8 月第 1 版　　印　　次：2010 年 8 月第 1 次印刷
印　　数：1～5000
定　　价：69.50 元

产品编号：031144-01

　　随着时代的发展和科学的进步，数码技术已经运用到世界很多领域之中，数码摄影给百余年的传统摄影带来了极大的冲击。数码相机在专业领域盛行的同时，也走进了百姓的生活。

　　远离了繁复而难度较高的传统摄影操作，数码摄影以其简单便捷的特点被广大用户所接受。随之而来的是与电脑密切相关的操作——数码照片可以在电脑中进行编修。为了弥补拍照的不足，或者使照片更具有特色，人们开始接触电脑图像编辑软件，以满足提高照片质量的要求。本书通过使用照片编辑最常用的软件Photoshop的具体操作实例，教您一步步掌握电脑图像编辑的各种实用技术，以得到自己想要表现的效果。

　　本书提供了当今最流行、最时尚、最经典的技术案例供大家参考学习。本书对实例进行详细的剖析，揭开了照片处理神秘的面纱，提供了数码照片处理爱好者一个技术交流的平台。本书对于数码摄影中出现的一些问题，进行针对性的调整、解决，也对摄影照片进行了创意，处理出特别的效果。值得注意的是，本书中的调整只是根据实例照片而言进行的调整，读者要根据自己照片的实际情况做精确调整和创意，切不可生搬硬套。

　　本书共分12章，下面介绍一下各章节的内容。

　　第1章 主要介绍Photoshop 软件必备知识，通过这些内容的介绍希望读者能够在短时间内接触并认识Photoshop的基本操作功能。第2章 主要内容是向大家简单讲解一下如何对照片进行输出与管理。第3章 主要介绍数码照片的校正与调整。第4章 主要介绍数码照片的色彩管理。第5章 主要介绍如何弥补数码照片的曝光遗憾。第6章 主要介绍如何突破摄影极限。第7章 主要介绍数码照片的高级锐化技巧。第8章 主要介绍数码照片的高级抠图和选区技巧。第9章 主要介绍了黑白效果照片的制作技巧。第10章 主要介绍人物照片美容技巧。第11章 主要介绍数码照片的个性应用。第12章 主要介绍制作高级照片实例。

　　本书内容丰富，图文并茂，介绍的知识点与结构清晰，具有实用性和可操作性强的特点，由于作者水平有限，时间仓促，书中难免有疏漏之处，恳请广大读者朋友给予批评指正。参加本书编写的包括汪洋、汪美玲、何玲玲、戴红英、杨留斌、安良发、王静、安小龙、丁海关、毛小莉、安雪梅、胡斌、赵道强、郝婷、黄文龙、吴立强、解俊杰、何兰兰、夏红斌、徐莉莎、魏俊威、韩东、李娓、赵转凤、孙美娜、杨晓婷、李倪、吴宝辉、王青松、王慧、马丽、吴羡、王露瑶、贾梦婷、马兆平、李伟、安小琴、何佳佳、邢海杰、赵永乐、赵道胜、陈艳、汪起来、赵云等。由于作者水平有限，本书有不足之处望广大读者批评指正。若读者有技术或其他问题可通过邮箱xzhd2008@sina.com和我们联系。

Chapter 01

软件必备知识

Chapter 02

照片输出及管理

Chapter 03

数码照片的校正与调整

Chapter 04

数码照片的色彩管理

Chapter 05

弥补曝光遗憾

Chapter 06

突破摄影极限

数码照片处理完全学习手册

Chapter 07

高级锐化技巧

Chapter 08

高级抠图和选区技巧

Chapter 09

高级黑白照片制作技巧

Chapter 10

人物照片美容技巧

数码照片处理完全学习手册

Chapter
01

软件必备知识

本章主要讲解Photoshop的系统要求以及调整面板对照片的细节性调整。其中包括熟悉Photoshop CS4的界面、工具箱、面板，具体讲解了常用工具在调整照片时的灵活运用。文件的格式、像素与分辨率在照片处理中的运用。通过这些内容的介绍希望读者能够在短时间内接触并认识Photoshop CS4的基本操作功能。

1.1　熟悉Photoshop的工作界面

Photoshop CS4版本的工作界面，在沿袭CS3版本的基础上，做了更加便于用户操作的调整。让我们来简单看一下Photoshop的界面以及它的各种特性，工作界面中包括"应用程序栏"、"菜单栏"、"工具选项栏"、"标题栏"、"工具箱"、"控制面板"等几部分，如图1-1所示。

图1-1

Photoshop CS4工作界面的具体介绍如下：

菜单栏：菜单栏显示Photoshop中可用的各条命令的菜单。单击某一菜单项将出现相应的子菜单。

工具选项栏：选项栏中所选工具的选项。

标题栏：当图像被打开且当前活动图像窗口被最大化时，标题栏会显示该图像文件的名称、图像此时的放大率以及图像模式（位图、灰度级、索引颜色或RGB等。）。

工具箱：工具箱中包含处理图像所需的全部工具，包括选择、绘画和上色、修改和定位等。将鼠标光标置于某工具上时，会显示该工具和名称和获得该工具的键盘快捷方式，这些文字被称为工具提示。工具箱中下部有两个颜色方框，用于设置前景色和背景色。

工作界面图像窗口：即可当前活动图像显示区域。

控制面板：Photoshop有多个面板，每个都有不同的功能，用于调整和修改图像。面板可以通过窗口菜单获得，可以将面板放在面板组或留在工作区中。

数码照片处理完全学习手册

1.1.1 了解应用程序栏

在工作界面的最上方是应用程序栏，如图1-2所示。

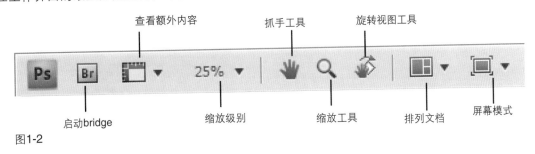

图1-2

应下移栏的具体介绍如下：

"启动bridge"按钮：单击该按钮，可以打开"bridge文件浏览器"，与执行"文件"／"在bridge中浏览"命令功能相同。

"查看额外内容"按钮：单击该按钮，在弹出的选项菜单中可以选择显示的内容，有"显示参考线"、"显示网格"、"显示标尺"三种，这些菜单项的命令功能与"视图"菜单中相关的命令功能相同。

"缩放级别"：在该选项的文本框中可以输入视图缩放的比例数值，也可以单击选项右侧的三角按钮，选择软件预置的缩放比例。

"抓手工具"按钮：单击该按钮，可以切换到"抓手工具"，配"缩放工具"，可以动态地放大视图。

"缩放工具"按钮：单击该按钮，可以连续运动的平滑放大或缩小视图。

"旋转视图工具"按钮：单击该按钮，切换到"旋转视图工具"（与在"工具"面板中选择的"旋转视图工具"相同），可以在不破坏图像的情况下随意地转动画布。（需要 OpenGL）

"排列文档"按钮：单击该按钮，打开文件排列选项面板。在该选项面板中，上半部分的按钮为视图布局方式的设置按钮，用户可以根据打开的文件数量和操作需要，单击对应的布局按钮即可。同时，也可以使用选项面板中的命令，对视图的缩放比例和显示状态进行设置。

"屏幕模式"按钮：单击该按钮，可以在弹出的菜单中选择屏幕的显示模式，分别为"标准屏幕模式"、"带有菜单栏的全屏模式"和"全屏模式"3种，与"视图"／"屏幕模式"子菜单中的命令功能相同。

1.1.2 了解工具面板

在工作界面的最左侧是工具面板，如图1-3所示。工具"面板"中的工具具体介绍如下：

矩形选框工具：使用矩形选框工具，可以在图像中创建矩形或正方形选区。

移动工具：使用移动工具，可以移动图像窗口中的选区、图层和参考线。

套索工具：使用套索工具，可以在图像中建立不规则形状的自定义选区。

魔棒工具：使用魔棒工具，可以选取图像中颜色相同或相近的范围。

裁剪工具：使用裁剪工具，可以自定义裁剪图像边缘。

吸管工具：使用吸管工具，可以吸取图像中的颜色。

修补工具：使用修补工具，可以快速修补图像中的污点和其他不理想的部分。

画笔工具：使用画笔工具，可以绘制任意的线条和图案。

仿制图章工具：使用仿制图章工具，可以修复图像和仿制图像。

历史记录工具：使用历史记录工具，可以回复图像至某一保存的状态。

橡皮擦工具：使用橡皮擦工具，可以对图像进行擦除。

渐变工具：使用渐变工具，可以对选区进行渐变颜色的填充。

模糊工具：使用模糊工具，可以对图像局部进行模糊处理。

减淡工具：使用减淡工具，可以增大图像的曝光度，对图像进行增亮处理。

钢笔工具：使用钢笔工具，可以在图像中绘制复杂的路径。

文字工具：使用文字工具，可以在图像中创建横排文字。

路径选择工具：使用路径选择工具，可以选择整条路径。

椭圆工具：使用椭圆工具，可以在图像中绘制椭圆形状路径。

3D旋转工具：使用3D旋转工具，可以对图像进行立体化旋转。

环绕工具：使用环绕工具，可以拖动以将模型沿 x 或 y 方向环绕移动。

抓手工具：使用抓手工具，可以移动、放大或缩小后图像的显示位置。

缩放工具：使用缩放工具，可以对图像进行放大和缩小。

前景色与背景色图标按钮：单击前景色图框，打开拾色器面板，在拾色器中可以对前景色和背景色进行设置。

快速蒙版按钮：单击快速蒙版按钮，可以为选区或图像添加快速蒙版。

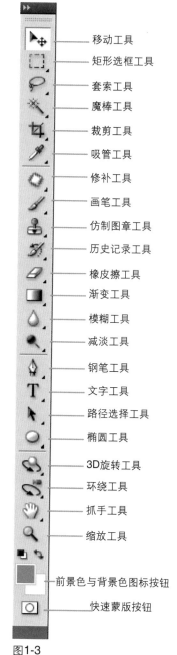

移动工具
矩形选框工具
套索工具
魔棒工具
裁剪工具
吸管工具
修补工具
画笔工具
仿制图章工具
历史记录工具
橡皮擦工具
渐变工具
模糊工具
减淡工具
钢笔工具
文字工具
路径选择工具
椭圆工具
3D旋转工具
环绕工具
抓手工具
缩放工具
前景色与背景色图标按钮
快速蒙版按钮

图1-3

1.1.3　了解控制面板

在Photoshop CS4中有各种控制面板，下面将对几种常见的控制面板进行具体介绍。

调整面板：将用色彩和色调调整的主要命令，以图标按钮的形式集成到一个面板中，如图1-4所示。当选择了某个调整按钮后，会在"图层"面板中自动添加对应的调整图层，并可以利用实时和动态的调整面板进行参数选项的调整。调整命令和图像调整预设选项，可以轻松使用这些图标按钮和预设设置快速调整出需要的图像效果，简化图像调整的过程。在面板单击需要的调整功能按钮，即可进行对应的选项设置状态，在其中进行设置和调整后，图像的效果会随之改变。

蒙版面板的单独列出更方便与我们对图像的调整，通过对选择像素蒙版中蒙版边缘与色彩范围的调整，更加有助与不规则图形或范围的蒙版调整，如图1-5所示。

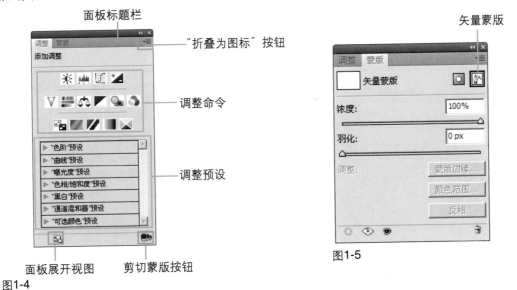

图1-4

图1-5

　　色板面板：该面板用于保存常用的默认颜色，单击相应的色块，该颜色会设定为前景色，如图1-6所示。

　　颜色面板：该面板可以用颜色模式的标准设置前景色与背景色。颜色可以通过滑块来设定，也可以通过拖动滑块来设定，如图1-7所示。

　　样式面板：该面板提供右预设的图层样式，用户不仅可以选择默认的图层样式，还可以保存自定义的图层样式，如图1-8所示。

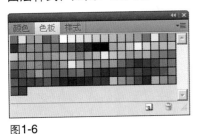

图1-6

图1-7

图1-8

　　图层面板：该面板可以显示所有的图层信息和控制功能，如图1-9所示。

　　通道面板：该面板用于管理颜色信息和保存选择区域的信息。主要用于创建Alpha通道及有效的管理颜色通道，如图1-10所示。

　　路径面板：该面板可以将路径转化为状态，也可以进行删除路径、保存路径环绕复制路径等操作，如图1-11所示。

图1-9

图1-10

图1-11

1.1.4 了解组织文档布局

单击应用程序栏中的"排列文档"按钮，打开文件排列选项面板，如图1-12所示。利用面板上半部分的按钮，调整文件的布局方式。

例如，单击选项面板中的"四联"按钮，可以看文件窗口的排列方式发生改变，效果如图1-13所示。

图1-12

图1-13

1.2 常用图像文件格式介绍

不同的图像处理软件保存图像的格式各不同，这些图像格式有其优缺点。Photoshop CS4支持20多种格式的图像，可打开这些图像编辑并将其保存。

PSD格式是Photoshop 软件默认的文件格式，其特点是可以保存图像的每一个细微部分，包括层、附加的蒙版、通道以及其他一些用Photoshop制作后的效果，但这些部分在转存为其他格式时可能丢失。这种格式在保存图像文件占用的磁盘空间很大，为了保存所有的数据，在编辑过程中最好以这种格式保存。

JPEG是一种图像压缩文件格式，也是目前应用最广泛的图像文件格式之一。JPEG格式的图片在存储过程中有很多压缩比供选择，JPEG格式是一种有损压缩格式，但当压缩比太大时，文件质量损失太大，如：细节处模糊、颜色发生变化等。

TIFF格式是印刷出版过程中最常用的、最重要的文件格式，同时也是通用性最强的位图图像格式，MAC和PC系统的设计类软件都支持TIFF格式。在印刷品设计制作要求中，图像文件如果没有特殊性要求，绝大多数均存储为TIFF格式。TIFF格式是跨平台的通用图像格式，不同平台的软件均可对来自另一平台的TIFF文件尽享编辑操作。如PC平台的Photoshop软件就可以直接打开MAC平台的TIFF文件并进行编辑处理。

EPS格式也是印刷出版过程中常用的文件格式之一。它比TIFF文件格式应用更加广泛。TIFF文件是单纯的图像格式，而EPS格式也可用于文字和矢量图形的编码。最重要的是EPS格式可包含挂网信息和色调传递曲线的调整信息。

GIF格式主要用于互联网上一种图像文件格式。GIF通过LZW压缩，只有8位，表达256级色彩，在网页设计中具有文件量小，显示速度快等特点。但只支持RGB Index Color色彩模式，不用于印刷品制作。

BMP格式是PC电脑DOS和Windows系统的标准文件格式。一般只用于屏幕显示，不用于印刷设计。

PICT格式为分辨率72的图像文件，一般用于屏幕显示或视频影像。

PDF格式是一种在PostScript的基础上发展而来的一种文件格式，它最大的优点在于能够独立于各软件、硬件及操作系统之上，便于用户交换文件和浏览。PDF文件可包含大量的矢量图形、点阵图和文本，并且可以进行链接和超文本链接。PDF格式可能通过Acrobat Reader软件阅读。PDF文件在桌面出版中，是跨平台交换文件的最好格式，目前印刷出版方面的应用软件均可存储或输出PDF格式的文件。PDF文件格式是未来印刷品设计制作过程中应用最普遍的文件格式。

1.3 像素与分辨率

像素是组成图像的最基本单元。可以把像素看成是一个极小的方形的颜色块，每个小方块为一个像素，也可称为栅格。一个图像通常由许多像素组成，这此像素被排列成横行和竖行，每个像素都是一个方形。当用缩放工具将图像放到足够大时，就可以看到类似马赛克的效果，每个小方块就是一个像素。第个像素都有不同的颜色值。单位面积内的像素越多，分辨率（像素/英寸）越高，图像效果就越好。

分辨率是图像处理中一个非常重要的要概念，是指图像中每英寸所包含的像素数量。

分辨率不仅与图像本身大小有关，还与显示器、打印机、扫描仪等设备有关。

1.4 常用处理照片的工具

Photoshop中有一些工具常用来处理照片，下面我们将要对这些工具做一下简单的了解。

1.4.1 画笔工具

使用画笔工具不但可以准确地对图像进行描绘处理，还可以对图像进行修复和修整操作，如图1-14所示，参数具体详解如下。

图1-14

画笔：单击其后的文本框，即可在其弹出的下拉菜单中选择画笔类型和设置画笔大小。

模式：混合模式可用来控制描绘图像与原图像之间所产生的混合效果。用户可在其弹出的下拉菜单中选择画笔的混合模式，在此共包括正常、变暗、变亮、色相、饱和度、颜色和亮度7种混合模式。

不透明度：用于设置画笔绘制效果的透明度。数值越大，所产生的绘制效果就越明显。

流量：用于设置工具所描绘的笔画之间的连贯速度，取值范围为1%～100%。

1.4.2 修复画笔工具

"修复画笔工具"修复图像中的缺陷，并能使修复的结果自然溶入周围的图像。也就是可以将一幅图像或其中的某一部分复制到同一或另一幅图像中，在复制或填充图案的时候，会将取样点的像素自然溶入到复制的图像位置，并保持其纹理、亮度和层次，被修复的图像和周围的图像完美结合。其工具选项栏如图1-15所示，参数具体详解如下。

图1-15

画笔：可以来设置工具的类型和画笔大小。

模式：在此选项中可以设置色彩的模式。

源：可以设置修复画笔工具复制图像的来源。当选中取样按钮时，可以单击所选图像中的某一点来取样；当选中图案时，可以用自带的图案或自设定的图案来取样。

对齐：当选中此选项时，复制的图案是整齐排列，在执行过程中间中断操作也没有关系。如果未选中此选项时，则下次操作时将重新复制图案。

技巧提示

在操作过程中，当修复画笔工具进行复制时取样的图像上出现一个"+"字线记号时，表示当前正在图像上取样。

1.4.3　魔棒工具

魔棒的功能主要是对物体进行范围的选取，它是以图像中相近的色素来建立选取范围的。所以使用魔棒工具可以选取颜色相近或相同的区域。

在工具箱中选择魔棒工具，其工具选项栏的设置如图1-16所示，参数具体详解如下。

图1-16

容差：其默认的数值为32，但可以在此选项中输入从0~255之间的数值，如输入的数值越小，可以选取到的颜色就会越接近，所选择的范围也就会越小；输入的数值越大，可以选取的颜色范围就会越大。

连续：当选择此项时，只能选中连续的选区。当不选此项时，可以选择页面内所有的相邻且颜色相接近的部分。

对所有图层取样：用于具有多个层的文件。如果选定此项后，魔棒工具不仅仅会对当前层产生作用，而且也会对其他所有可见层起作用。

1.4.4　模糊工具

模糊工具的作用是通过减小相邻像素间的颜色对比度，来使图像变模糊。

在工具箱中选择模糊工具，工具选项栏的设置如图1-17所示，参数具体详解如下。

图1-17

画笔：单击其后的文本框，即可在弹出的下拉菜单中选择画笔类型和设置画笔大小。

模式：在其弹出的下拉菜单中，可选择画笔的混合模式。共包括正常、变暗、变亮、色相、饱和度、颜色和亮度7种混合模式。

强度：用于控制模糊程度。数值越大，所产生模糊的效果就越明显。

对所有图层取样：勾选该复选框，将对所有图层的图像执行模糊处理。若不勾选该复选框，则只对当前图层的图像执行模糊处理。

⚡ 技巧提示

　模糊工具经常用来修正扫描的图像，它可以使扫描图像中的杂点和折痕与周围像素融合在一起，看上去比较自然。

1.4.5　锐化工具

"锐化工具"就是将图像中相似区域清晰度提高，与前面讲的"模糊工具"刚好相反，它是一种使图像色彩锐化的工具，图1-18为"锐化工具"的选项栏。选项栏的参数的内容与"模糊工具"差不多，这里就不再重述。

图1-18

1.4.6　减淡工具

"减淡工具"可以改变图像特定区域曝光度，能使图像变亮，图1-19为"减淡工具"的选项栏，参数具体详解如下。

图1-19

画笔：选取画笔工具，还可以设置画笔的大小。

范围：选择要处理的特殊色调区域，有3种选项，分别为暗调：可以提高暗部及阴影区域的亮度；中间调：可以提高灰度区域的亮度；高光：可以提高亮部区域的亮度。

曝光度：通过此项可以设定曝光强度的百分比。

1.4.7　加深工具

"加深工具"与"减淡工具"刚好相反，可以将图像暗化，在操作时想在"加深工具"与"减淡工具"之间快速切换的话，可以在使用过程中按着Alt键，这样就可以对两者间进行切换，"加深工具"的选项栏与"减淡工具"相似，这里就不再重述。"加深工具"选项栏如图1-20所示。

图1-20

1.4.8 海绵工具

"海绵工具"也是调色类工具中的一种，可以提高或降低图像色彩的饱和度。"海绵工具"与前面讲的"减淡工具"和"加深工具"的属性差不多，但在选项栏的参数有点不同，主要指的是"海绵工具"所提供的调整选项有些差异，如图1-21为海绵工具选项栏。

图1-21

画笔：选取画笔工具，还可以设置画笔的大小。

模式：在此工具中是加色和去除饱和度两项。加色：可以把图像上的色彩饱和度提高；去色：可以把图像上的图像色彩饱和度减低。

流量：设置海绵工具操作时的压力大小，压力值大时，作用效果越明显；反之则否。

动态画笔：设置工具绘制时与鼠标间的对应感压，使绘制出来的大小、压力可产生相对的动态变化。

技巧提示

在处理图像时，如果是点阵图和索引色模式下的图像，海绵工具、减淡工具和加深工具一样也无法进行操作。在使用这三个工具的过程中，可以按下Caps Lock键，使鼠标指针变成十字形，可以更准确地进行操作。

1.4.9 裁切工具

"裁切工具"可以在图像中裁切掉不需要的图像，保留需要的图像部分，而且可以在裁切的同时对图像进行旋转、变形，以及改变图像分辨率等操作，如图1-22分别为选择区域前后的"裁切工具"选项栏。

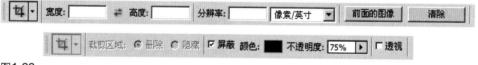

图1-22

宽度：设置裁切区域的宽度。

高度：设置裁切区域的高度。

分辨率：设置分辨率区域的大小。

前面的图像：单击此按钮可显示当前图像的实际宽度、高度及分辨率。

清除：单击此按钮可清除在宽度、高度及分辨率中设置的数值。

裁剪区域：在图层中选择裁切工具的时候被激活。可以决定被裁剪区域将被删除或是被隐藏。

遮蔽：勾选此项后，可以设置被选择区域以外区域的颜色。

不透明度：用来设置颜色的不透明度。

透视：勾选此项后，可以利用编辑点调整图像的远近效果。

02

照片输出及管理

　　本章主要内容是向大家简单讲解一下如何对照片进行输出与管理，其中前半部分主要讲述了Photoshop中文件浏览器的用法，以及文件显示的不同浏览方式。后半部分主要讲述了给文件加标签和注释，方便查找以及照片的打印输出等内容。希望读者能够通过我们简单的介绍能够得到更多的感受和体会。

2.1　在Photoshop中有3种打开照片的方式

第一种：在菜单栏中选择"文件>打开"命令，从文件夹中选择图像文件，单击"打开"，也可以通过键盘快捷方式"Ctrl+O"打开图像文件。

第二种：双击空白工作区（屏幕中的灰色背景区，当打开照片时，图像窗口就出现在这里），如图2-1所示。

第三种：使用文件浏览器，按快捷键【Ctrl+Shift+O】就可以打开文件浏览器，在弹出的对话框中选择查找内容中选择文件，单击某个图像，双击选中的缩览图，或将预览窗口中的图像拖曳到空白工作区，如图2-2所示。

数码照片处理完全学习手册

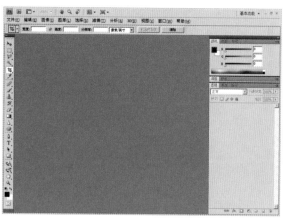

图2-1

图2-2

2.2　图像文件的新建和储存

2.2.1　图像文件的新建

执行"文件"/"新建"命令，在弹出的对话框中进行各种设置，单击"确定"按钮，即可新建一个图像文件，如图2-3所示。

对话框中的具体参数详解如下：

名称：直接输入新建图像的文件名。

预设：单击右侧的下拉按钮，可在弹出的下拉列表中选择所需的文本大小。

"宽度"和"高度"：在文本框中输入所需的宽度和高度尺寸，可在其后面的下拉列表中选择适当的计量单位。

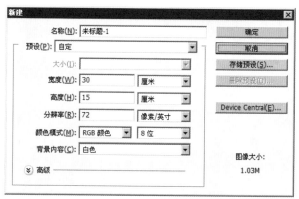

图2-3

分辨率：分辨率的数值大小决定了图像的精确度，像素越多的图像就越清晰，细节表现也就越好，但同时其像素信息也越多，图像就会越大，应根据自己不同的需要设定分辨率大小。在对话框中直接输入所需数值，并在其后面的下拉列表中确定其计量单位。

颜色模式：单击下拉按钮，在弹出的下拉列表中选择适当的颜色模式。

背景内容：有白色、背景色和透明色3个选项，选择所需选项，设定背景色。

2.2.2 图像文件的储存

保存文件使Photoshop中最基本的操作，养成良好的保存习惯，可以避免不明原因死机、不正常关闭软件等情况，从而对自己编辑还没保存的图像文件造成损失，保存图像的具体操作如下。

1. 对处于打开状态的文件执行"文件"/"存储"命令，弹出"存储为"对话框，如图2-4所示。

2. 单击"保存在"选项按钮，在弹出的下拉列表中选择保存文件的文件夹，如图2-5所示。

3. 单击格式下拉列表按钮，在弹出的下拉列表中选择需要的保存格式，单击"保存"按钮，即可完成对该文件的保存，如图2-6所示。

图2-4

图2-5

图2-6

2.3 Photoshop文件浏览器

文件浏览器是目前较为流行的看图工具之一。它提供了良好的操作界面，简单人性化的操作方式，优质的快速图形解码方式，支持丰富的图形格式和强大的图形文件管理功能，如图2-7所示。

图2-7

Adobe Bridge(文件浏览器) 是Adobe 创造性组件的控制中心。它可以显示图像的宽度、高度、大小、格式、分辨率、颜色模式以及创建、修改日期等附加信息，也可以组织、浏览并且分配拟定资源，Adobe Bridge保持了原有的PSD、AI、INDD，并且Adobe PDF文件同其他的Adobe 应用文件和非Adobe 应用文件一样，都可以非常容易的访问。你可以按需要把所创建的资源拖动到版面设计图中，以便预览它们，甚至可以向这些资源中添加变化数据。Bridge既可以独立的获得，也可以从Adobe Photoshop、Adobe Illustrator和Adobe InDesign中获得，使用起来非常方便。

2.4　改变浏览器查看模式

改变浏览器的查看方式可以根据自己的喜好在输出下拉列表中进行设置，如：胶片、必要项、元数据、关键字、预览、看片台、文件夹等如图2-8所示。

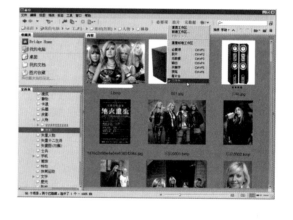

图2-8

2.5　更改缩略图显示方式

缩略图的显示方式中涉及很多实用选项，更改这些选项的选择，就可以更改缩略图的显示方式。如：执行"视图"/"缩略图"命令，即可以得到如图2-9所示的效果。执行"视图"/"详细信息"命令，即可以得到如图2-10所示的效果。执行"视图"/"列表形式"命令，即可以得到如图2-11所示的效果。

图2-9

图2-10

图2-11

2.6　给文件做标签

给文件做标签可以方便我们对图片的辨认和选择，具体的操作方法如下。

1. 选择"缩略图"的显示方式，如图2-12所示。

2. 选择需要打标记的图片文件，"右键"打开快捷菜单，选择"标签"/"第二"如图2-13所示。

3. 设置完毕后，得到添加标签后的效果如图2-14所示。

技巧提示

在"颜色"面板的扩展菜单中选取"建立Web安全曲线"选项后，在色彩轴上所选择的颜色都是安全色。

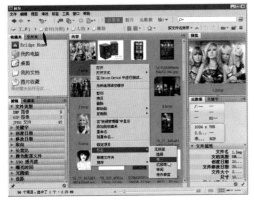

图2-13

图2-12

图2-14

2.7　对单个或多个文件重命名

电脑上的图片素材被命名为自己熟悉的或规律性的名字才方便查找或辨认。为单个文件重命名步骤如下：

1. 选择需要重命名的文件，"右键"打开快捷菜单，如图2-15所示。

2. 选择"重命名"改变名称为"音响"，效果如图2-16所示。

图2-15

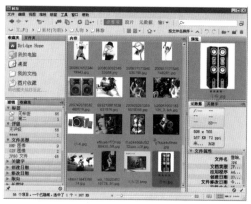

图2-16

为多个文件重命名步骤如下：

1. 按住【Ctrl】键选择连续多个文件，"右键"打开快捷菜单，如图2-17所示。

2. 选择"批重命名"，设置弹出的对话框如图2-18所示。

3. 得到最终效果如图2-19所示。

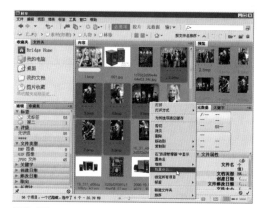

图2-17

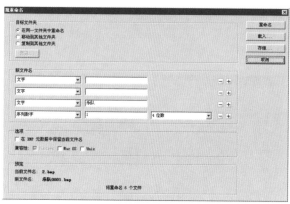

图2-18

图2-19

2.8　高质量打印

本实例讲解如何将增加的数码照片进行输出，并能打印出精美的效果。操作步骤如下：

1. 在Photoshop中执行"文件"/"打开"命令，打开一张素材文件，如图2-20所示。

2. 执行"文件"/"打印"命令，打开"打印"对话框，设置各参数如图2-21所示。

3. 设置完对话框后，单击"打印"按钮，即可打印照片。

数码照片处理完全学习手册

图2-20

图2-21

2.9　动作的使用

2.9.1　创建并记录动作

创建"动作"时，要先新建一个序列。单击"动作"面板下的"创建新组"按钮或者选择面板菜单中的"新建组"命令，将弹出如图2-22所示的对话框，在对话框中设置新序列名，单击"确定"按钮即可建立序列。

在"动作"面板中单击"创建新动作"按钮；或在面板下拉菜单中选择"新动作"命令；也可以按住Ctrl键单击按钮，都可以打开"新建动作"对话框，如图2-23所示。

图2-22

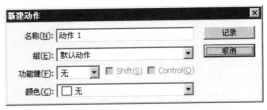

图2-23

技巧提示

当在键盘上按下选择的组合键时，就会自动显示选择的结果。例如，使用Ctrl+Shift+F2组合键，只需在键盘上按下这几个键，在对话框中会自动显示结果。

在对话框中进行设置后，单击"记录"按钮，此时"动作"面板的记录按钮会变成红色，表示已经进入录制状态，如图2-24所示。

当操作完毕后，单击"动作"面板中的"停止"按钮或按Esc键，将停止记录内容。完成后，可以看见执行的命令显示在"动作"面板中，在命令左边单击▶按钮时会变成▼形状，表示为展开录制的内容。

2.9.2　执行动作

先选中所要执行的动作，然后单击"动作"面板中的"播放选定的动作"按钮，这样将执行所选动作的操作，如图2-25所示。

图2-24

17

当执行一个含较多记录命令的动作时，可以改变它的速度。在"动作"面板的下拉菜单中选择"回放选项"命令，将弹出如图2-26所示的对话框。

✿ 技巧提示

动作也可以在"按钮模式"中进行，只要用鼠标单击动作按钮即可。执行动作时，Photoshop会执行该动作中的所有记录命令，即使是关闭的命令也会被执行。

图2-25　　　　　　　图2-26

2.9.3　编辑动作

在录制动作中为了避免麻烦，编辑动作是非常重要的。编辑动作包括以下几方面内容。

添加步骤：单击"动作"面板中的"开始记录"按钮，可以向动作中添加步骤。

复制步骤：将要复制的步骤拖到"创建新动作"按钮上即可。

删除步骤：将要删除的步骤拖到"删除"按钮上即可。

移动动作：在"动作"面板中用鼠标拖动想要移动的动作到另一动作集，当出现虚线时释放鼠标按键即可，如图2-27所示。

修改步骤参数：在每个步骤左边都有一个小三角按钮，单击后则会在其步骤的下边显示参数设置。若双击步骤名，会弹出步骤的参数设置对话框，从中可以修改步骤中的参数。

图2-27

2.9.4　修改动作

修改动作可以对记录完成的动作进行修改、重新记录、复制或更名。

更改动作的名称：在"动作"面板中双击该动作的名称，将会在所选名称后出现一个闪烁的光标，输入新名称会自动将原名称覆盖，如图2-28所示。或按住Alt键的同时双击要更改的动作或者选择"动作"面板下拉菜单中的"动作选项"命令，如图2-29所示，在"名称"文本框中输入要更改的名称，单击"确定"按钮即可。

选择"动作"面板下拉菜单中的"开始记录"命令，可以在动作中增加记录动作。如果当前所选的是某一动作，新增的命令将显示在该动作的后面；如果所选的是动作中的某一命令，新增的命令将显示在该命令之下。

数码照片处理完全学习手册

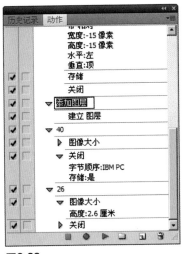

图2-28

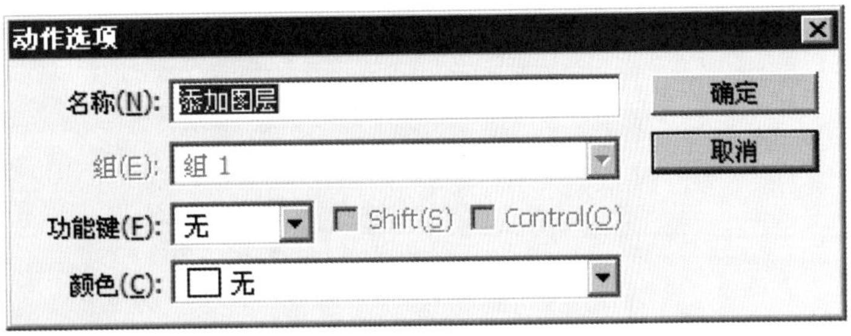

图2-29

选择"动作"面板下拉菜单中的"再次记录"命令，可以将动作重新记录。在弹出的对话框中重新设置。

选择"动作"面板下拉菜单中的"插入停止"命令，可以在动作中插入一个暂停设置，因为在记录动作时不能记录用画笔、喷枪等绘图工具绘制的图形，先插入暂停就可以将动作停留在这一步操作上，以便手动进行部分操作，待这些操作完成后再继续执行动作中的其他命令。

2.10　使用"批处理"命令处理图像

"自动"菜单命令可以简化图像的编辑，以提高工作效率。选择"文件"/"自动"/"批处理"命令，弹出的对话框如图2-30所示，可对某个文件夹中的所有文件（包含子文件夹）应用动作。例如，可以将一批需要改变分辨率、文件大小及图像模式的图像文件，放于一个特定的文件夹中，录制一个能够改变图像分辨率、文件大小及图像模式的动作，然后使用此命令对该特定的文件夹进行操作，从而一次性完成改变所有图像文件的分辨率、文件大小及图像模式的操作。

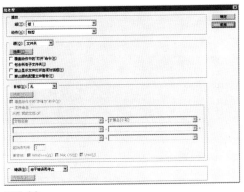

图2-30

Chapter

03 数码照片的校正与调整

本章主要介绍Photoshop中的一些简单而又经常用到的功能及命令来解决数码照片中常见的一些问题，例如：裁切数码照片、更换照片背景、使模糊的照片变清晰、倾斜照片的修复、去除照片中的电线、在照片中添加蓝天白云等。通过学习，为用户今后选择Photoshop处理数码照片奠定基础。

3.1 倾斜照片的修复

　　拍摄照片时，经常因为相机端得不稳，没有调整好拍摄的角度，会导致照片画面倾斜，影响照片的整体效果，因此可以选择Photoshop中的度量工具、"图像旋转"命令、裁剪工具对其进行有效的处理，将其调正。

原图效果

调整后效果

01 打开图片

　　打开一副正在建设的城市照片，此时的图像效果和图层面板如图3-1所示，我们看到画面由于拍摄的原因有些倾斜，接下来我们要将倾斜的照片调正。

图3-1

02 度量照片的倾斜角度

　　单击工具箱中的度量工具 ✏️，将选择后的度量工具移动到画面中，大厦的顶端单击鼠标左键，如图3-2所示。

图3-2

03 测量倾斜角度

使用度量工具 ✐在楼顶单击后，沿着大厦的边缘向下拖动鼠标，将鼠标定位在大厦的底部单击鼠标左键，如图3-3所示。

图3-3

04 旋转画布

测量好图像倾斜的角度后，执行菜单中的"图像"/"旋转画布"/"任意角度"命令，此时即可弹出"旋转画布"对话框，在对话框中的角度数值框中会自动出现上一步测量的角度，如图3-4所示。

图3-4

05 确认设置

因为"旋转画布"对话框中自动出现的角度数值，既是图像倾斜的角度，所以我们无需在对话框中进行参数设置，直接单击"确定"按钮，即可将倾斜的照片调正，如图3-5所示。

图3-5

06 绘制裁切框

单击工具箱中的裁切工具 ✄，将选择后的裁切工具移动到画面中，单击鼠标左键拖动，绘制出一个裁切框，如图3-6所示。

图3-6

07 调整裁切框

绘制完裁切框后，裁切框以外变暗的部分既是要裁掉的图像部分，使用鼠标单击拖动裁切框边缘的控制句柄，可以调整裁切框的宽度和高度，这里将裁切框调整到适合图像的最大显示效果，如图3-7所示。

图3-7

08 确认裁切效果

调整好裁切框的大小后，按【Enter】键即可以将裁切框以外不需要的图像裁切去除，如图3-8所示，此时照片已经调正，下面我们将要从新调整照片的颜色，使照片更加美观。

图3-8

09 调整曲线

单击"创建新的填充或调整图层"按钮 ⊘.，在弹出的菜单中选择"曲线"命令，此时弹出"调整"面板同时得到图层"曲线 1"，在"调整"面板中设置"曲线"命令的参数，如图3-9所示。

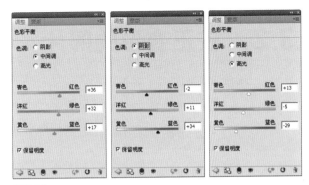

图3-11

12 应用色彩平衡调整

在"调整"面板中设置完"色彩平衡"命令的参数后，关闭"调整"面板，此时的图像效果和"图层"面板如图3-12所示。

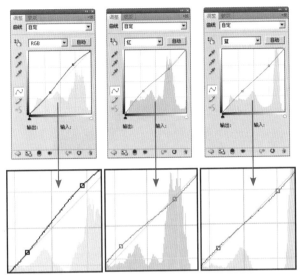

图3-9

10 应用曲线调整

在"调整"面板中设置完"曲线"命令的参数后，关闭"调整"面板，此时的图像效果和"图层"面板如图3-10所示。

图3-12

13 最终效果

按快捷键【Ctrl+Shift+Alt+E】，执行"盖印"操作，得到"图层 1"，设置其图层混合模式为"正片叠底"，图层不透明度为"48%"，如图3-13所示。

图3-10

11 色彩平衡调整

单击"创建新的填充或调整图层"按钮 ⊘.，在弹出的菜单中选择"色彩平衡"命令，此时弹出"调整"面板同时得到图层"色彩平衡 1"，在"调整"面板中设置"色彩平衡"命令的参数，如图3-11所示。

图3-13

3.2 校正变形的照片

在用广角镜头拍摄照片时，拍摄的照片都会出现不同程度的变形，在拍摄建筑物时尤其明显，容易产生建筑物要倒塌的感觉，我们可以利用Photoshop中的度量工具、"图像旋转"命令、裁剪工具对其进行适当的修改，即可解决这个问题。

数码照片处理完全学习手册

原图效果

调整后效果

01 打开图片

打开一副由广角镜头拍摄的城市照片，此时的图像效果和图层调板如图3-14所示，我们看到画面由于拍摄的原因有些扭曲变形，接下来我们要将扭曲变形的照片纠正过来。

图3-14

02 镜头校正

执行菜单中的"滤镜"/"扭曲"/"镜头校正"命令，此时即可弹出"镜头校正"滤镜命令对话框，在对话框中进行参数设置，如图3-15所示。

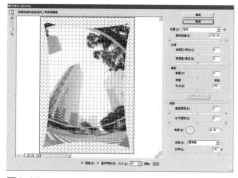

图3-15

03 应用镜头校正命令

在"镜头校正"命令对话框中设置完参数后，单击"确定"按钮，既可以将图像应用"镜头校正"命令改变图像扭曲的效果，如图3-16所示。

图3-16

04 变形图像

执行菜单中的"编辑"/"变换"/"变形"命令，此时会弹出变形命令控制框，在控制框中进行变形编辑，如图3-17所示，按【Enter】键确认操作。

图3-17

05 裁切图像

单击工具箱中的裁切工具，将选择后的裁切工具移动到画面中，单击鼠标左键拖动，绘制出一个裁切框，绘制完裁切框后，使用鼠标单击拖动裁切框边缘的控制句柄，可以调整裁切框的宽度和高度，这里将裁切框调整到适合图像的最大显示效果，如图3-18所示。

图3-18

06 确认裁切效果

调整好裁切框的大小后，按【Enter】键即可以将裁切框以外不需要的图像裁切去除，如图3-19所示。

图3-19

07 色阶调整

单击"创建新的填充或调整图层"按钮，在弹出的菜单中选择"色阶"命令，此时弹出"调整"面板同时得到图层"色阶1"，在"调整"面板中设置"色阶"命令的参数，如图3-20所示。

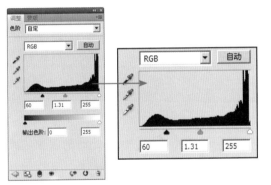

图3-20

08 最终效果

在"调整"面板中设置完"色阶"命令的参数后，关闭"调整"面板，此时的图像效果和"图层"面板如图3-21所示。

图3-21

3.3 裁切数码照片

在拍摄照片的过程中，往往因为各种原因而导致画面出现缺陷，使照片的构图不是很完美，主体图像不突出，这种情况下不妨使用"裁剪工具"，将照片进行艺术裁剪来处理画面中的缺陷。

数码照片处理完全学习手册

原图效果

调整后效果

01 打开图片

打开一张人物照片文件，此时的图像效果和图层调板如图3-22所示，我们看到画面由于拍摄的原因主体人物偏小视觉不突出，接下来我们要将人物图像突出处来。

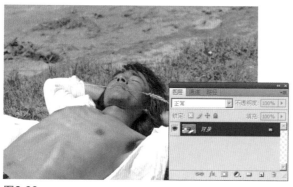

图3-22

02 裁切图像

单击工具箱中的裁切工具 ，将选择后的裁切工具移动到画面中，单击鼠标左键拖动，绘制出一个裁切框，绘制完裁切框后，使用鼠标单击拖动裁切框边缘的控制句柄，可以调整裁切框的宽度和高度，将裁切框调整到如图3-23所示的效果。

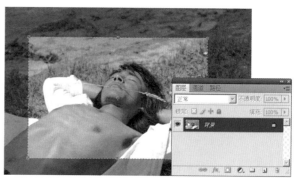

图3-23

03 确认裁切效果

调整好裁切框的大小后，按【Enter】键即可以将裁切框以外不需要的图像裁切去除，如图3-24所示，下面我们将要调整照片的颜色，使其更好看。

图3-24

04 调整曲线

单击"创建新的填充或调整图层"按钮，在弹出的菜单中选择"曲线"命令，此时弹出"调整"面板同时得到图层"曲线 1"，在"调整"面板中设置"曲线"命令的参数，如图3-25所示。

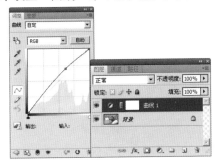

图3-25

05 应用曲线调整

在"调整"面板中设置完"曲线"命令的参数后，关闭"调整"面板，此时的图像效果和"图层"面板如图3-26所示。

图3-26

06 编辑图层蒙版

单击"曲线 1"的图层蒙版缩略图，设置前景色为黑色，使用"画笔工具"设置适当的画笔大小和透明度后，在图层蒙版中涂抹，得到如图3-27所示的效果。

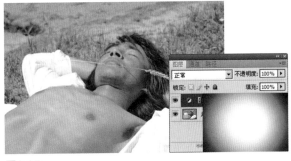

图3-27

07 调整色阶

单击"创建新的填充或调整图层"按钮，在弹出的菜单中选择"色阶"命令，此时弹出"调整"面板同时得到图层"色阶 1"，在"调整"面板中设置"色阶"命令的参数，如图3-28所示。

图3-28

08 应用色阶调整

在"调整"面板中设置完"色阶"命令的参数后，关闭"调整"面板，此时的图像效果和"图层"面板如图3-29所示。

图3-29

09 编辑图层蒙版

单击"色阶 1"的图层蒙版缩略图，设置前景色为黑色，使用"画笔工具" ✐设置适当的画笔大小和透明度后，在图层蒙版中涂抹，得到如图3-30所示的效果。

图3-30

10 调整自然饱和度

单击"创建新的填充或调整图层"按钮 ⬤，在弹出的菜单中选择"自然饱和度"命令，此时弹出"调整"面板同时得到图层"自然饱和度 1"，在"调整"面板中设置"自然饱和度"命令的参数，如图3-31所示。

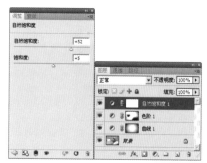

图3-31

11 应用自然饱和度调整

在"调整"面板中设置完"自然饱和度"命令的参数后，关闭"调整"面板，此时的图像效果和"图层"面板如图3-32所示。

图3-32

12 调整曲线

单击"创建新的填充或调整图层"按钮 ⬤，在弹出的菜单中选择"曲线"命令，此时弹出"调整"面板同时得到图层"曲线 2"，在"调整"面板中设置"曲线"命令的参数，如图3-33所示。

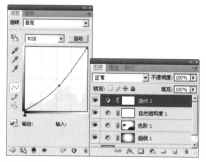

图3-33

13 应用曲线调整

在"调整"面板中设置完"曲线"命令的参数后，关闭"调整"面板，此时的图像效果和"图层"面板如图3-34所示。

图3-34

14 编辑图层蒙版

单击"曲线 2"的图层蒙版缩略图，设置前景色为黑色，使用"画笔工具" ✐设置适当的画笔大小和透明度后，在图层蒙版中涂抹，得到如图3-35所示的效果。

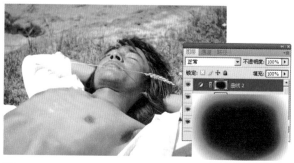

图3-35

3.4 更换照片背景

在拍摄人物照片时，有时会因为背景不是很好看或背景中有其他的人物影响照片的整体效果，此时我们可以考虑为人物照片更换一个新背景，将原来照片中的缺陷弥补，在更换背景时首先要考虑新背景是否与原照片协调、搭配，这一点在修饰照片的过程中经常涉及。下面我们将要介绍如何为人物照片更换背景。

原图效果

调整后效果

01 打开图片

打开旅游人物照片文件，此时的图像效果和图层调板如图3-36所示，我们看到照片的背景不是很好看，其中还有一些杂乱的人物，接下来我们要将人物图像更换一个背景。

图3-36

02 绘制选区

单击工具箱中的"磁性套索工具" ，使用"磁性套索工具" 人物的边缘绘制选区，如图3-37所示。下面我们要运用通道保存绘制的选区。

图3-37

03 新建通道

切换到"通道"面板，单击调板底部的"创建新通道"按钮 🔲，新建一个通道"Alpha 1"如图3-38所示。

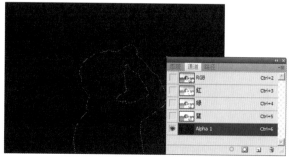

图3-38

04 保存选区

设置前景色为白色，按快捷键【Alt+Delete】用前景色填充选区，按快捷键【Ctrl+D】取消选区，得到如图3-39所示的效果。下面我们要运用通道制作人物头发的选区。

图3-39

05 复制通道

单击"蓝"通道，将其拖动到调板底部的"创建新通道"按钮 🔲 上，以复制通道，得到"蓝 副本"通道，如图3-40所示。

图3-40

06 色阶调整

选择"图像"/"调整"/"色阶"命令或按快捷键【Ctrl+L】，调出"色阶"命令对话框，设置完对话框后，即可得到如图3-41所示的效果。

图3-41

07 反相图像

选择"蓝 副本"通道，按快捷键【Ctrl+I】，执行"反相"操作，将通道中黑白图像的颜色进行颠倒，（将图像中的颜色变成该颜色的补色）如图3-42所示。

图3-43

08 编辑通道

设置前景色为黑色，使用"画笔工具" 🖊，在"蓝 副本"通道中将不需要作为选择的部分涂抹成黑色，其涂抹状态如图3-44所示。

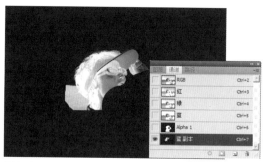

图3-44

09 复制通道

单击"蓝 副本"通道，将其拖动到调板底部的"创建新通道"按钮 ⬚ 上两次，以复制通道，得到"蓝 副本 2"、"蓝 副本 3"通道，如图3-45所示。

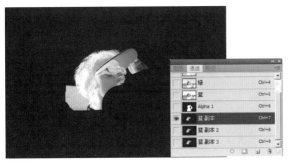

图3-45

10 编辑通道

使用"画笔工具" ✐，在"蓝 副本"通道中将不需要作为选择的部分涂抹成黑色，将需要选择的部分涂抹成白色，其涂抹状态如图3-46所示。

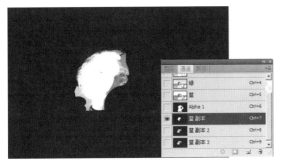

图3-46

11 色阶调整

选择"图像"/"调整"/"色阶"命令或按快捷键【Ctrl+L】，调出"色阶"命令对话框，设置完对话框后，即可得到如图3-47所示的效果。

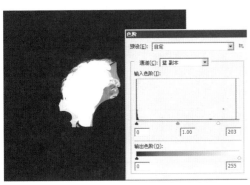

图3-47

12 编辑通道

使用"画笔工具" ✐，在"蓝 副本"通道中将不需要作为选择的部分涂抹成黑色，将需要选择的部分涂抹成白色，其涂抹状态如图3-48所示。

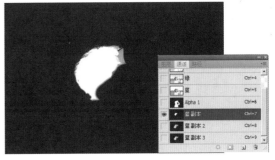

图3-48

13 选择复制通道

选择"蓝 副本 2"使用"画笔工具" ✐，在"蓝 副本 2"通道中将不需要作为选择的部分涂抹成黑色，将需要选择的部分涂抹成白色，其涂抹状态如图3-49所示。

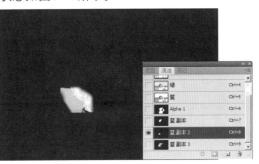

图3-19

14 色阶调整

选择"图像"/"调整"/"色阶"命令或按快捷键【Ctrl+L】，调出"色阶"命令对话框，设置完对话框后，即可得到如图3-50所示的效果。

图3-50

15 编辑通道

设置前景色为白色，使用"画笔工具" ，在"蓝 副本"通道中将需要作为选择的部分涂抹成白色 其涂抹状态如图3-51所示。

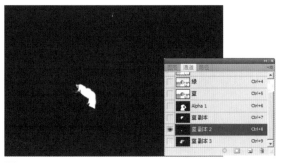

图3-51

16 色阶调整

选择"图像"/"调整"/"色阶"命令或按快捷键【Ctrl+L】，调出"色阶"命令对话框，设置完对话框后，即可得到如图3-52所示的效果。

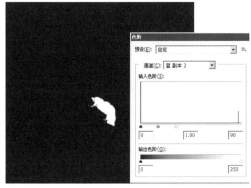

图3-52

17 选择复制通道

选择"蓝 副本 3"，按快捷键【Ctrl+I】，执行"反相"操作，将通道中黑白图像的颜色进行颠倒，（将图像中的颜色变成该颜色的补色）如图3-53所示。

图3-53

18 编辑通道

选择"蓝 副本 3"使用"画笔工具" ，在"蓝 副本 3"通道中将不需要作为选择的部分涂抹成黑色，将需要选择的部分涂抹白色，其涂抹状态如图3-54所示。

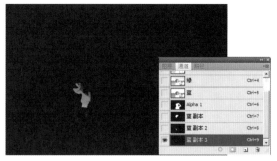

图3-54

19 色阶调整

选择"图像"/"调整"/"色阶"命令或按快捷键【Ctrl+L】，调出"色阶"命令对话框，设置完对话框后，即可得到如图3-55所示的效果。

图3-55

20 编辑通道

设置前景色为黑色，使用"画笔工具" ，在"蓝 副本 3"通道中将不需要作为选择的部分涂抹成黑色，其涂抹状态如图3-56所示。

图3-56

21 复制人物图像

按住【Ctrl+Shift】键单击通道"Alpha 1"、"蓝 副本"、"蓝 副本 2"、"蓝 副本 3"通道的通道缩览图,载入其选区,切换到"图层"面板,按快捷键【Ctrl+J】,复制选区内的图像,得到"图层 1",如图3-57所示。

图3-57

22 打开图片

打开一副湖面的风景照片文件,此时的图像效果和"图层"面板如图3-58所示。

图3-58

23 更换背景

使用"移动工具" 将湖面风景图像拖动到第1步打开的文件中得到"图层 2",将"图层 2"调整到"图层 1"的下方,按快捷键【Ctrl+T】,调出自由变换控制框,变换图像到如图3-59所示的状态,按【Enter】键确认操作。下面我们要调整背景图像的颜色使其与人物图像融合到一起。

图3-59

24 复制图像

按快捷键【Ctrl+J】,复制"图层 2"得到"图层 2 副本",设置其图层混合模式为"叠加",图层不透明度为"30%",提高背景图像的对比度如图3-60所示。

图3-60

25 调整曲线

单击"创建新的填充或调整图层"按钮 ,在弹出的菜单中选择"曲线"命令,此时弹出"调整"面板同时得到图层"曲线 1",在"调整"面板中设置"曲线"命令的参数,如图3-61所示。

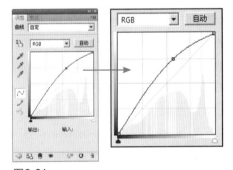
图3-61

26 应用曲线调整

在"调整"面板中设置完"曲线"命令的参数后,关闭"调整"面板,此时的图像效果和"图层"面板如图3-62所示。

图3-62

27 模糊图像

选择"图层 2"、"图层 2 副本"、"曲线 1"三个图层按快捷键【Ctrl+Alt+E】，执行"盖印"操作，将得到的图层重命名为"图层 3"，选择"滤镜"/"模糊"/"高斯模糊"命令，设置弹出对话框中的参数后，单击"确定"按钮，得到如图3-63所示的效果。

图3-63

28 添加图层蒙版

单击"添加图层蒙版"按钮 ▣ ，为"图层 3"添加图层蒙版，设置前景色为黑色，使用"画笔工具" ✐ 设置适当的画笔大小和透明度后，在图层蒙版中涂抹，将不需要的部分隐藏起来，即可得到如图3-64所示的效果。

图3-64

29 调整曲线

单击"创建新的填充或调整图层"按钮 ◑ ，在弹出的菜单中选择"曲线"命令，此时弹出"调整"面板同时得到图层"曲线 2"，在"调整"面板中设置"曲线"命令的参数，如图3-65所示。

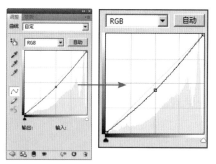

图3-65

30 应用曲线调整

在"调整"面板中设置完"曲线"命令的参数后，关闭"调整"面板，此时的图像效果和"图层"面板如图3-66所示。

图3-66

31 编辑图层蒙版

单击"曲线 2"的图层蒙版缩略图，设置前景色为黑色，使用"画笔工具" ✐ 设置适当的画笔大小和透明度后，在图层蒙版中涂抹，得到如图3-67所示的效果。

图3-67

32 加深边缘头发

单击工具箱中的"加深工具"，使用"加深工具"在人物的头发边缘进行涂抹，得到如图3-68所示的效果。

图3-68

33 调整自然饱和度

单击"创建新的填充或调整图层"按钮 ◐,
在弹出的菜单中选择"自然饱和度"命令,此时弹
出"调整"面板同时得到图层"自然饱和度 1",
在"调整"面板中设置"自然饱和度"命令的参
数,如图3-69所示。

图3-69

34 最终效果

在"调整"面板中设置完"自然饱和度"
命令的参数后,关闭"调整"面板,此时的图像效
果和"图层"面板如图3-70所示。

图3-70

35 最终效果

下面我们将要突出主体人物,将照片构图调
整的更加舒适一些,单击工具箱中的裁切工具 ┇,
绘制出一个裁切框,绘制完裁切框后,调整好裁切
框的大小后,按【Enter】键即可以将裁切框以外
不需要的图像裁切去除,得到如图3-71所示的最终
效果。

图3-71

3.5 制作全景照片

在数码相机拍摄的过程中，常常由于拍摄设备的限制，不能将所需要的景色完全拍摄下来，这时我们可以平行拍摄多个风景的局部，然后通过Photoshop中的 "Photomerge" 命令，将拍摄的风景局部拼合成一张整体的风景图片，这里应该注意的是在拍摄局部照片是两个连接的照片之间应该具有重合的图像。

原图效果

调整后效果

01 打开第一张图片

打开全景风景最左侧的照片文件，此时的图像效果和图层调板如图3-72所示。

图3-72

02 打开第二张图片

打开全景风景中间的照片文件，此时的图像效果和图层调板如图3-73所示。

图3-73

03 打开第三张图片

打开全景风景最右侧的照片文件，此时的图像效果和图层调板如图3-74所示，下面我们要将三张打开的图片，融合成一张全景照片。

图3-74

04 合成打开的照片

执行菜单中的"文件"/"自动"/"Photomerge"命令，在弹出的对话框中，选择打开的三个照片文件，然后选择"自动"版面，具体的参数设置，如图3-75所示。

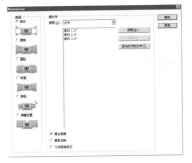

图3-75

05 应用照片合成

设置完"Photomerge"命令对话框后，单击"确定"按钮，即可以将三张打开的照片合并到一个新的文件中，从而产生一个完整的画面效果，如图3-76所示。

图3-76

06 裁切图像

按快捷键【Ctrl+Shift+Alt+E】，执行"盖印"操作，得到"图层 1"，单击工具箱中的裁切工具 ，将选择后的裁切工具移动到画面中，单击鼠标左键拖动，绘制出一个裁切框，绘制完裁切框后，使用鼠标单击拖动裁切框边缘的控制句柄，可以调整裁切框的宽度和高度，将裁切框调整到如图3-77所示的效果。

图3-77

07 确认裁切效果

调整好裁切框的大小后，按【Enter】键即可以将裁切框以外不需要的图像裁切去除，如图3-78所示。

图3-78

08 更改图像大小

执行菜单中的"图像"/"图像大小"命令，在弹出的对话框中，更改图像的大小参数，具体设置如图3-79所示，设置完对话框后单击"确定"按钮应用设置。

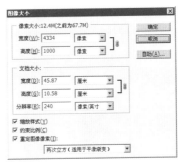

图3-79

09 使用仿制图章工具

单击工具箱中的仿制图章工具，将选择后的仿制图章工具移动到画面中上方透明区域处，按住【Alt】键在透明区域的下方单击鼠标左键，进行取样，然后在透明区域处按住鼠标左键拖动，进行仿制图像操作，如图3-80所示。

图3-80

10 恢复上方透明区域的像素

使用取样后的仿制图章工具在画面的上方透明区域拖动，即可以将透明区域的图像像素恢复，如图3-81所示为恢复完的图像效果。

图3-81

11 使用仿制图章工具

单击工具箱中的仿制图章工具，将选择后的仿制图章工具移动到画面中下方透明区域处，按住【Alt】键在透明区域的上方单击鼠标左键，进行取样，然后在透明区域处按住鼠标左键拖动，进行仿制图像操作，如图3-82所示。

图3-82

12 恢复下方透明区域的像素

使用取样后的仿制图章工具在画面的下方透明区域拖动，即可以将透明区域的图像像素恢复，如图3-83所示为恢复完的图像效果。

图3-83

13 增加图像亮度

按快捷键【Ctrl+J】，复制"图层 1"得到"图层 1 副本"，设置其图层混合模式为"滤色"，得到如图3-84所示的效果。

图3-84

14 使用修复画笔工具

按快捷键【Ctrl+Shift+Alt+E】，执行"盖印"操作，得到"图层 2"，单击工具箱中的修复画笔工具，将选择后的修复画笔工具移动到画面中的黑色斑点处，按住【Alt】键在黑色斑点的上方单击鼠标左键，进行取样，然后在黑色斑点处按住鼠标左键拖动，进行修复操作，如图3-85所示。

图3-85

15 修复其他黑色斑点

　　使用取样后的修复画笔工具在画面中的黑色斑点处拖动，即可以将黑色斑点隐藏，继续使用修复画笔工具，修复画面中的其他黑色斑点，得到如图3-86所示的图像效果。

图3-86

16 最终效果

　　按快捷键【Ctrl+J】，复制"图层 2"得到"图层 2 副本"，设置其图层混合模式为"柔光"，提高图像对比度，得到如图3-87所示的效果。

图3-87

3.6 去除照片中的电线

　　建筑物照片上杂乱的电线，常常会影响整个建筑物的拍摄效果，下面就来讲述如何清除这些多余的电线。实际操作非常简单，只需要复制其他无电线的区域，再把其覆盖并适当地进行一些调整就可以清除了。

原图效果

调整后效果

01 打开图片

　　打开一张古镇风景照片文件，此时的图像效果和图层面板如图3-88所示。观察照片我们发现照片中有一些杂乱的电线，破坏了整体的画面效果，接下来我们要去除照片中的电线。

图3-88

02 复制图层

　　选择"背景"为当前操作图层，在"图层"面板中拖动"背景"到"创建新图层"按钮上，释放鼠标得到"背景 副本"，将其混合模式改为"滤色"，得到如图3-89所示的效果。

图3-89

数码照片处理完全学习手册

03 添加图层蒙版

单击"添加图层蒙版"按钮 🔲，为"背景副本"添加图层蒙版，设置前景色为黑色，背景色为白色，使用"渐变工具" 🔲 设置渐变类型为从前景色到背景色，在图层蒙版中从上往下绘制渐变，即可得到如图3-90所示的效果。

图3-90

04 盖印图层

按快捷键【Ctrl+Shift+Alt+E】，执行"盖印"操作，得到"图层1"，此时的图像效果和图层调板如图3-91所示。

图3-91

05 使用修复画笔工具

单击工具箱中的修复画笔工具 🖊，将选择后的修复画笔工具 🖊 移动到画面中间的电线处，按住【Alt】键在电线的右侧单击鼠标左键，进行取样，然后在电线点处按住鼠标左键拖动，进行修复操作，如图3-92所示。

图3-92

06 继续擦除电线

使用取样后的修复画笔工具在画面中的电线处拖动，即可以将电线隐藏，继续使用修复画笔工具，修复画面中的其他另外两条电线，得到如图3-93所示的图像效果。

图3-93

07 擦除画面右上方的电线

单击工具箱中的修复画笔工具 🖊，将选择后的修复画笔工具 🖊 移动到画面右上方的电线处，按住【Alt】键在电线的左侧单击鼠标左键，进行取样，然后在电线点处按住鼠标左键拖动，进行修复操作，如图3-94所示。

图3-94

08 继续擦除电线

使用取样后的修复画笔工具 🖊 在画面中的电线处拖动，即可以将电线隐藏，继续使用修复画笔工具，修复画面中的其他另外一条电线，得到如图3-95所示的图像效果。

图3-95

09 调整色阶

单击"创建新的填充或调整图层"按钮 ◎ ，在弹出的菜单中选择"色阶"命令，此时弹出"调整"面板同时得到图层"色阶 1"，在"调整"面板中设置"色阶"命令的参数，如图3-96所示。

图3-96

10 应用色阶调整

在"调整"面板中设置完"色阶"命令的参数后，关闭"调整"面板，此时的图像效果和"图层"面板如图3-97所示。

图3-97

11 调整自然饱和度

单击"创建新的填充或调整图层"按钮 ◎ ，在弹出的菜单中选择"自然饱和度"命令，此时弹出"调整"面板同时得到图层"自然饱和度 1"，在"调整"面板中设置"自然饱和度"命令的参数，如图3-98所示。

图3-98

12 调整后的效果

在"调整"面板中设置完"自然饱和度"命令的参数后，关闭"调整"面板，此时的图像效果和"图层"面板如图3-99所示。

图3-99

13 编辑图层蒙版

单击"自然饱和度 1"的图层蒙版缩略图，设置前景色为黑色，使用"画笔工具" ✎ 设置适当的画笔大小和透明度后，在图层蒙版中涂抹，得到如图3-100所示的效果。

图3-100

3.7　在照片中添加蓝天白云

在拍摄照片的过程中，由于空气的污染或是因为没有遇上晴好天气，致使拍摄的风景照片难免有些遗憾，不过利用Photoshop也可以将坏的天气进行修饰成为晴空万里的好天气，从而使风景照片更加完美。

原图效果

调整后效果

01 打开图片

打开一副风景照片文件，此时的图像效果和图层调板如图3-101所示。观察照片我们发现由于阴天的原因照片的效果不是很好，接下来我们要在照片中添加蓝天白云效果。

02 复制通道

首先我们要使用通道将除天空以外的图像选出，切换到"通道"面板，单击"蓝"通道，将其拖动到调板底部的"创建新通道"按钮 上，以复制通道，得到"蓝 副本"通道，如图3-102所示。

图3-101

图3-102

03 色阶调整

选择"图像"/"调整"/"色阶"命令或按快捷键【Ctrl+L】，调出"色阶"命令对话框，设置完对话框后，即可得到如图3-103所示的效果。

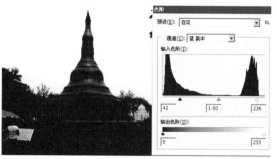

图3-103

04 编辑通道

使用"画笔工具" ，在"蓝 副本"通道中将不需要作为选择的部分涂抹成黑色，将需要选择的部分涂抹成白色，其涂抹状态如图3-104所示。

图3-104

05

按住【Ctrl】键单击"蓝 副本"的通道缩览图，载入其选区，切换到"图层"面板，使用鼠标左键双击"背景"图层，在弹出的对话框中单击"确定"按钮，将"背景"图层转换为"图层0"，如图3-105所示。

图3-105

06 添加图层蒙版

按住【Alt】键单击"添加图层蒙版"按钮 ，为"图层 0"添加图层蒙版，此时选区部分的图像就被隐藏起来了，如图3-106所示。

图3-106

07 打开图片

打开一张拍摄的蓝天白云照片文件，此时的图像效果和"图层"调板如图3-107所示。

图3-107

08 添加蓝天白云

使用"移动工具" 将图像拖动到第1步打开的文件中得到"图层 1"，将"图层 1"调整到"图层 0"的下方，按快捷键【Ctrl+T】，调出自由变换控制框，变换图像到如图3-108所示的状态，按【Enter】键确认操作。

图3-108

09 去除白色边缘

单击工具箱中的"加深工具"，使用"加深工具"在建筑的边缘进行涂抹，得到如图3-109所示的效果。

图3-109

10 "阴影/高光"调节

按快捷键【Ctrl+J】，复制"图层0"得到"图层0副本"，选择"图像"/"调整"/"阴影/高光"命令，调出"阴影/高光"命令对话框，设置完对话框后，即可得到如图3-110所示的效果。

图3-110

11 添加图层蒙版

单击"添加图层蒙版"按钮，为"图层0副本"添加图层蒙版，设置前景色为黑色，使用"画笔工具"设置适当的画笔大小和透明度后，在图层蒙版中涂抹，将不需要的部分隐藏起来，即可得到如图3-111所示的效果。

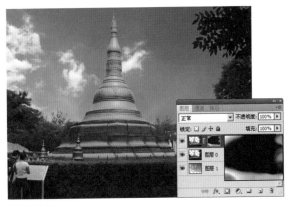

图3-111

12 调整曲线

单击"创建新的填充或调整图层"按钮，在弹出的菜单中选择"曲线"命令，此时弹出"调整"面板同时得到图层"曲线1"，在"调整"面板中设置"曲线"命令的参数，如图3-112所示。

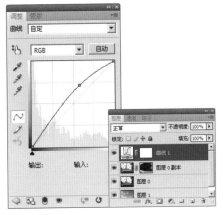

图3-112

13 最终效果

在"调整"面板中设置完"曲线"命令的参数后，关闭"调整"面板，此时的图像效果和"图层"面板如图3-113所示。

图3-113

3.8 使模糊的照片变清晰

在拍摄照片的过程中，有时因为光线或者天气的缘故，拍出来的照片模糊不清，给人一种不舒服的感觉，下面就利用Photoshop中的图层混合模式和"高反差"保留滤镜功能来让照片变清晰。

原图效果

调整后效果

01 打开图片

打开美女人像照片文件，此时的图像效果和"图层"调板如图3-114所示，我们看到画面由于拍摄时光线的原因有些模糊，接下来我们要将模糊的照片变清晰。

图3-114

02 复制新图层

按快捷键【Ctrl+J】，复制"背景"得到"图层 1"，执行菜单中的"滤镜"/"其它"/"高反差保留"命令，设置弹出对话框中的参数后，单击"确定"按钮，得到如图3-115所示的效果。

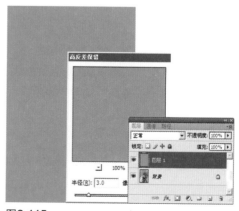

图3-115

数码照片处理完全学习手册

03 设置图层混合模式

选择"图层 1"为当前操作图层，设置其图层混合模式为"叠加"，此时的图像效果和"图层"面板如图3-116所示。

图3-116

04 复制图层

选择"图层 1"为当前操作图层，按快捷键【Ctrl+J】两次，复制"图层 1"得到其两个副本图层，如图3-117所示。

图3-117

05 添加图层蒙版

选择"图层 1 副本 2"为当前操作图层，单击"添加图层蒙版"按钮 ，为"图层 1 副本 2"添加图层蒙版，设置前景色为黑色，使用"画笔工具" 设置适当的画笔大小和透明度后，在图层蒙版中涂抹，将不需要的部分隐藏起来，即可得到如图3-118所示的效果。

图3-118

06 复制图层

选择"图层 1 副本 2"为当前操作图层，按快捷键【Ctrl+J】两次，复制"图层 1 副本 2"得到"图层 1 副本 3"，得到如图3-119所示的图像效果。

图3-119

07 模糊图像

按快捷键【Ctrl+Shift+Alt+E】，执行"盖印"操作，得到"图层 2"，选择"滤镜"/"模糊"/"高斯模糊"命令，设置弹出对话框中的参数后，单击"确定"按钮，得到如图3-120所示的效果。

图3-120

08 设置图层混合模式

选择"图层 2"为当前操作图层，设置其图层混合模式为"柔光"，此时的图像效果和"图层"面板如图3-121所示。

图3-121

09 添加图层蒙版

单击"添加图层蒙版"按钮，为"图层2"添加图层蒙版，设置前景色为黑色，使用"画笔工具"设置适当的画笔大小和透明度后，在图层蒙版中涂抹，将不需要的部分隐藏起来，即可得到如图3-122所示的效果。

图3-122

10 调整曲线

单击"创建新的填充或调整图层"按钮，在弹出的菜单中选择"曲线"命令，此时弹出"调整"面板同时得到图层"曲线1"，在"调整"面板中设置"曲线"命令的参数，如图3-123所示。

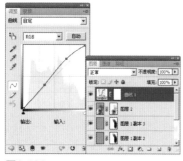

图3-123

11 应用曲线调整

在"调整"面板中设置完"曲线"命令的参数后，关闭"调整"面板，此时的图像效果和"图层"面板如图3-124所示。

图3-124

12 调整曲线

单击"创建新的填充或调整图层"按钮，在弹出的菜单中选择"曲线"命令，此时弹出"调整"面板同时得到图层"曲线2"，在"调整"面板中设置"曲线"命令的参数，如图3-125所示。

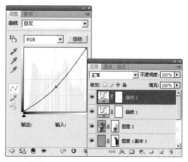

图3-125

13 应用曲线调整

在"调整"面板中设置完"曲线"命令的参数后，关闭"调整"面板，此时的图像效果和"图层"面板如图3-126所示。

图3-126

14 最终效果

单击"曲线2"的图层蒙版缩略图，设置前景色为黑色，使用"画笔工具"设置适当的画笔大小和透明度后，在图层蒙版中涂抹，得到如图3-127所示的效果。

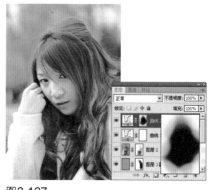

图3-127

Chapter
04

数码照片的色彩管理

　　本章主要内容是向大家简单讲解一下如何对照片进行色彩管理，我们在拍摄的数码照片中，难免有些照片在颜色方面会出现或多或少不完美的地方，例如：照片偏色、照片颜色暗淡、照片颜色单调、钨光灯照明下摄影照片等问题，此时我们就可以利用Photoshop中颜色调整命令对其进行调整，希望读者能够通过我们简单的介绍能够得到更多的感受和体会。

4.1　调整偏色照片

　　在拍摄照片的过程中，由于种种条件的限制，很容易造成照片的偏色，失去图片原有的美感，本例将着重介绍偏色照片的矫正。

原图效果

调整后效果

01 打开图片

　　打开一副美女人像照片文件，此时的图像效果和"图层"面板如图4-1所示，我们看到照片有些偏色，接下来我们要将偏色照片纠正过来。

图4-1

02 色彩平衡调整

　　单击"创建新的填充或调整图层"按钮 ，在弹出的菜单中选择"色彩平衡"命令，此时弹出"调整"面板同时得到图层"色彩平衡 1"，在"调整"面板中设置"色彩平衡"命令的参数，如图4-2所示。

图4-2

03 应用色彩平衡调整

在"调整"面板中设置完"色彩平衡"命令的参数后，关闭"调整"面板，此时的图像效果和"图层"面板如图4-3所示。

图4-3

04 模糊图像

按快捷键【Ctrl+Shift+Alt+E】，执行"盖印"操作，得到"图层 1"，选择"滤镜"/"模糊"/"高斯模糊"命令，设置弹出对话框中的参数后，单击"确定"按钮，得到如图4-4所示的效果。

图4-4

05 设置混合模式

选择"图层 1"为当前操作图层，设置其图层混合模式为"柔光"，图层不透明度为"50%"，此时的图像效果和"图层"面板如图4-5所示。

图4-5

4.2 调整暗淡的照片

有时照片拍摄得过于暗淡，对比度也不够高，看起来十分不舒服。此时可以选择Photoshop中的色阶、曲线、色相/饱和度等调色命令，对其进行调整。

原图效果

调整后效果

01 打开图片

打开旅游风景人物照片文件，此时的图像效果和"图层"面板如图4-6所示，我们看到画面拍摄的过于暗淡，接下来我们要将暗淡的照片变的更加鲜艳。

图4-6

02 复制图像

在"图层"面板中拖动"背景"到"创建新图层"按钮 上，释放鼠标得到"背景 副本"，将其混合模式改为"叠加"，得到如图4-7所示的效果。

图4-7

03 复制图像

按快捷键【Ctrl+J】，复制"背景 副本"得到"图层 2 副本 2"，设置其图层混合模式为"滤色"，图层不透明度为"62%"，如图4-8所示。

图4-8

04 色彩范围

执行菜单中的"选择"/"色彩范围"命令，此时会弹出色彩范围对话框，使用吸管工具在图像中的草地上单击，然后设置对话框中的参数，如图4-9所示。

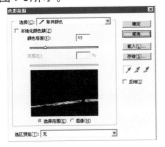

图4-9

05 创建选区

设置完"色彩范围"命令对话框后，单击"确定"按钮，即可以得到如图4-10所示的选区效果。

图4-10

06 "色相/饱和度"调整

单击"创建新的填充或调整图层"按钮 ，在弹出的菜单中选择"色相/饱和度"命令，此时弹出"调整"面板同时得到图层"色相/饱和度 1"，

在"调整"面板中设置"色相/饱和度"命令的参数，如图4-11所示。

图4-11

07 调整后的效果

在"调整"面板中设置完"色相/饱和度"命令的参数后，关闭"调整"面板，此时的图像效果和"图层"面板如图4-12所示。

图4-12

08 自然饱和度调整

单击"创建新的填充或调整图层"按钮 ，在弹出的菜单中选择"自然饱和度"命令，此时弹出"调整"面板同时得到图层"自然饱和度 1"，单击"调整"面板下方的 按钮，将调整影响剪切到下方的图层，在"调整"面板中设置完"自然饱和度"命令的参数后，关闭"调整"面板，此时的效果如图4-13所示。

图4-13

09 曲线调整

单击"创建新的填充或调整图层"按钮 ◢，在弹出的菜单中选择"曲线"命令，此时弹出"调整"面板同时得到图层"曲线 1"，在"调整"面板中设置"曲线"命令的参数，如图4-14所示。

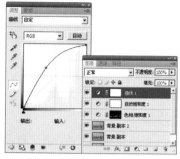

图4-14

10 调整后的效果

在"调整"面板中设置完"曲线"命令的参数后，关闭"调整"面板，此时的图像效果和"图层"面板如图4-15所示。

图4-15

11 编辑图层蒙版

单击"曲线 1"的图层蒙版缩略图，设置前景色为黑色，使用"画笔工具" ◢ 设置适当的画笔大小和透明度后，在图层蒙版中涂抹，得到如图4-16所示的效果。

图4-16

12 "阴影/高光"调节

按快捷键【Ctrl+Shift+Alt+E】，执行"盖印"操作，得到"图层 1"，选择"图像"/"调整"/"阴影/高光"命令，调出"阴影/高光"命令对话框，设置完对话框后，即可得到如图4-17所示的效果。

图4-17

13 添加图层蒙版

单击"添加图层蒙版"按钮 ◢，为"图层 1"添加图层蒙版，设置前景色为黑色，使用"画笔工具" ◢ 设置适当的画笔大小和透明度后，在图层蒙版中涂抹，将不需要的部分隐藏起来，即可得到如图4-18所示的效果。

图4-18

4.3　钨光灯照明下摄影照片的修补

在拍摄照片的过程中，有的摄影师不太喜欢用闪光灯，喜欢用环境中的辅助光线。本例中的照片是在酒吧里拍摄的，因为酒吧里以暗淡的钨光灯作为主光，所以相片整体上处于红色状态，这样的环境下摄影，最大的问题就是色调不分离，就像染了一层红色整个画面显得朦胧。下面就利用Photoshop对画面中存在的问题进行调整。

原图效果

调整后效果

01 打开图片

打开一张美女人像照片文件，此时的图像效果和"图层"面板如图4-19所示。我们看到照片是在酒吧里拍摄的，由于受到钨光灯的影响照片的色调不分离，给人的感觉不是很好，接下来我们要将照片的颜色进行调整。

图4-19

02 调整曲线

单击"创建新的填充或调整图层"按钮，在弹出的菜单中选择"曲线"命令，此时弹出"调整"面板同时得到图层"曲线 1"，在"调整"面板中设置"曲线"命令的参数，如图4-20所示。

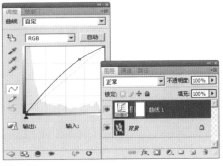

图4-20

03 应用曲线调整

在"调整"面板中设置完"曲线"命令的参数后，关闭"调整"面板，此时的图像效果和"图层"面板如图4-21所示。

图4-21

04 调整曲线

单击"创建新的填充或调整图层"按钮 ⊘.，在弹出的菜单中选择"曲线"命令，此时弹出"调整"面板同时得到图层"曲线 2"，在"调整"面板中设置"曲线"命令的参数，如图4-22所示。

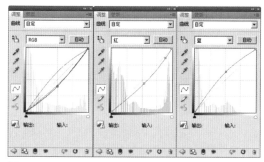

图4-22

05 调整后的效果

在"调整"面板中设置完"曲线"命令的参数后，关闭"调整"面板，此时的图像效果和"图层"面板如图4-23所示。

图4-23

06 调整色阶

单击"创建新的填充或调整图层"按钮 ⊘.，在弹出的菜单中选择"色阶"命令，此时弹出"调整"面板同时得到图层"色阶 1"，在"调整"面板中设置"色阶"命令的参数，如图4-24所示。

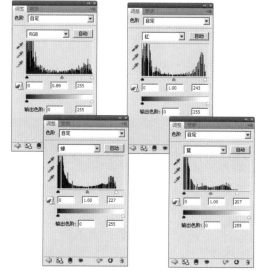

图4-24

07 调整后的效果

在"调整"面板中设置完"色阶"命令的参数后，关闭"调整"面板，此时的图像效果和"图层"面板如图4-25所示。

图4-25

08 "色相/饱和度"调整

单击"创建新的填充或调整图层"按钮 ⊘.，在弹出的菜单中选择"色相/饱和度"命令，此时弹出"调整"面板同时得到图层"色相/饱和度 1"，在"调整"面板中设置"色相/饱和度"命令的参数，如图4-26所示。

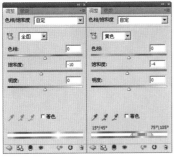

图4-26

09 调整后的效果

在"调整"面板中设置完"色相/饱和度"命令的参数后,关闭"调整"面板,此时的图像效果和"图层"面板如图4-27所示。

图4-27

10 调整曲线

单击"创建新的填充或调整图层"按钮 ⊘. ,在弹出的菜单中选择"曲线"命令,此时弹出"调整"面板同时得到图层"曲线 3",在"调整"面板中设置"曲线"命令的参数,如图4-28所示。

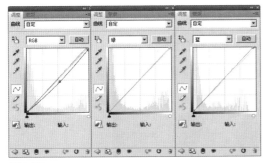

图4-28

11 调整后的效果

在"调整"面板中设置完"曲线"命令的参数后,关闭"调整"面板,此时的图像效果和"图层"面板如图4-29所示。

图4-29

12 色彩平衡调整

单击"创建新的填充或调整图层"按钮 ⊘. ,在弹出的菜单中选择"色彩平衡"命令,此时弹出"调整"面板同时得到图层"色彩平衡 1",在"调整"面板中设置"色彩平衡"命令的参数,如图4-30所示。

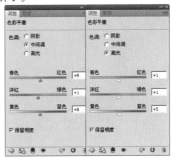

图4-30

13 调整后的效果

在"调整"面板中设置完"色彩平衡"命令的参数后,关闭"调整"面板,此时的图像效果和"图层"面板如图4-31所示。

图4-31

14 "色相/饱和度"调整

单击"创建新的填充或调整图层"按钮 ⊘. ,在弹出的菜单中选择"色相/饱和度"命令,此时弹出"调整"面板同时得到图层"色相/饱和度 2",在"调整"面板中设置"色相/饱和度"命令的参数,如图4-32所示。

图4-32

15 调整后的效果

在"调整"面板中设置完"色相/饱和度"
命令的参数后，关闭"调整"面板，此时的图像效
果和"图层"面板如图4-33所示。

图4-33

16 编辑图层蒙版

单击"色相/饱和度 2"的图层蒙版缩略
图，设置前景色为黑色，使用"画笔工具" ✎ 设置
适当的画笔大小和透明度后，在图层蒙版中涂抹，
得到如图4-34所示的效果。

图4-34

17 模糊图像

按快捷键【Ctrl+Shift+Alt+E】，执行"盖
印"操作，得到"图层 1"，选择"滤镜"/"模
糊"/"高斯模糊"命令，设置弹出对话框中的参数
后，单击"确定"按钮，得到如图4-35所示的效果。

图4-35

18 设置混合模式

选择"图层 1"为当前 操作图层，设置其
图层混合模式为"柔光"，图层不透明度为"50%"
此时的图像效果和图层面板如图4-36所示。

图4-36

19 添加图层蒙版

单击"添加图层蒙版"按钮 ▢，为"图层
1"添加图层蒙版，设置前景色为黑色，使用"画
笔工具" ✎设置适当的画笔大小和透明度后，在图
层蒙版中涂抹，将不需要的部分隐藏起来，即可得
到如图4-37所示的效果。

图4-37

4.4 保留照片的局部彩色

　　一张色彩丰富的照片，如果只想保留其中的某种色彩，就会出现几种截然不同的效果。例如在下面的例子中若只想保留红色和黄色的物体，就不妨采用以下方法来实现这种效果。

原图效果

调整后效果

01 打开图片

　　打开一副风景照片文件，此时的图像效果和图层面板如图4-38所示。下面我们将要保留红色和黄色的物体，为照片制作特殊的颜色效果。

图4-38

02 "色相/饱和度"调整

　　单击"创建新的填充或调整图层"按钮，在弹出的菜单中选择"色相/饱和度"命令，此时弹出"调整"面板同时得到图层"色相/饱和度 1"，在"调整"面板中设置"色相/饱和度"命令的参数，如图4-39所示。

图4-39

03 调整后的效果

在"调整"面板中设置完"色相/饱和度"命令的参数后，关闭"调整"面板，此时的图像效果和"图层"面板如图4-40所示。

图4-40

04 调整曲线

单击"创建新的填充或调整图层"按钮 ，在弹出的菜单中选择"曲线"命令，此时弹出"调整"面板同时得到图层"曲线 1"，在"调整"面板中设置"曲线"命令的参数，如图4-41所示。

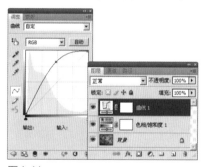

图4-41

05 应用曲线调整

在"调整"面板中设置完"曲线"命令的参数后，关闭"调整"面板，此时的图像效果和"图层"面板如图4-42所示。

图4-42

06 调整色阶

单击"创建新的填充或调整图层"按钮 ，在弹出的菜单中选择"色阶"命令，此时弹出"调整"面板同时得到图层"色阶 1"，在"调整"面板中设置"色阶"命令的参数，如图4-43所示。

图4-43

07 应用色阶调整

在"调整"面板中设置完"色阶"命令的参数后，关闭"调整"面板，此时的图像效果和"图层"面板如图4-44所示。

图4-44

08 复制图层

选择"背景"按住【Alt】键在图层调板上将选中的图层拖动到"色阶 1"的上方，以复制和调整图层顺序，得到"背景 副本"如图4-45所示。

图4-45

09 设置混合模式

选择"背景 副本"为当前操作图层，设置其图层混合模式为"滤色"，图层不透明度为"40%"，此时的图像效果和"图层"面板如图4-46所示。

图4-46

4.5 为黑白照片上色

如果您有一些显的色彩单调的黑白照片，可以试着在Photoshop中将它们变成色彩丰富的照片，颜色会为图像注入活力。本例中运用了调色命令、图层混合模式，图层蒙版等技术。

原图效果

调整后效果

01 打开图片

打开一张黑白人物照片文件，此时的图像效果和"图层"面板如图4-47所示，下面我们将要为照片进行上色。

图4-47

02 "色相/饱和度"调整

单击"创建新的填充或调整图层"按钮，在弹出的菜单中选择"色相/饱和度"命令，此时弹出"调整"面板同时得到图层"色相/饱和度 1"，在"调整"面板中设置"色相/饱和度"命令的参数，如图4-48所示。

图4-48

03 调整后的效果

在"调整"面板中设置完"色相/饱和度"命令的参数后，关闭"调整"面板，此时的图像效果和"图层"面板如图4-49所示。

图4-49

04 编辑图层蒙版

单击"色相/饱和度 1"的图层蒙版缩略图，设置前景色为黑色，使用"画笔工具" ✐ 设置适当的画笔大小和透明度后，在图层蒙版中涂抹，得到如图4-50所示的效果。

图4-50

05 新建图层

新建一个图层，得到"图层 1"，设置前景色的颜色值为（R:144 G:103 B:82），按快捷键【Alt+Delete】用前景色填充"图层 1"，得到如图4-51所示的效果。

图4-51

06 设置混合模式

选择"图层 1"为当前操作图层，设置其图层混合模式为"柔光"，此时的图像效果和"图层"面板如图4-52所示。

图4-52

07 添加图层蒙版

单击"添加图层蒙版"按钮 ◉，为"图层 1"添加图层蒙版，设置前景色为黑色，使用"画笔工具" ✐ 设置适当的画笔大小和透明度后，在图层蒙版中涂抹，将不需要的部分隐藏起来，即可得到如图4-53所示的效果。

图4-53

08 "色相/饱和度"调整

单击"创建新的填充或调整图层"按钮 ◉，在弹出的菜单中选择"色相/饱和度"命令，此时弹出"调整"面板同时得到图层"色相/饱和度 2"，在"调整"面板中设置"色相/饱和度"命令的参数，如图4-54所示。

图4-54

09 调整后的效果

在"调整"面板中设置完"色相/饱和度"命令的参数后，关闭"调整"面板，此时的图像效果和"图层"面板如图4-55所示。

图4-55

10 复制图层蒙版

按住【Alt】键在图层面板上，拖动"图层1"的图层蒙版缩略图到"色相/饱和度 2"的图层名称上释放鼠标，以复制图层蒙版，得到如图4-56所示的效果。

图4-56

11 色彩平衡调整

单击"创建新的填充或调整图层"按钮，在弹出的菜单中选择"色彩平衡"命令，此时弹出"调整"面板同时得到图层"色彩平衡 1"，在"调整"面板中设置"色彩平衡"命令的参数，如图4-57所示。

图4-57

12 调整后的效果

在"调整"面板中设置完"色彩平衡"命令的参数后，关闭"调整"面板，此时的图像效果和"图层"面板如图4-58所示。

图4-58

13 复制图层蒙版

按住【Alt】键在图层面板上，拖动"色相/饱和度 2"的图层蒙版缩略图到"色彩平衡 1"的图层名称上释放鼠标，以复制图层蒙版，得到如图4-59所示的效果。

图4-59

14 "色相/饱和度"调整

单击"创建新的填充或调整图层"按钮，在弹出的菜单中选择"色相/饱和度"命令，此时弹出"调整"面板同时得到图层"色相/饱和度 3"，在"调整"面板中设置"色相/饱和度"命令的参数，如图4-60所示。

图4-60

15 调整后的效果

在"调整"面板中设置完"色相/饱和度"命令的参数后，关闭"调整"面板，此时的图像效果和"图层"面板如图4-61所示。

图4-61

16 编辑图层蒙版

单击"色相/饱和度 3"的图层蒙版缩略图，设置前景色为黑色，使用"画笔工具" ✐ 设置适当的画笔大小和透明度后，在图层蒙版中涂抹，得到如图4-62所示的效果。

图4-62

17 "色相/饱和度"调整

单击"创建新的填充或调整图层"按钮 ◉，在弹出的菜单中选择"色相/饱和度"命令，此时弹出"调整"面板同时得到图层"色相/饱和度 4"，在"调整"面板中设置"色相/饱和度"命令的参数，如图4-63所示。

图4-63

18 调整后的效果

在"调整"面板中设置完"色相/饱和度"命令的参数后，关闭"调整"面板，此时的图像效果和"图层"面板如图4-64所示。

图4-64

19 编辑图层蒙版

单击"色相/饱和度 4"的图层蒙版缩略图，设置前景色为黑色，使用"画笔工具" ✐ 设置适当的画笔大小和透明度后，在图层蒙版中涂抹，得到如图4-65所示的效果。

图4-65

20 "色相/饱和度"调整

单击"创建新的填充或调整图层"按钮 ◉，在弹出的菜单中选择"色相/饱和度"命令，此时弹出"调整"面板同时得到图层"色相/饱和度 5"，在"调整"面板中设置"色相/饱和度"命令的参数，如图4-66所示。

图4-66

21 调整后的效果

在"调整"面板中设置完"色相/饱和度"命令的参数后，关闭"调整"面板，此时的图像效果和"图层"面板如图4-67所示。

图4-67

22 编辑图层蒙版

单击"色相/饱和度 5"的图层蒙版缩略图，设置前景色为黑色，使用"画笔工具" ✐设置适当的画笔大小和透明度后，在图层蒙版中涂抹，得到如图4-68所示的效果。

图4-68

23 "色相/饱和度"调整

单击"创建新的填充或调整图层"按钮 ◐，在弹出的菜单中选择"色相/饱和度"命令，此时弹出"调整"面板同时得到图层"色相/饱和度 6"，在"调整"面板中设置"色相/饱和度"命令的参数，如图4-69所示。

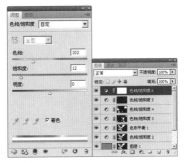

图4-69

24 调整后的效果

在"调整"面板中设置完"色相/饱和度"命令的参数后，关闭"调整"面板，此时的图像效果和"图层"面板如图4-70所示。

图4-70

25 最终效果

单击"色相/饱和度 6"的图层蒙版缩略图，设置前景色为黑色，使用"画笔工具" ✐设置适当的画笔大小和透明度后，在图层蒙版中涂抹，得到如图4-71所示的效果。

图4-71

4.6 幻灯片效果

好的幻灯胶片完全保障粒子、色相、色阶等因素，可以显示出非常完整的图像效果。本例将要使用一般的数码照片，表现幻灯胶片的那种色相与色阶的效果。清晰、洁净、绚丽的色彩是幻灯胶片独特的魅力。

原图效果

调整后效果

01 打开图片

打开一副人像照片文件，此时的图像效果和"图层"面板如图4-72所示。下面我们要将这张普通的照片，制作出幻灯胶片的图像效果。

图4-72

02 载入选区

切换到"通道"面板，按住【Ctrl】键单击通道"RGB"的通道缩览图，载入其选区，切换到"图层"面板，如图4-73所示。

图4-73

03 反向选择

执行菜单中的"选择"/"反向"命令或按快捷键【Ctrl+Shift+I】，即可得到如图4-74所示的选区效果。

图4-74

04 复制图像

按快捷键【Ctrl+J】，复制选区内的图像得到"图层1"，设置其图层混合模式为"柔光"，如图4-75所示。

图4-75

05 添加图层蒙版

单击"添加图层蒙版"按钮，为"图层1"添加图层蒙版，设置前景色为黑色，使用"画笔工具"设置适当的画笔大小和透明度后，在图层蒙版中涂抹，将不需要的部分隐藏起来，即可得到如图4-76所示的效果。

图4-76

06 调整曲线

单击"创建新的填充或调整图层"按钮，在弹出的菜单中选择"曲线"命令，此时弹出"调整"面板同时得到图层"曲线1"，在"调整"面板中设置"曲线"命令的参数，如图4-77所示。

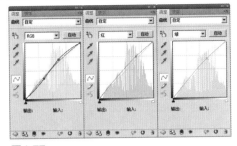

图4-77

07 应用曲线调整

在"调整"面板中设置完"曲线"命令的参数后，关闭"调整"面板，此时的图像效果和"图层"面板如图4-78所示。

图4-78

08 绘制路径

切换到"路径"面板，单击调板底部的"创建新路径"按钮，新建一个路径，得到"路径1"，选择"钢笔工具"，在工具选项条中单击"路径"按钮，在沿人物边缘绘制一条路径，如图4-79所示。

图4-79

09 转换选区

按快捷键【Ctrl+Enter】将路径转换为选区，执行菜单中的"选择"/"修改"/"羽化"命令在弹出的对话框中进行参数设置，设置完参数后，按快捷键【Ctrl+Shift+I】执行"反向"操作，即可得到如图4-80所示的选区效果。

图4-80

10 添加调整图层

单击"创建新的填充或调整图层"按钮◐，在弹出的菜单中选择"曲线"命令，此时弹出"调整"面板同时得到图层"曲线 2"，不需要进行任何参数设置，关闭"调整"面板，设置"曲线 2"的图层混合模式为"正片叠底"，得到如图4-81所示的效果。

图4-81

11 模糊图像

按快捷键【Ctrl+Shift+Alt+E】，执行"盖印"操作，得到"图层 2"，选择"滤镜"/"模糊"/"高斯模糊"命令，设置弹出对话框中的参数后，单击"确定"按钮，得到如图4-82所示的效果。

图4-82

12 添加图层蒙版

单击"添加图层蒙版"按钮◐，为"图层2"添加图层蒙版，设置前景色为黑色，使用"画笔工具" ◢设置适当的画笔大小和透明度后，在图层蒙版中涂抹，将不需要的部分隐藏起来，即可得到如图4-83所示的效果。

图4-83

13 色彩平衡调整

单击"创建新的填充或调整图层"按钮◐，在弹出的菜单中选择"色彩平衡"命令，此时弹出"调整"面板同时得到图层"色彩平衡1"，在"调整"面板中设置"色彩平衡"命令的参数，如图4-84所示。

图4-84

14 调整后的效果

在"调整"面板中设置完"色彩平衡"命令的参数后，关闭"调整"面板，此时的图像效果和"图层"面板如图4-85所示。

图4-85

15 新建图层

按住【Alt】键击"图层"面板底部的"创建新图层"按钮，在弹出的对话框中设置参数，设置完成后单击"确定"按钮，即可新建一个图层，如图4-86所示。

图4-86

16 画笔涂抹

选择"画笔工具"设置前景色的为白色，设置适当的画笔大小和画笔不透明度，在"图层 3"中进行涂抹，得到如图4-87所示的效果。

图4-87

17 调整曲线

单击"创建新的填充或调整图层"按钮，在弹出的菜单中选择"曲线"命令，此时弹出"调整"面板同时得到图层"曲线 3"，在"调整"面板中设置"曲线"命令的参数，如图4-88所示。

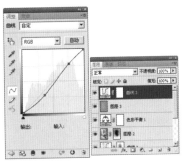

图4-88

18 最终效果

在"调整"面板中设置完"曲线"命令的参数后，关闭"调整"面板，此时的图像效果和"图层"面板如图4-89所示。

图4-89

4.7 反转片负冲效果

反转片负冲效果可以使照片达到普通照片达不到的色彩效果，可以令普通照片色彩变得比较饱满，使照片看起来更加漂亮。

原图效果

调整后效果

01 打开图片

打开一副人物婚纱照片文件，此时的图像效果和图层面板如图4-90所示。下面我们要将这张照片，制作出反转片负冲的图像效果。

图4-90

02 "阴影/高光"调节

按快捷键【Ctrl+J】，复制"背景"图层，得到"图层 1"，选择"图像"/"调整"/"阴影/高光"命令，调出"阴影/高光"命令对话框，设置完对话框后，即可得到如图4-91所示的效果。

图4-91

03 添加图层蒙版

单击"添加图层蒙版"按钮■，为"图层1"添加图层蒙版，设置前景色为黑色，使用"画笔工具"■设置适当的画笔大小和透明度后，在图层蒙版中涂抹，将不需要的部分隐藏起来，即可得到如图4-92所示的效果。

图4-92

04 盖印图层

按快捷键【Ctrl+Shift+Alt+E】，执行"盖印"操作，得到"图层2"，设置其图层混合模式为"滤色"，图层不透明度为"20%"，此时的图像效果和图层面板如图4-93所示。

图4-93

05 复制图层

按快捷键【Ctrl+Shift+Alt+E】，执行"盖印"操作，得到"图层3"，按快捷键【Ctrl+J】，复制"图层3"得到"图层3副本"，隐藏"图层3副本"选择"图层3"，此时的图像效果和图层面板如图4-94所示。

图4-94

06 调整"红"通道

切换到"通道"面板，选择"红"通道，执行菜单中的"图像"/"应用图像"命令在弹出的对话框中进行参数设置，如图4-95所示。

图4-95

07 调整后效果

设置完"应用图像"命令对话框后，单击"确定"按钮应用设置，即可以得到如图4-96所示的效果。

图4-96

08 调整"绿"通道

切换到"通道"面板，选择"绿"通道，执行菜单中的"图像"/"应用图像"命令在弹出的对话框中进行参数设置，如图4-97所示。

图4-97

09 调整后效果

设置完"应用图像"命令对话框后，单击"确定"按钮应用设置，即可以得到如图4-98所示的效果。

图4-98

10 调整"蓝"通道

切换到"通道"面板，选择"蓝"通道，执行菜单中的"图像"/"应用图像"命令在弹出的对话框中进行参数设置，如图4-99所示。

图4-99

11 调整后效果

设置完"应用图像"命令对话框后，单击"确定"按钮应用设置，即可以得到如图4-100所示的效果。

图4-100

12 只显示"背景"图层

选择"背景"图层，按住【Alt】键单击"背景"图层前面的眼睛按钮，只显示"背景"图层，如图4-101所示。

图4-101

13 载入选区

切换到"通道"面板，按住【Ctrl】键单击通道"RGB"的通道缩览图，载入其选区，切换到"图层"面板，如图4-102所示。

图4-102

14 还原图层显示

按住【Alt】键单击"背景"图层前面的眼睛按钮，将"背景"图层以外的图层恢复显示，如图4-103所示。

图4-103

15 复制图像

按快捷键【Ctrl+J】，复制选区内的图像得到"图层4"，将其调整到"图层3"的上方，如图4-104所示。

图4-104

16 设置图层不透明度

选择"图层 4"为当前操作图层,设置其图层不透明度为"41%",此时的图像效果和"图层"面板如图4-105所示。

图4-105

17 曲线调整

单击"创建新的填充或调整图层"按钮，在弹出的菜单中选择"曲线"命令,此时弹出"调整"面板同时得到图层"曲线 1",在"调整"面板中设置"曲线"命令的参数,如图4-106所示。

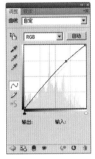

图4-106

18 调整后的效果

在"调整"面板中设置完"曲线"命令的参数后,关闭"调整"面板,此时的图像效果和"图层"面板如图4-107所示。

图4-107

19 编辑图层蒙版

单击"曲线 1"的图层蒙版缩略图,设置前景色为黑色,使用"画笔工具"设置适当的画笔大小和透明度后,在图层蒙版中涂抹,得到如图4-108所示的效果。

图4-108

20 色阶调整

单击"创建新的填充或调整图层"按钮，在弹出的菜单中选择"色阶"命令,此时弹出"调整"面板同时得到图层"色阶 1",在"调整"面板中设置"色阶"命令的参数,如图4-109所示。

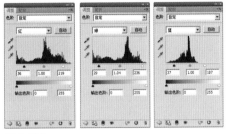

图4-109

21 调整后的效果

在"调整"面板中设置完"色阶"命令的参数后,关闭"调整"面板,此时的图像效果和"图层"面板如图4-110所示。

图4-110

22 最终效果

选择并显示"图层 3 副本",设置其图层混合模式为"柔光",图层不透明度为"30%",如图4-111所示。

图4-111

4.8 电影胶片效果

电影胶片效果是一种全面降低了照片的彩度，增加粗糙感效果。这种效果具有色彩厚重的特点，使彩色的照片看起来具有黑白的感觉，下面就要使用Photoshop将普通的人物照片制作成电影胶片的效果。

原图效果

调整后效果

01 打开图片

打开一张人物照片文件，此时的图像效果和图层面板如图4-112所示。下面我们要将这张照片，制作出电影胶片效果。

图4-112

02 复制图像

在"图层"面板中拖动"背景"到"创建新图层"按钮上，释放鼠标得到"背景 副本"得到如图4-113所示的效果。

图4-113

03 调整"红"通道

切换到"通道"面板，选择"红"通道，执行菜单中的"图像"/"应用图像"命令在弹出的对话框中进行参数设置，如图4-114所示。

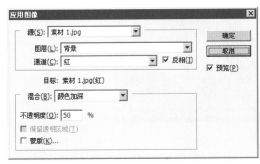

图4-114

04 调整后效果

设置完"应用图像"命令对话框后，单击"确定"按钮应用设置，即可以得到如图4-115所示的效果。

图4-115

05 调整"绿"通道

切换到"通道"面板，选择"绿"通道，执行菜单中的"图像"/"应用图像"命令在弹出的对话框中进行参数设置，如图4-116所示。

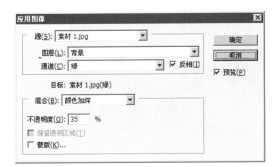

图4-116

06 调整后效果

设置完"应用图像"命令对话框后，单击"确定"按钮应用设置，即可以得到如图4-117所示的效果。

图4-117

07 调整"蓝"通道

切换到"通道"面板，选择"蓝"通道，执行菜单中的"图像"/"应用图像"命令在弹出的对话框中进行参数设置，如图4-118所示。

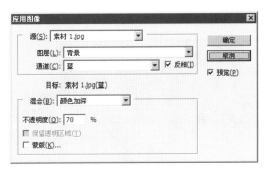

图4-118

08 调整后效果

设置完"应用图像"命令对话框后，单击"确定"按钮应用设置，即可以得到如图4-119所示的效果。

图4-119

09 色阶调整

单击"创建新的填充或调整图层"按钮 ◐,，在弹出的菜单中选择"色阶"命令，此时弹出"调整"面板同时得到图层"色阶 1"，在"调整"面板中设置"色阶"命令的参数，如图4-120所示。

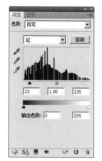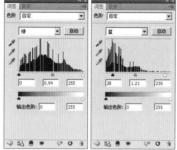

图4-120

10 调整后的效果

在"调整"面板中设置完"色阶"命令的参数后，关闭"调整"面板，此时的图像效果和"图层"面板如图4-121所示。

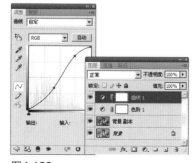

图4-121

11 曲线调整

单击"创建新的填充或调整图层"按钮 ◐,，在弹出的菜单中选择"曲线"命令，此时弹出"调整"面板同时得到图层"曲线 1"，在"调整"面板中设置"曲线"命令的参数，如图4-122所示。

图4-122

12 调整后的效果

在"调整"面板中设置完"曲线"命令的参数后，关闭"调整"面板，此时的图像效果和"图层"面板如图4-123所示。

图4-123

13 设置图层不透明度

选择"曲线 1"为当前操作图层，并设置其图层不透明度为"43%"，此时的图像效果和图层调板如图4-124所示。

图4-124

14 编辑图层蒙版

单击"曲线 1"的图层蒙版缩略图，设置前景色为黑色，使用"画笔工具" ✎ 设置适当的画笔大小和透明度后，在图层蒙版中涂抹，得到如图4-125所示的效果。

图4-125

数码照片处理完全学习手册

15 "色相/饱和度"调整

单击"创建新的填充或调整图层"按钮 ，在弹出的菜单中选择"色相/饱和度"命令，此时弹出"调整"面板同时得到图层"色相/饱和度 1"，在"调整"面板中设置"色相/饱和度"命令的参数，如图4-126所示。

图4-126

16 调整后的效果

在"调整"面板中设置完"色相/饱和度"命令的参数后，关闭"调整"面板，此时的图像效果和"图层"面板如图4-127所示。

图4-127

17 调整自然饱和度

单击"创建新的填充或调整图层"按钮 ，在弹出的菜单中选择"自然饱和度"命令，此时弹出"调整"面板同时得到图层"自然饱和度 1"，在"调整"面板中设置"自然饱和度"命令的参数，在"调整"面板中设置完"自然饱和度"命令的参数后，关闭"调整"面板，此时的图像效果和"图层"面板如图4-128所示。

图4-128

18 色彩平衡调整

单击"创建新的填充或调整图层"按钮 。在弹出的菜单中选择"色彩平衡"命令，此时弹出"调整"面板同时得到图层"色彩平衡 1"，在"调整"面板中设置"色彩平衡"命令的参数，如图4-129所示。

图4-129

19 调整后的效果

在"调整"面板中设置完"色彩平衡"命令的参数后，关闭"调整"面板，此时的图像效果和"图层"面板如图4-130所示。

图4-130

20 载入选区

按住【Alt】键单击"背景"图层前面的眼睛按钮，将"背景"图层以外的图层恢复显示，切换到"通道"面板，按住【Ctrl】键单击通道"RGB"的通道缩览图，载入其选区，如图4-131所示。

图4-131

21 复制图像

切换到"图层"面板，按快捷键【Ctrl+J】，复制选区内的图像得到"图层1"，将其调整到"色彩平衡1"的上方，显示所有图层，如图4-132所示。

图4-132

22 设置图层混合模式

设置"图层1"的图层混合模式为"柔光"，图层不透明度为"50%"，此时的图像效果和图层面板如图4-133所示。

图4-133

23 盖印图层

按快捷键【Ctrl+Shift+Alt+E】，执行"盖印"操作，得到"图层2"，设置"图层2"的图层混合模式为"柔光"，图层不透明度为"30%"，此时的图像效果和"图层"面板如图4-134所示。

图4-134

24 添加图层蒙版

单击"添加图层蒙版"按钮 ，为"图层2"添加图层蒙版，设置前景色为黑色，使用"画笔工具" 设置适当的画笔大小和透明度后，在图层蒙版中涂抹，将不需要的部分隐藏起来，即可得到如图4-135所示的效果。

图4-135

25 "色相/饱和度"调整

单击"创建新的填充或调整图层"按钮 ，在弹出的菜单中选择"色相/饱和度"命令，此时弹出"调整"面板同时得到图层"色相/饱和度2"，在"调整"面板中设置"色相/饱和度"命令的参数，如图4-136所示。

图4-136

26 调整后的效果

在"调整"面板中设置完"色相/饱和度"命令的参数后，关闭"调整"面板，此时的图像效果和"图层"面板如图4-137所示。

图4-137

27 曲线调整

单击"创建新的填充或调整图层"按钮 ✎，在弹出的菜单中选择"曲线"命令，此时弹出"调整"面板同时得到图层"曲线2"，在"调整"面板中设置"曲线"命令的参数，如图4-138所示。

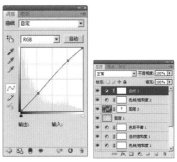

图4-138

28 调整后的效果

在"调整"面板中设置完"曲线"命令的参数后，关闭"调整"面板，此时的图像效果和"图层"面板如图4-139所示。

图4-139

29 绘制矩形

设置前景色为黑色，选择"矩形工具" ▢，在工具选项条中单击"形状图层"按钮 ▢，在封面的中间绘制黑色矩形，得到图层"形状1"，如图4-140所示。

图4-140

30 最终效果

使用"路径选择工具" ▸ 选择"形状1"矢量蒙版中的路径，在工具选项条中单击"从形状区域减去"按钮 ▣，得到如图4-141所示的效果。

图4-141

4.9 红外摄影效果

　　红外胶片或红外滤光片可以截断可见光，因此用于演绎梦幻般的气氛和幻想中的氛围。少数的摄影师为了表现独特的感觉而使用这些红外胶片，在Photoshop中也能表现类似的图像效果。

原图效果

调整后效果

01 打开图片

　　打开一张风景照片文件，此时的图像效果和图层面板如图4-142所示。下面我们要将这张照片，制作出红外摄影的图像效果。

图4-142

02 曲线调整

　　单击"创建新的填充或调整图层"按钮 ⊘.，在弹出的菜单中选择"曲线"命令，此时弹出"调整"面板同时得到图层"曲线 1"，在"调整"面板中设置"曲线"命令的参数，如图4-143所示。

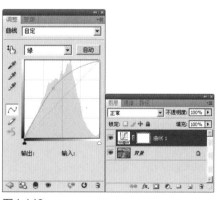

图4-143

03 调整后的效果

在"调整"面板中设置完"曲线"命令的参数后,关闭"调整"面板,此时的图像效果和"图层"面板如图4-144所示。

图4-144

04 通道混合器调整

单击"创建新的填充或调整图层"按钮 ⊘ ,在弹出的菜单中选择"通道混合器"命令,此时弹出"调整"面板同时得到图层"通道混合器 1",在"调整"面板中设置"通道混合器"命令的参数,如图4-145所示。

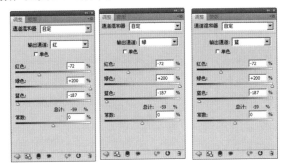

图4-145

05 调整后的效果

在"调整"面板中设置完"通道混合器"命令的参数后,关闭"调整"面板,此时的图像效果和"图层"面板如图4-146所示。

图4-146

06 载入选区

切换到通道调板,按住【Ctrl】键单击通道"RGB"的通道缩览图,载入其选区,如图4-147所示。

图4-147

07 复制图像

切换到"图层"面板,按快捷键【Shift+Ctrl+C】,执行"合并拷贝"操作,按快捷键【Ctrl+V】,执行"粘贴"操作,得到"图层1",设置"图层 1"的图层混合模式为"叠加"如图4-148所示。

图4-148

08 模糊图像

选择"滤镜"/"模糊"/"高斯模糊"命令,设置弹出对话框中的参数后,单击"确定"按钮,得到如图4-149所示的效果。

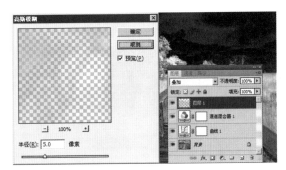

图4-149

09 添加杂色

选择"滤镜"/"杂色"/"添加杂色"命令，设置弹出对话框中的参数后，单击"确定"按钮，得到如图4-150所示的效果。

图4-150

10 曲线调整

单击"创建新的填充或调整图层"按钮，在弹出的菜单中选择"曲线"命令，此时弹出"调整"面板同时得到图层"曲线 2"，在"调整"面板中设置"曲线"命令的参数，如图4-151所示。

 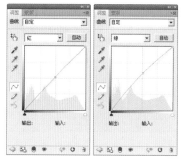

图4-151

11 调整后的效果

在"调整"面板中设置完"曲线"命令的参数后，关闭"调整"面板，此时的图像效果和"图层"面板如图4-152所示。

图4-152

12 设置图层不透明度

选择"曲线 2"为当前操作图层，并设置其图层不透明度为"55%"，此时的图像效果和"图层"面板如图4-153所示。

图4-153

13 复制图层

选择"背景"图层，按住【Alt】键在图层调板上将选中的图层拖动到"曲线 2"的上方，以复制和调整图层顺序，得到图层"背景 副本"，按快捷键【Ctrl+J】，复制"背景 副本"图层，得到"背景 副本 2"，选择"背景 副本"图层，隐藏"背景 副本 2"，如图4-154所示。

图4-154

14 设置图层混合模式

设置"背景 副本"的图层混合模式为"柔光"，图层不透明度为"69%"，此时的图像效果和"图层"面板如图4-155所示。

图4-155

数码照片处理完全学习手册

15 添加图层蒙版

单击"添加图层蒙版"按钮■，为"背景副本"添加图层蒙版，设置前景色为黑色，使用"画笔工具"✐设置适当的画笔大小和透明度后，在图层蒙版中涂抹，将不需要的部分隐藏起来，即可得到如图4-156所示的效果。

图4-156

16 反相图像

选择并显示"背景 副本 2"，按快捷键【Ctrl+I】，执行"反相"操作，将图像中的颜色进行颠倒，（将图像中的颜色变成该颜色的补色）如图4-157所示。

图4-157

17 设置图层混合模式

设置"背景 副本 2"的图层混合模式为"颜色"此时的图像效果和"图层"面板如图4-158所示。

图4-158

18 添加图层蒙版

单击"添加图层蒙版"按钮■，为"背景副本 2"添加图层蒙版，设置前景色为黑色，使用"画笔工具"✐设置适当的画笔大小和透明度后，在图层蒙版中涂抹，将不需要的部分隐藏起来，即可得到如图4-159所示的效果。

图4-159

19 黑白调整

单击"创建新的填充或调整图层"按钮●，在弹出的菜单中选择"黑白"命令，此时弹出"调整"面板同时得到图层"黑白 1"，在"调整"面板中设置"黑白"命令的参数，如图4-160所示。

图4-160

20 调整后的效果

在"调整"面板中设置完"黑白"命令的参数后，关闭"调整"面板，此时的图像效果和"图层"面板如图4-161所示。

图4-161

21 最终效果

设置"黑白 1"的图层混合模式为"明度"，图层不透明度为"60%"，此时的图像效果和"图层"面板如图4-162所示。

图4-162

4.10 风光照片如何把握颜色的对比与层次

　　风光摄影是我们比较常见的摄影形式，是旅游、采风经常拍到的题材，对于风光摄影而言，一种是再现当时天气条件下景物色彩与层次的记录型的风光；另一种是赋予风光照片主观色彩的风光。摄影和作画一样，我们是画画的人，色彩要我们来控制，而不是交给相机，否则我们会失去后期摄影创作的乐趣。下面我们对一幅风光摄影照片进行色彩的调整与把握。

原图效果

最终效果

01 打开文件

　　首先我们打开图像，如图4-163所示。我们看到画面非常的平淡，反差很低，色彩由于色温的调整不当造成偏蓝色，草地原本翠绿的颜色也不翼而飞，接下来我们要还原现场看到的颜色。

图4-163

02 复制新图层

　　单击"图层"面板，按【Ctrl+J】组合键，复制背景图层为新的"图层1"，如图4-164所示。

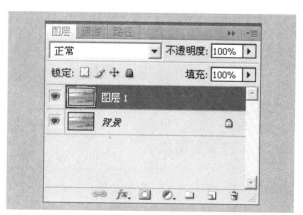

图4-164

数码照片处理完全学习手册

03 曲线调整

按【Ctrl+M】调出曲线对话框，在对话框的通道选项中，选择蓝通道，调整蓝通道曲线如图4-165所示。

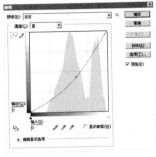

图4-165

04 调整后效果

调整曲线命令后效果如图4-166所示，这时画面的蓝色明显减少，草地的绿色也恢复了。

图4-166

05 色阶调整

这时的画面反差有些小，按【Ctrl+L】组合键，进行色阶的调整，如图4-167所示。

图4-167

06 调整反差后效果

单击确定按钮，此时的画面反差已经合适，如图4-168所示。

图4-168

07 隐藏图层1

在"图层"面板中隐藏"图层1"，单击背景图层，对背景图层进行调整，如图4-169所示。

图4-169

08 色彩平衡调整

接下来的调整，是要把远处的山、云雾等进行冷色调处理，以便与前景的草地进行冷暖的对比，增强空间感。按【Ctrl+B】组合键调出色彩平衡对话框，调节各个滑块，如图4-170所示。

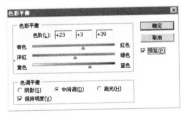

图4-170

09 调整后效果

色彩平衡调节后效果如图4-171所示，远处的景物被笼罩一层神秘的蓝色调。

图4-171

10 "亮度/对比度"调节

单击"图层"面板，再次按下【Ctrl+J】组合键，复制一个"背景副本"图层，隐藏"背景副本"，单击"背景"图层，我们要调节远山之间的层次，让那座孤独的山与群山拉开距离。执行菜单"图像"/"调整"/"亮度/对比度"命令，调整两个滑块，效果如图4-172所示。

图4-172

11 渐变调整

单击"图层"面板，显示"背景副本"层，并为"背景副本"添加图层蒙版，选择渐变工具，设置前景色为黑色，从上至下拉渐变，使用画笔工具对蒙版进行精细编辑，调整后效果如图4-173所示。

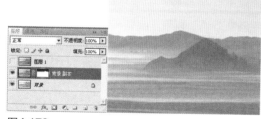

图4-173

12 编辑图层1

单击"图层"面板，显示"图层1"，并为"图层1"添加图层蒙版。选择工具箱中的渐变工具，设置前景色为黑色，从上至下做渐变调整，如图4-174所示。

图4-174

13 打开图像

至此画面基本的颜色对比与层次显示出来，但是天空部分层次很少，影调过于亮，因此下一步的调整就是要平衡影调。打开一张云的背景图像，如图4-175所示。

图4-175

14 复制图层

选择矩形选框工具，框选需要的图像部分，选择移动工具拖动图像至先前调整的风光图像之中，如图4-176所示。

图4-176

15 变换图像

按下【Ctrl+T】组合键，执行"自由变换"命令，在自由变换框中单击右键，选择"水平翻转"命令，如图4-177所示。

图4-177

16 确认变换

按下回车键确定变换。为什么这一部要进行翻转，因为我们要对影调进行平衡，画面大部分影调都在右边，所以要在置换天空的时候把重调子放在左边，压住画面，如图4-178所示。

图4-178

17 添加图层蒙版

为"图层2"添加图层蒙版，为下一步合成天空部分做准备，如图4-179所示。

图4-179

18 渐变调整

选择工具箱中的渐变工具 ■，设置"前景色到透明渐变"模式，设置前景色为黑色，在画面中由下至上拉渐变，调整后效果如图4-180所示。

图4-180

19 色彩平衡调整

在图层面板中单击"图层2"，使之为图层编辑状态，按下【Ctrl+B】组合键，调出色彩平衡对话框，调整"图层2"的色彩，使之接近下面涂层的冷色调，如图4-181所示。

图4-181

20 调整图层

单击"创建新的填充或调整图层"按钮 ●，在下拉菜单中选择"曲线"命令，调暗整体画面，以天空影调为准，如图4-182所示。

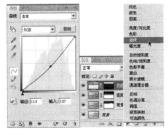

图4-182

21 变换图像

按下【Ctrl】+【T】组合键，执行"自由变换"命令。在自由变换框中单击右键，选择"水平翻转"命令。如图4-183所示。

图4-183

22 确认变换

按下回车键，确定变换。为什么这一部要进行翻转，因为我们要对影调进行平衡，画面大部分影调都在右边，所以要在置换天空的时候把重调子放在左边，压住画面。如图4-184所示。

图4-184

23 添加图层蒙版

为图层2添加图层蒙版，为下一步合成天空部分做准备。如图4-185所示。

图4-185

24 渐变调整

选择工具箱中的渐变工具，设置"前景色到透明渐变"模式，设置前景色为黑色。在画面中由下至上拉渐变。调整后效果如图4-186所示。

图4-186

25 色彩平衡调整

在图层面板中单击图层2，使之为图层编辑状态。按下【Ctrl】+【B】组合键，调出色彩平衡对话框，调整图层2的色彩，使之接近下面涂层的冷色调。如图4-187所示。

图4-187

26 调整图层

单击"创建新的填充或调整图层"按钮，在下拉菜单中选择"曲线"命令，调暗整体画面，以天空影调为准。如图4-188所示。

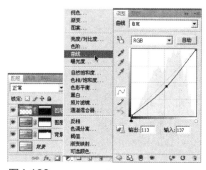

图4-188

27 调整效果

以天空影调为基准调整后图像效果如图4-189所示。

图4-189

28 蒙版编辑

选择工具箱中的渐变工具，设置渐变模式为"前景色到透明渐变"，前景色为黑色，在画面中由下向上拉渐变，还原地面层次，如图4-190所示。

图4-190

29 蒙版编辑

应用同样的方法，再次单击"创建新的填充或调整图层"按钮，调节曲线，以地面层次为基准提亮图层。同样选择渐变工具编辑蒙版，但是这次要从上至下拉渐变，最后调整效果如图4-191所示。

图4-191

30 最终效果

整体进行精细调整后效果如图4-192所示。

图4-192

> ### 技巧提示
>
> 图层蒙版是一非常重要的技法，在调整图像时会反复用到。图层蒙版通过借助画笔、渐变等工具，配合前景色的切换，能够对图层之间局部的显现与隐藏作调整，对图像没有损害，而且可以无限次的调整，不满意可以从头再来。

Chapter
05

弥补曝光遗憾

由于在拍摄数码照片的时候，往往会因为天气或相机调试等原因造成照片的曝光问题，从而影响照片的整体效果，例如：调整曝光过度、局部曝光过度、曝光不足、局部曝光不足等问题，本章将通过运用Photoshop对这些问题进行处理。

5.1 修复曝光不足的照片

在拍摄数码照片的时候，往往会因为天气或相机调试等原因造成曝光不足，会出现照片发暗的现象，因此我们通过Photoshop中"曲线"和"色阶"等功能轻松解决这一问题，让照片层次更分明，色彩更亮丽。

原图效果

调整后效果

01 打开图片

打开一副人物照片文件，此时的图像效果和图层面板如图5-1所示，观察照片我们发现由于拍摄时光线不好，照片整体有些曝光不足，下面我们将要让照片的颜色纠正过来。

图5-1

02 复制图像

在"图层"面板中拖动"背景"到"创建新图层"按钮上，释放鼠标得到"背景 副本"，设置其图层混合模式为"滤色"，得到如图5-2所示的效果。

图5-2

03 曲线调整

单击"创建新的填充或调整图层"按钮 ⬤，在弹出的菜单中选择"曲线"命令，此时弹出"调整"面板同时得到图层"曲线 1"，在"调整"面板中设置"曲线"命令的参数，如图5-3所示。

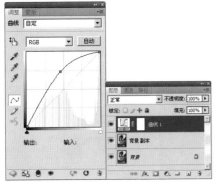

图5-3

04 调整后的效果

在"调整"面板中设置完"曲线"命令的参数后，关闭"调整"面板，此时的图像效果和"图层"面板如图5-4所示。

图5-4

05 编辑图层蒙版

单击"曲线 1"的图层蒙版缩略图，设置前景色为黑色，使用"画笔工具" ✐ 设置适当的画笔大小和透明度后，在图层蒙版中涂抹，得到如图5-5所示的效果。

图5-5

06 色彩平衡调整

单击"创建新的填充或调整图层"按钮 ⬤，在弹出的菜单中选择"色彩平衡"命令，此时弹出"调整"面板同时得到图层"色彩平衡 1"，在"调整"面板中设置"色彩平衡"命令的参数，如图5-6所示。

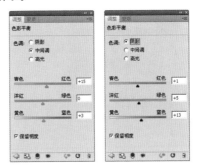

图5-6

07 调整后的效果

在"调整"面板中设置完"色彩平衡"命令的参数后，关闭"调整"面板，此时的图像效果和"图层"面板如图5-7所示。

图5-7

08 模糊图像

按快捷键【Ctrl+Shift+Alt+E】，执行"盖印"操作，得到"图层 1"，选择"滤镜"/"模糊"/"高斯模糊"命令，设置弹出对话框中的参数后，单击"确定"按钮，得到如图5-8所示的效果。

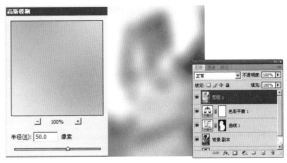

图5-8

09 设置图层混合模式

设置"图层 1"的图层混合模式为"柔光"，此时的图像效果和"图层"面板如图5-9所示。

图5-9

10 添加图层蒙版

单击"添加图层蒙版"按钮，为"图层 1"添加图层蒙版，设置前景色为黑色，使用"画笔工具"设置适当的画笔大小和透明度后，在图层蒙版中涂抹，将不需要的部分隐藏起来，即可得到如图5-10所示的效果。

图5-10

5.2 修复局部曝光不足

照片在拍摄过程中由于一些局部光线较暗，使得照片较暗的部分显示为黑色，失去了照片暗部原有的一些细节，人物图像细节更加不清晰，下面需要选择"调色"命令并结合图层蒙版对其进行修正，从而恢复照片整体的亮度。

原图效果

调整后效果

数码照片处理完全学习手册

01 打开图片

　　打开一张旅游人物照片文件，此时的图像效果和图层面板如图5-11所示。我们看到人物的脸部的暗面由于没有光线的照射，显得有些曝光不足，接下来我们要将人物脸部曝光不足的地方修复。

图5-11

02 绘制选区

　　单击工具箱中的修补工具 ◎，将选择后的修补工具移动到画面中背景人物所在的区域内，单击鼠标左键拖动，围绕着其中一个人物绘制出一个选区，如图5-12所示。

图5-12

03 修补图像

　　使用修补工具在选区内单击鼠标左键，向选区左侧拖动选区内的图像到适当的位置，如图5-13所示。

图5-13

04 修补后效果

　　拖动鼠标到适当的位置后，释放鼠标左键，即可将选区内的人物图像消除，如图5-14所示。

图5-14

05 修补图像

　　使用修补工具在选区内单击鼠标左键，向选区右侧拖动选区内的图像到适当的位置，如图5-15所示。

图5-15

06 绘制选区

　　单击工具箱中的修补工具 ◎，将选择后的修补工具移动到画面中背景人物所在的区域内，单击鼠标左键拖动，围绕着其中一个人物绘制出一个选区，如图5-16所示。

图5-16

07 修补后效果

拖动鼠标到适当的位置后，释放鼠标左键，即可将选区内的人物图像消除，如图5-17所示。

图5-17

08 绘制选区

单击工具箱中的修补工具 ，将选择后的修补工具移动到画面中背景人物所在的区域内，单击鼠标左键拖动，围绕着最后一个人物绘制出一个选区，如图5-18所示。

图5-18

09 修补图像

使用修补工具在选区内单击鼠标左键，向选区右侧拖动选区内的图像到适当的位置，如图5-19所示。

图5-19

10 修补后效果

拖动鼠标到适当的位置后，释放鼠标左键，即可将选区内的人物图像消除，如图5-20所示。

图5-20

11 调整色阶

单击"创建新的填充或调整图层"按钮 ，在弹出的菜单中选择"色阶"命令，此时弹出"调整"面板同时得到图层"色阶 1"，在"调整"面板中设置"色阶"命令的参数，如图5-21所示。

图5-21

12 应用色阶调整

在"调整"面板中设置完"色阶"命令的参数后，关闭"调整"面板，此时的图像效果和"图层"面板如图5-22所示。

图5-22

13 编辑图层蒙版

单击"色阶 1"的图层蒙版缩略图，设置前景色为黑色，使用"画笔工具"  设置适当的画笔大小和透明度后，在图层蒙版中涂抹，得到如图5-23所示的效果。

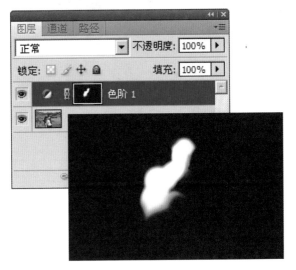

图5-23

14 调整曲线

单击"创建新的填充或调整图层"按钮 ⊘. ，在弹出的菜单中选择"曲线"命令，此时弹出"调整"面板同时得到图层"曲线 1"，在"调整"面板中设置"曲线"命令的参数，如图5-24所示。

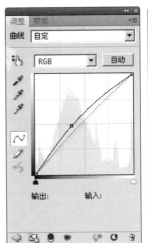
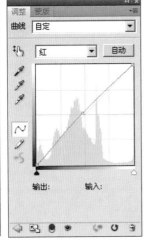

图5-24

15 应用曲线调整

在"调整"面板中设置完"曲线"命令的参数后，关闭"调整"面板，此时的图像效果和"图层"面板如图5-25所示。

图5-25

5.3 调整曝光过度的照片

在拍摄数码照片时，有时也会出现照片曝光过度的情况，这样会导致整个画面的色彩变淡，只需在Photoshop中进行简单修改，照片色彩即会立刻鲜艳起来，使其更加的清晰自然。

原图效果

调整后效果

01 打开图片

打开风景人物照片文件，此时的图像效果和"图层"面板如图5-26所示。我们看到画面由于拍摄时光线的原因有些曝光过度，导致画面颜色变淡，接下来我们要将的照片的颜色纠正过来。

图5-26

02 调整"亮度/对比度"

单击"创建新的填充或调整图层"按钮，在弹出的菜单中选择"亮度/对比度"命令，此时弹出"调整"面板同时得到图层"亮度/对比度 1"，在"调整"面板中设置"亮度/对比度"命令的参数，如图5-27所示。

图5-27

03 应用"亮度/对比度"调整

在"调整"面板中设置完"亮度/对比度"命令的参数后，关闭"调整"面板，此时的图像效果和"图层"面板如图5-28所示。

图5-28

04 调整色阶

单击"创建新的填充或调整图层"按钮 ⊘，在弹出的菜单中选择"色阶"命令，此时弹出"调整"面板同时得到图层"色阶 1"，在"调整"面板中设置"色阶"命令的参数，如图5-29所示。

图5-29

05 应用色阶调整

在"调整"面板中设置完"色阶"命令的参数后，关闭"调整"面板，此时的图像效果和"图层"面板如图5-30所示。

图5-30

06 编辑图层蒙版

单击"色阶 1"的图层蒙版缩略图，设置前景色为黑色，使用"画笔工具" ✎ 设置适当的画笔大小和透明度后，在图层蒙版中涂抹，得到如图5-31所示的效果。

图5-31

07 调整自然饱和度

单击"创建新的填充或调整图层"按钮 ⊘，在弹出的菜单中选择"自然饱和度"命令，此时弹出"调整"面板同时得到图层"自然饱和度 1"，在"调整"面板中设置"自然饱和度"命令的参数，如图5-32所示。

图5-32

08 应用自然饱和度调整

在"调整"面板中设置完"自然饱和度"命令的参数后，关闭"调整"面板，此时的图像效果和"图层"面板如图5-33所示。

图5-33

09 锐化图像

按快捷键【Ctrl+Shift+Alt+E】，执行"盖印"操作，得到"图层 1"，选择"滤镜"/"锐化"/"UMS锐化"命令，设置弹出对话框中的参数后，单击"确定"按钮，得到如图5-34所示的效果。

图5-34

10 添加图层蒙版

单击"添加图层蒙版"按钮■，为"图层1"添加图层蒙版，设置前景色为黑色，使用"画笔工具"✎设置适当的画笔大小和透明度后，在图层蒙版中涂抹，将不需要的部分隐藏起来，即可得到如图5-35所示的效果。

图5-35

11 模糊图像

按快捷键【Ctrl+Shift+Alt+E】，执行"盖印"操作，得到"图层2"，选择"滤镜"/"模糊"/"高斯模糊"命令，设置弹出对话框中的参数后，单击"确定"按钮，得到如图5-36所示的效果。

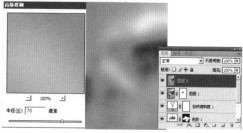

图5-36

12 设置图层混合模式

设置"图层2"的图层混合模式为"柔光"此时的图像效果和"图层"面板如图5-37所示

图5-37

13 添加图层蒙版

单击"添加图层蒙版"按钮■，为"图层2"添加图层蒙版，设置前景色为黑色，使用"画笔工具"✎设置适当的画笔大小和透明度后，在图层蒙版中涂抹，将不需要的部分隐藏起来，即可得到如图5-38所示的效果。

图5-38

14 调整"色相/饱和度"

单击"创建新的填充或调整图层"按钮●，在弹出的菜单中选择"色相/饱和度"命令，此时弹出"调整"面板同时得到图层"色相/饱和度1"，在"调整"面板中设置"色相/饱和度"命令的参数，如图5-39所示。

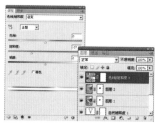

图5-39

15 应用"色相/饱和度"调整

在"调整"面板中设置完"色相/饱和度"命令的参数后，关闭"调整"面板，此时的图像效果和"图层"面板如图5-40所示。

图5-40

16 编辑图层蒙版

单击"色相/饱和度1"的图层蒙版缩略图，设置前景色为黑色，使用"画笔工具"✎设置适当的画笔大小和透明度后，在图层蒙版中涂抹，得到如图5-41所示的效果。

图5-41

5.4 修复局部曝光过度

　　照片在拍摄过程中由于一些局部光线较亮，使得照片较亮的部分显示为白色，这样会导致局部画面的色彩变淡，人物图像局部没有层次，下面需要选择"调色"命令并结合图层蒙版对其进行修正，修补照片中曝光过度的地方。

原图效果

调整后效果

01 打开图片

　　打开一张人物照片文件，此时的图像效果和图层面板如图5-42所示。观察照片发现照片中人物的右侧有些曝光过渡的问题，下面我们就要解决这一问题。

图5-42

02 调整"亮度/对比度"

　　单击"创建新的填充或调整图层"按钮🔘，在弹出的菜单中选择"亮度/对比度"命令，此时弹出"调整"面板同时得到图层"亮度/对比度1"，在"调整"面板中设置"亮度/对比度"命令的参数，如图5-43所示。

图5-43

03 应用"亮度/对比度"调整

在"调整"面板中设置完"亮度/对比度"命令的参数后，关闭"调整"面板，此时的图像效果和"图层"面板如图5-44所示。

图5-44

04 编辑图层蒙版

单击"亮度/对比度 1"的图层蒙版缩略图，设置前景色为黑色，使用"画笔工具" ✐ 设置适当的画笔大小和透明度后，在图层蒙版中涂抹，得到如图5-45所示的效果。

图5-45

05 调整"色相/饱和度"

单击"创建新的填充或调整图层"按钮 ◕.，在弹出的菜单中选择"色相/饱和度"命令，此时弹出"调整"面板同时得到图层"色相/饱和度 1"，在"调整"面板中设置"色相/饱和度"命令的参数，如图5-46所示。

图5-46

06 应用"色相/饱和度"调整

在"调整"面板中设置完"色相/饱和度"命令的参数后，关闭"调整"面板，此时的图像效果和"图层"面板如图5-47所示。

图5-47

07 复制图层蒙版

按住【Alt】键在图层面板上，拖动"亮度/对比度 1"的图层蒙版缩略图到"色相/饱和度 1"的图层名称上释放鼠标，以复制图层蒙版，得到如图5-48所示的效果。

图5-48

08 调整色彩平衡

单击"创建新的填充或调整图层"按钮 ◕.，在弹出的菜单中选择"色彩平衡"命令，此时弹出"调整"面板同时得到图层"色彩平衡 1"，在"调整"面板中设置"色彩平衡"命令的参数，如图5-49所示。

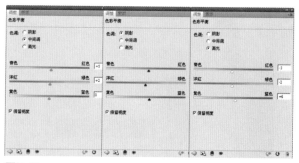

图5-49

09 应用色彩平衡调整

在"调整"面板中设置完"色彩平衡"命令的参数后，关闭"调整"面板，此时的图像效果和"图层"面板如图5-50所示。

图5-50

10 复制图层蒙版

按住【Alt】键在图层面板上，拖动"亮度/对比度 1"的图层蒙版缩略图到"色彩平衡 1"的图层名称上释放鼠标，以复制图层蒙版，得到如图5-51所示的效果。

图5-51

11 模糊图像

按快捷键【Ctrl+Shift+Alt+E】，执行"盖印"操作，得到"图层 1"，选择"滤镜"/"模糊"/"高斯模糊"命令，设置弹出对话框中的参数后，单击"确定"按钮，得到如图5-52所示的效果。

图5-52

12 设置图层混合模式

设置"图层 1"的图层混合模式为"柔光"此时的图像效果和"图层"面板如图5-53所示。

图5-53

13 添加图层蒙版

单击"添加图层蒙版"按钮，为"图层 1"添加图层蒙版，设置前景色为黑色，使用"画笔工具"设置适当的画笔大小和透明度后，在图层蒙版中涂抹，将不需要的部分隐藏起来，即可得到如图5-54所示的效果。

图5-54

14 调整色彩平衡

单击"创建新的填充或调整图层"按钮，在弹出的菜单中选择"色彩平衡"命令，此时弹出"调整"面板同时得到图层"色彩平衡 2"，在"调整"面板中设置"色彩平衡"命令的参数，如图5-55所示。

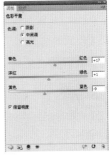

图5-55

15 应用色彩平衡调整

在"调整"面板中设置完"色彩平衡"命令的参数后，关闭"调整"面板，此时的图像效果和"图层"面板如图5-56所示。

图5-56

16 编辑图层蒙版

单击"色彩平衡 2"的图层蒙版缩略图，设置前景色为黑色，使用"画笔工具" ✐设置适当的画笔大小和透明度后，在图层蒙版中涂抹，得到如图5-57所示的效果。

图5-57

17 盖印图层

按快捷键【Ctrl+Shift+Alt+E】，执行"盖印"操作，得到"图层 2"，此时的图像效果和"图层"面板如图5-58所示的效果。

图5-58

18 调整"红"通道

切换到"通道"面板，选择"红"通道，执行菜单中的"滤镜"/"模糊"/"特殊模糊"命令，设置弹出对话框中的参数后，单击"确定"按钮，得到如图5-59所示的效果。

图5-59

19 调整"绿"通道

切换到"通道"面板，选择"绿"通道，按Ctrl+F重复运用特殊模糊命令，得到如图5-60所示的效果。

图5-60

20 调整"蓝"通道

切换到"通道"面板，选择"蓝"通道，按Ctrl+F重复运用特殊模糊命令，得到如图5-61所示的效果。

图5-61

21 添加图层蒙版

切换"图层"调板，单击"添加图层蒙版"按钮 ，为"图层2"添加图层蒙版，设置前景色为黑色，使用"画笔工具" 设置适当的画笔大小和透明度后，在图层蒙版中涂抹，将不需要的部分隐藏起来，即可得到如图5-62所示的效果。

图5-62

22 调整色彩平衡

单击"创建新的填充或调整图层"按钮 ，在弹出的菜单中选择"色彩平衡"命令，此时弹出"调整"面板同时得到图层"色彩平衡3"，在"调整"面板中设置"色彩平衡"命令的参数，如图5-63所示。

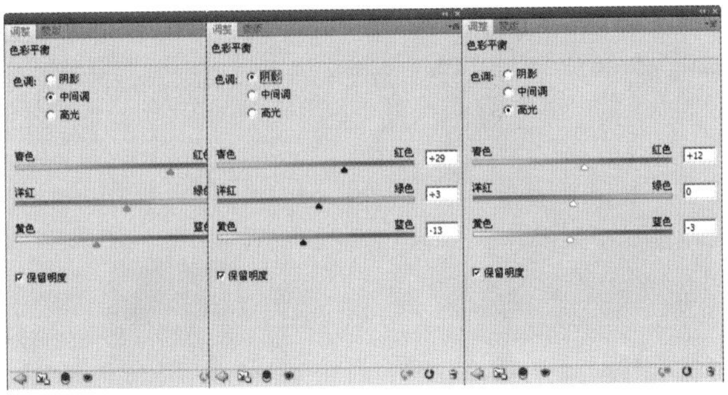

图5-63

23 应用色彩平衡调整

在"调整"面板中设置完"色彩平衡"命令的参数后，关闭"调整"面板，此时的图像效果和"图层"面板如图5-64所示。

图5-64

24 设置图层不透明度

选择"色彩平衡3"为当前操作图层，并设置其图层不透明度为"60%"，此时的图像效果和"图层"面板如图5-65所示。

图5-65

25 复制图层蒙版

按住【Alt】键在图层面板上，拖动"色彩平衡2"的图层蒙版缩略图到"色彩平衡3"的图层名称上释放鼠标，以复制图层蒙版，得到如图5-66所示的效果。

图5-66

26 编辑图层蒙版

单击"色彩平衡3"的图层蒙版缩略图，设置前景色为黑色，使用"画笔工具" 设置适当的画笔大小和透明度后，在图层蒙版中涂抹，得到如图5-67所示的效果。

图5-67

27 调整"色相/饱和度"

单击"创建新的填充或调整图层"按钮 ⊘.，在弹出的菜单中选择"色相/饱和度"命令，此时弹出"调整"面板同时得到图层"色相/饱和度 2"，在"调整"面板中设置"色相/饱和度"命令的参数，如图5-68所示。

图5-68

28 应用"色相/饱和度"调整

在"调整"面板中设置完"色相/饱和度"命令的参数后，关闭"调整"面板，此时的图像效果和"图层"面板如图5-69所示。

图5-69

29 调整"亮度/对比度"

单击"创建新的填充或调整图层"按钮 ⊘.，在弹出的菜单中选择"亮度/对比度"命令，此时弹出"调整"面板同时得到图层"亮度/对比度 2"，在"调整"面板中设置"亮度/对比度"命令的参数，如图5-70所示。

图5-70

30 应用"亮度/对比度"调整

在"调整"面板中设置完"亮度/对比度"命令的参数后，关闭"调整"面板，此时的图像效果和"图层"面板如图5-71所示。

图5-71

31 编辑图层蒙版

单击"亮度/对比度 2"的图层蒙版缩略图，设置前景色为黑色，使用"画笔工具" ☑ 设置适当的画笔大小和透明度后，在图层蒙版中涂抹，得到如图5-72所示的效果。

图5-72

5.5 逆光照片的修复

　　在拍摄照片的过程中，如果是在逆光的情况下拍摄，人物的脸部色调比较暗，不能看清人物的五官和一些细节，需要增加亮度，因此我们将要使用Photoshop对其进行调整。

原图效果

调整后效果

01 打开图片

　　打开一张逆光的人物照片文件，此时的图像效果和图层面板如图5-73所示，观察图像我们发现人物的某些细节比较暗，下面需要针对这些问题进行修复。

图5-73

02 "阴影/高光"调节

　　选择"背景"为当前操作图层，在"图层"面板中拖动"背景"到"创建新图层"按钮上，释放鼠标得到"背景 副本"，选择"图像"/"调整"/"阴影/高光"命令，调出"阴影/高光"命令对话框，设置完对话框后，即可得到如图5-74所示的效果。

图5-74

03 添加图层蒙版

单击"添加图层蒙版"按钮⬤，为"背景副本"添加图层蒙版，设置前景色为黑色，使用"画笔工具"✏设置适当的画笔大小和透明度后，在图层蒙版中涂抹，将不需要的部分隐藏起来，即可得到如图5-75所示的效果。

图5-75

04 调整曲线

单击"创建新的填充或调整图层"按钮⬤，在弹出的菜单中选择"曲线"命令，此时弹出"调整"面板同时得到图层"曲线1"，单击"调整"面板下方的●按钮，将调整影响剪切到下方的图层，然后在"调整"面板中设置"曲线"命令的参数，如图5-76所示。

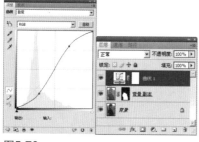

图5-76

05 应用曲线调整

在"调整"面板中设置完"曲线"命令的参数后，关闭"调整"面板，此时的图像效果和"图层"面板如图5-77所示。

图5-77

06 "色相/饱和度"调整

单击"创建新的填充或调整图层"按钮⬤，在弹出的菜单中选择"色相/饱和度"命令，此时弹出"调整"面板同时得到图层"色相/饱和度1"，单击"调整"面板下方的●按钮，将调整影响剪切到下方的图层，然后在"调整"面板中设置"色相/饱和度"命令的参数，如图5-78所示。

图5-78

07 调整后的效果

在"调整"面板中设置完"色相/饱和度"命令的参数后，关闭"调整"面板，此时的图像效果和"图层"面板如图5-79所示。

图5-79

08 设置图层混合模式

按快捷键【Ctrl+Shift+Alt+E】，执行"盖印"操作，得到"图层1"，设置其图层混合模式为"滤色"，图层不透明度为"70%"，如图5-80所示。

图5-80

09 添加图层蒙版

单击"添加图层蒙版"按钮 ◎ ，为"图层1"添加图层蒙版，设置前景色为黑色，使用"画笔工具" ✎ 设置适当的画笔大小和透明度后，在图层蒙版中涂抹，将不需要的部分隐藏起来，即可得到如图5-81所示的效果。

图5-82

11 最终效果

设置"图层 2"的图层混合模式为"柔光"，图层不透明度为"41%"，此时的图像效果和"图层"面板如图5-83所示。

图5-81

10 新建图层

单击"图层"面板底部的"创建新图层"按钮 ◻ ，新建一个图层，得到"图层 2"，设置前景色为黑色，按快捷键【Alt+Delete】用前景色填充"图层 2"，得到如图5-82所示的效果。

图5-83

5.6　直线光线下人像修饰

生活中有些照片是在直线光下拍摄的，照片的局部图像显得有些曝光不足的感觉，下面我们要使用Photoshop中的曲线、图层蒙版等命令对其进行调整。

原图效果

调整后效果

01 打开图片

打开一张人物照片文件，此时的图像效果和"图层"面板如图5-84所示，这张照片是在直线光下拍摄的，照片的局部有些曝光不足，下面我们将要对照片进行修复。

图5-84

02 设置图层混合模式

选择"背景"为当前操作图层，在"图层"面板中拖动"背景"到"创建新图层"按钮上，释放鼠标得到"背景 副本"，设置其图层混合模式为"滤色"，此时的图像效果和"图层"面板如图5-85所示。

图5-85

03 添加图层蒙版

单击"添加图层蒙版"按钮，为"背景副本"添加图层蒙版，设置前景色为黑色，使用"画笔工具"设置适当的画笔大小和透明度后，在图层蒙版中涂抹，将不需要的部分隐藏起来，即可得到如图5-86所示的效果。

图5-86

04 调整曲线

单击"创建新的填充或调整图层"按钮，在弹出的菜单中选择"曲线"命令，此时弹出"调整"面板同时得到图层"曲线 1"，单击"调整"面板下方的按钮，将调整影响剪切到下方的图层，然后在"调整"面板中设置"曲线"命令的参数，如图5-87所示。

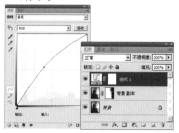

图5-87

05 应用曲线调整

在"调整"面板中设置完"曲线"命令的参数后，关闭"调整"面板，此时的图像效果和"图层"面板如图5-88所示。

图5-88

06 编辑图层蒙版

单击"曲线 1"的图层蒙版缩略图，设置前景色为黑色，使用"画笔工具"设置适当的画笔大小和透明度后，在图层蒙版中涂抹，得到如图5-89所示的效果。

图5-89

07 模糊图像

按快捷键【Ctrl+Shift+Alt+E】，执行"盖印"操作，得到"图层 1"，选择"滤镜"/"模糊"/"高斯模糊"命令，设置弹出对话框中的参数后，单击"确定"按钮，得到如图5-90所示的效果。

数码照片处理完全学习手册

图5-90

08 设置图层混合模式

设置"图层 1"的图层混合模式为"柔光"，此时的图像效果和"图层"面板如图5-91所示。

图5-91

09 添加图层蒙版

单击"添加图层蒙版"按钮 🔘 ，为"图层1"添加图层蒙版，设置前景色为黑色，使用"画笔工具" ✏️ 设置适当的画笔大小和透明度后，在图层蒙版中涂抹，将不需要的部分隐藏起来，即可得到如图5-92所示的效果。

图5-92

5.7　自然光下的人像照片修饰

生活中有些照片是在自然光下拍摄的照片，照片人物的脸部和身体颜色显得有些暗淡，下面我们要使用Photoshop中的曲线、色彩平衡等调色命令对其进行调整。

原图效果

调整后效果

01 打开图片

打开一张在自然光下拍摄的照片文件，此时的图像效果和图层面板如图5-93所示。观察图像后，下面我们要修复人物脸部和身体上的暗淡颜色。

图5-93

02 调整曲线

单击"创建新的填充或调整图层"按钮，在弹出的菜单中选择"曲线"命令，此时弹出"调整"面板同时得到图层"曲线 1"，在"调整"面板中设置"曲线"命令的参数，如图5-94所示。

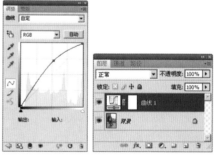

图5-94

03 应用曲线调整

在"调整"面板中设置完"曲线"命令的参数后，关闭"调整"面板，此时的图像效果和"图层"面板如图5-95所示。

图5-95

04 编辑图层蒙版

单击"曲线 1"的图层蒙版缩略图，设置前景色为黑色，使用"画笔工具" ✐ 设置适当的画笔大小和透明度后，在图层蒙版中涂抹，得到如图5-96所示的效果。

图5-96

05 调整色阶

单击"创建新的填充或调整图层"按钮，在弹出的菜单中选择"色阶"命令，此时弹出"调整"面板同时得到图层"色阶 1"，在"调整"面板中设置"色阶"命令的参数，如图5-97所示。

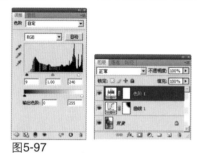

图5-97

06 应用曲线调整

在"调整"面板中设置完"色阶"命令的参数后，关闭"调整"面板，此时的图像效果和"图层"面板如图5-98所示。

图5-98

数码照片处理完全学习手册

110

07 编辑图层蒙版

单击"色阶 1"的图层蒙版缩略图，设置前景色为黑色，使用"画笔工具" ✐设置适当的画笔大小和透明度后，在图层蒙版中涂抹，得到如图5-99所示的效果。

图5-99

08 调整色彩平衡

单击"创建新的填充或调整图层"按钮 ◑ ，在弹出的菜单中选择"色彩平衡"命令，此时弹出"调整"面板同时得到图层"色彩平衡 1"，在"调整"面板中设置"色彩平衡"命令的参数，如图5-100所示。

图5-100

09 应用色彩平衡

在"调整"面板中设置完"色彩平衡"命令的参数后，关闭"调整"面板，此时的图像效果和"图层"面板如图5-101所示。

图5-101

5.8 阴暗角落人像照片的修饰

由于酒吧内的光线不好，所有拍摄出的照片比较昏暗，下面我们要用Photoshop中的调色命令、图层蒙版、图层混合模式将照片调整的更亮一些。

原图效果

调整后效果

01 打开图片

打开一张人物照片文件，此时的图像效果和"图层"面板如图5-102所示。观察照片发现这种照片拍摄的比较昏暗，下面我们将要把照片调整的更亮一些。

图5-102

02 "阴影/高光"调节

选择"背景"为当前操作图层，在"图层"面板中拖动"背景"到"创建新图层"按钮上，释放鼠标得到"背景 副本"，选择"图像"/"调整"/"阴影/高光"命令，调出"阴影/高光"命令对话框，设置完对话框后，即可得到如图5-103所示的效果。

图5-103

03 添加图层蒙版

单击"添加图层蒙版"按钮，为"背景副本"添加图层蒙版，设置前景色为黑色，使用"画笔工具"设置适当的画笔大小和透明度后，在图层蒙版中涂抹，将不需要的部分隐藏起来，即可得到如图5-104所示的效果。

图5-104

04 调整曲线

单击"创建新的填充或调整图层"按钮，在弹出的菜单中选择"曲线"命令，此时弹出"调整"面板同时得到图层"曲线 1"，在"调整"面板中设置"曲线"命令的参数，如图5-105所示。

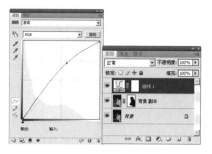

图5-105

05 应用曲线调整

在"调整"面板中设置完"曲线"命令的参数后，关闭"调整"面板，此时的图像效果和"图层"面板如图5-106所示。

图5-106

06 调整色阶

单击"创建新的填充或调整图层"按钮，在弹出的菜单中选择"色阶"命令，此时弹出"调整"面板同时得到图层"色阶 1"，在"调整"面板中设置"色阶"命令的参数，如图5-107所示。

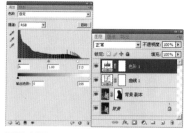

图5-107

07 应用色阶调整

在"调整"面板中设置完"色阶"命令的参数后，关闭"调整"面板，此时的图像效果和"图层"面板如图5-108所示。

数码照片处理完全学习手册

图5-108

08 "色相/饱和度"调整

单击"创建新的填充或调整图层"按钮○，在弹出的菜单中选择"色相/饱和度"命令，此时弹出"调整"面板同时得到图层"色相/饱和度 1"，在"调整"面板中设置"色相/饱和度"命令的参数，如图5-109所示。

图5-109

09 调整后的效果

在"调整"面板中设置完"色相/饱和度"命令的参数后，关闭"调整"面板，此时的图像效果和"图层"面板如图5-110所示。

图5-110

10 编辑图层蒙版

单击"色相/饱和度 1"的图层蒙版缩略图，设置前景色为黑色，使用"画笔工具" ✐设置适当的画笔大小和透明度后，在图层蒙版中涂抹，得到如图5-111所示的效果。

图5-111

11 "色相/饱和度"调整

单击"创建新的填充或调整图层"按钮○，在弹出的菜单中选择"色相/饱和度"命令，此时弹出"调整"面板同时得到图层"色相/饱和度 2"，在"调整"面板中设置"色相/饱和度"命令的参数，如图5-112所示。

图5-112

12 调整后的效果

在"调整"面板中设置完"色相/饱和度"命令的参数后，关闭"调整"面板，此时的图像效果和"图层"面板如图5-113所示。

图5-113

13 编辑图层蒙版

单击"色相/饱和度 2"的图层蒙版缩略图，设置前景色为黑色，使用"画笔工具" ✐设置适当的画笔大小和透明度后，在图层蒙版中涂抹，得到如图5-114所示的效果。

图5-114

14 调整曲线

单击"创建新的填充或调整图层"按钮○，在弹出的菜单中选择"曲线"命令，此时弹出"调整"面板同时得到图层"曲线 2"，在"调整"面板中设置"曲线"命令的参数，如图5-115所示。

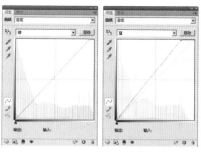

图5-115

15 应用曲线调整

在"调整"面板中设置完"曲线"命令的
参数后，关闭"调整"面板，此时的图像效果和
"图层"面板如图5-116所示。

图5-116

16 设置图层不透明度

选择"曲线 2"为当前操作图层，设置其图
层不透明度为"80%"，此时的图像效果和"图
层"面板如图5-117所示。

图5-117

17 编辑图层蒙版

单击"曲线 2"的图层蒙版缩略图，设置前
景色为黑色，使用"画笔工具" ✍设置适当的画
笔大小和透明度后，在图层蒙版中涂抹，得到如图
5-118所示的效果。

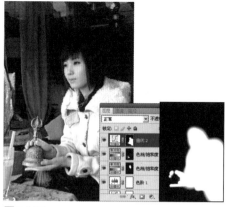

图5-118

18 调整色阶

单击"创建新的填充或调整图层"按钮◐.，
在弹出的菜单中选择"色阶"命令，此时弹出"调
整"面板同时得到图层"色阶 1"，在"调整"面
板中设置"色阶"命令的参数，如图5-119所示。

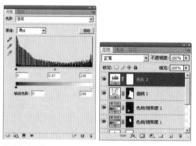

图5-119

19 应用色阶调整

在"调整"面板中设置完"色阶"命令的
参数后，关闭"调整"面板，此时的图像效果和
"图层"面板如图5-120所示。

图5-120

Chapter

06

突破摄影极限

　　我们在拍摄数码照片时，由于一些客观的原因，不能达到一些想要的效果，例如：改变照片季节、为照片添加光线四射的效果、下雪的效果、杂乱背景人像照片的修饰、受环境色影响的照片修饰、去除在身上的阴影等，本章将通过运用Photoshop制作一些拍摄中不能达到的效果。

6.1 去除在身上的阴影

　　由于光线照射的原因，导致照片人物的身上有黑色的投影，影响了人物的整体效果，下面我们要使用Photoshop中的曲线命令、图层蒙版和图层混合模式等技术，去除人物身上的投影。

数码照片处理完全学习手册

原图效果

调整后效果

01 打开图片

　　打开躺在岩石上的人物照片文件，此时的图像效果和"图层"面板如图6-1所示。观察照片发现照片的人物身上有一些投影，下面我们就要去除人物身上的投影。

图6-1

02 调整曲线

　　单击"创建新的填充或调整图层"按钮，在弹出的菜单中选择"曲线"命令，此时弹出"调整"面板同时得到图层"曲线 1"，在"调整"面板中设置"曲线"命令的参数，如图6-2所示。

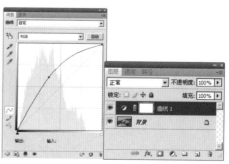

图6-2

03 应用曲线调整

在"调整"面板中设置完"曲线"命令的参数后，关闭"调整"面板，此时的图像效果和"图层"面板如图6-3所示。

图6-3

04 编辑图层蒙版

单击"曲线 2"的图层蒙版缩略图，设置前景色为黑色，使用"画笔工具" ✏ 设置适当的画笔大小和透明度后，在图层蒙版中涂抹，得到如图6-4所示的效果。

图6-4

05 设置图层混合模式

按快捷键【Ctrl+Shift+Alt+E】，执行"盖印"操作，得到"图层 1" 设置其图层混合模式为"柔光"，如图6-5所示。

图6-5

06 添加图层蒙版

单击"添加图层蒙版"按钮 ◻，为"图层6"添加图层蒙版，设置前景色为黑色，使用"画笔工具" ✏ 设置适当的画笔大小和透明度后，在图层蒙版中涂抹，将不需要的部分隐藏起来，即可得到如图6-6所示的效果。

图6-6

07 "阴影/高光"调节

按快捷键【Ctrl+Shift+Alt+E】，执行"盖印"操作，得到"图层 2"，选择"图像"/"调整"/"阴影/高光"命令，调出"阴影/高光"命令对话框，在对话框中进行参数设置，如图6-7所示。

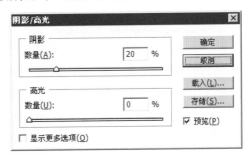

图6-7

08 调整后的图像效果

设置完对话框后，单击"确定"按钮，即可得到如图6-8所示的效果，此时图像的细节就显现了出来。

图6-8

09 添加图层蒙版

单击"添加图层蒙版"按钮 ◙，为"图层 2"添加图层蒙版，设置前景色为黑色，使用"画笔工具" ☑ 设置适当的画笔大小和透明度后，在图层蒙版中涂抹，将不需要的部分隐藏起来，即可得到如图6-9所示的效果。

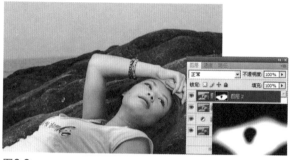

图6-9

10 通道混合器调整

单击"创建新的填充或调整图层"按钮 ◙，在弹出的菜单中选择"通道混合器"命令，此时弹出"调整"面板同时得到图层"通道混合器 1"，在"调整"面板中设置"通道混合器"命令的参数，如图6-10所示。

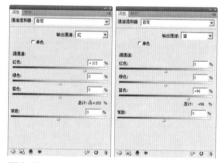

图6-10

11 应用通道混合器调整

在"调整"面板中设置完"通道混合器"命令的参数后，关闭"调整"面板，此时的图像效果和"图层"面板如图6-11所示。

图6-11

12 色阶调整

单击"创建新的填充或调整图层"按钮 ◙，在弹出的菜单中选择"色阶"命令，此时弹出"调整"面板同时得到图层"色阶 1"，在"调整"面板中设置"色阶"命令的参数，如图6-12所示。

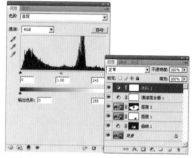

图6-12

13 应用色阶调整

在"调整"面板中设置完"色阶"命令的参数后，关闭"调整"面板，此时的图像效果和"图层"面板如图6-13所示。

图6-13

14 自然饱和度调整

单击"创建新的填充或调整图层"按钮 ◙，在弹出的菜单中选择"自然饱和度"命令，此时弹出"调整"面板同时得到图层"自然饱和度 1"，在"调整"面板中设置"自然饱和度"命令的参数，如图6-14所示。

图6-14

15 调整后的效果

　　在"调整"面板中设置完"自然饱和度"命令的参数后，关闭"调整"面板，此时的图像效果和"图层"面板如图6-15所示。

图6-15

16 "色相/饱和度"调整

　　单击"创建新的填充或调整图层"按钮，在弹出的菜单中选择"色相/饱和度"命令，此时弹出"调整"面板同时得到图层"色相/饱和度 1"，在"调整"面板中设置"色相/饱和度"命令的参数，如图6-16所示。

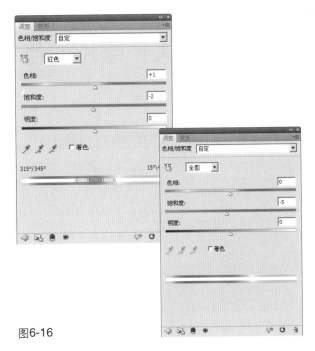

图6-16

17 调整后的效果

　　在"调整"面板中设置完"色相/饱和度"命令的参数后，关闭"调整"面板，此时的图像效果和"图层"面板如图6-17所示。

图6-17

6.2 夜景人像照片的修饰

　　由于夜晚的光线暗淡，在暗淡的光线下拍摄的照片显得有些灰朦朦的感觉，照片的对比也不是太好，下面我们要用Photoshop中的调色命令、图层蒙版、图层混合模式等命令对照片进行调整。

原图效果

调整后效果

01 打开图片

　　打开一张夜晚拍摄的人物照片文件，此时的图像效果和图层面板如图6-18所示，观察图像发现照片光线不好，显得对比度也不够，下面我们就要解决这些问题。

图6-18

02 设置图层混合模式

　　选择"背景"为当前操作图层，在"图层"面板中拖动"背景"到"创建新图层"按钮

上，释放鼠标得到"背景 副本"，设置其图层混合模式为"滤色"，如图6-19所示。

图6-19

03 添加图层蒙版

　　单击"添加图层蒙版"按钮 ，为"背景副本"添加图层蒙版，设置前景色为黑色，使用"画笔工具" 设置适当的画笔大小和透明度后，在图层蒙版中涂抹，将不需要的部分隐藏起来，即可得到如图6-20所示的效果。

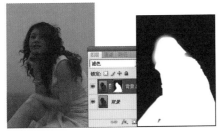

图6-20

04 调整曲线

单击"创建新的填充或调整图层"按钮，在弹出的菜单中选择"曲线"命令，此时弹出"调整"面板同时得到图层"曲线 1"，在"调整"面板中设置"曲线"命令的参数，如图6-21所示。

图6-21

05 应用曲线调整

在"调整"面板中设置完"曲线"命令的参数后，关闭"调整"面板，此时的图像效果和"图层"面板如图6-22所示。

图6-22

06 编辑图层蒙版

单击"曲线 1"的图层蒙版缩略图，设置前景色为黑色，使用"画笔工具" 设置适当的画笔大小和透明度后，在图层蒙版中涂抹，得到如图6-23所示的效果。

图6-23

07 设置图层不透明度

选择"曲线 1"为当前操作图层，在"图

层"面板中拖动"曲线 1"到"创建新图层"按钮上，释放鼠标得到"曲线 1 副本"，设置其图层不透明度为"15%"，此时的图像效果和图层面板如图6-24所示。

08 "亮度/对比度"调整

单击"创建新的填充或调整图层"按钮，在弹出的菜单中选择"亮度/对比度"命令，此时弹出"调整"面板同时得到图层"亮度/对比度 1"，在"调整"面板中设置"亮度/对比度"命令的参数，如图6-25所示。

图6-24   图6-25

09 调整后的效果

在"调整"面板中设置完"亮度/对比度"命令的参数后，关闭"调整"面板，此时的图像效果和"图层"面板如图6-26所示。

图6-26

10 编辑图层蒙版

单击"亮度/对比度 1"的图层蒙版缩略图，设置前景色为黑色，使用"画笔工具" 设置适当的画笔大小和透明度后，在图层蒙版中涂抹，得到如图6-27所示的效果。

图6-27

6.3 受环境色影响的照片修饰

　　由于在不同环境下拍摄的照片，人物照片在不同程度上受到环境色的影响，看后给人一种不舒服的感觉，下面我们要用Photoshop中的调色命令和图层混合模式等技术对照片进行调整。

数码照片处理完全学习手册

原图效果

调整后效果

01 打开图片

　　打开一张人物照片文件，此时的图像效果和"图层"面板如图6-28所示。观察照片发现，由于人物周围的整体环境显得有些偏黄，使得人物图像也偏黄，下面我们将要解决这一问题。

图6-28

02 调整色彩平衡

　　单击"创建新的填充或调整图层"按钮，在弹出的菜单中选择"色彩平衡"命令，此时弹出"调整"面板同时得到图层"色彩平衡1"，在"调整"面板中设置"色彩平衡"命令的参数，如图6-29所示。

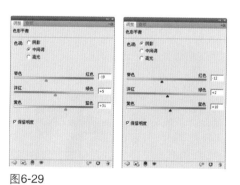

图6-29

03 应用色彩平衡调整

在"调整"面板中设置完"色彩平衡"命令的参数后，关闭"调整"面板，此时的图像效果和"图层"面板如图6-30所示。

图6-30

04 调整曲线

单击"创建新的填充或调整图层"按钮，在弹出的菜单中选择"曲线"命令，此时弹出"调整"面板同时得到图层"曲线 1"，在"调整"面板中设置"曲线"命令的参数，如图6-31所示。

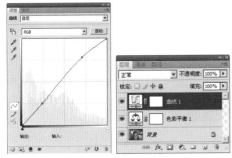

图6-31

05 应用曲线调整

在"调整"面板中设置完"曲线"命令的参数后，关闭"调整"面板，此时的图像效果和"图层"面板如图6-32所示。

图6-32

06 调整色阶

单击"创建新的填充或调整图层"按钮，在弹出的菜单中选择"色阶"命令，此时弹出"调整"面板同时得到图层"色阶 1"，在"调整"面板中设置"色阶"命令的参数，如图6-33所示。

图6-33

07 应用色阶调整

在"调整"面板中设置完"色阶"命令的参数后，关闭"调整"面板，此时的图像效果和"图层"面板如图6-34所示。

图6-34

08 锐化图像

按快捷键【Ctrl+Shift+Alt+E】，执行"盖印"操作，得到"图层 1"，选择"滤镜"/"锐化"/"USM锐化"命令，设置弹出对话框中的参数后，单击"确定"按钮，得到如图6-35所示的效果。

图6-35

09 添加图层蒙版

单击"添加图层蒙版"按钮，为"图层 1"添加图层蒙版，设置前景色为黑色，使用"画笔工具"设置适当的画笔大小和透明度后，在图层蒙版中涂抹，将不需要的部分隐藏起来，即可得到如图6-36所示的效果。

图6-36

6.4 晚会人像照片的修饰

在晚会中拍摄的照片，由于环境光的影响使得人物皮肤的颜色也不正常，人物整体图像显得暗淡不突出，下面我们要使用Photoshop中的技术对其进行调整。

原图效果

调整后效果

01 打开图片

打开随书光盘中的"素材 1"照片文件，此时的图像效果和"图层"面板如图6-37所示。这是一张在晚会中拍摄的照片，由于环境光的影响使得人物皮肤的颜色也不正常，人物整体图像显得暗淡不突出，下面我们将要解决这一问题。

图6-37

02 调整色彩平衡

单击"创建新的填充或调整图层"按钮，在弹出的菜单中选择"色彩平衡"命令，此时弹出"调整"面板同时得到图层"色彩平衡 1"，在"调整"面板中设置"色彩平衡"命令的参数，如图6-38所示。

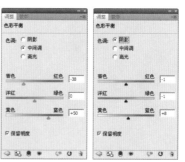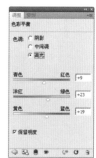

图6-38

数码照片处理完全学习手册

03 应用色彩平衡调整

在"调整"面板中设置完"色彩平衡"命令的参数后，关闭"调整"面板，此时的图像效果和"图层"面板如图6-39所示。

图6-39

04 调整曲线

单击"创建新的填充或调整图层"按钮，在弹出的菜单中选择"曲线"命令，此时弹出"调整"面板同时得到图层"曲线1"，在"调整"面板中设置"曲线"命令的参数，如图6-40所示。

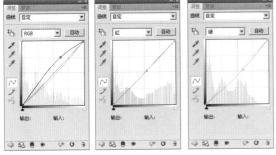

图6-40

05 应用曲线调整

在"调整"面板中设置完"曲线"命令的参数后，关闭"调整"面板，此时的图像效果和"图层"面板如图6-41所示。

图6-41

06 模糊图像

按快捷键【Ctrl+Shift+Alt+E】，执行"盖印"操作，得到"图层1"，选择"滤镜"/"模糊"/"高斯模糊"命令，设置弹出对话框中的参数后，单击"确定"按钮，得到如图6-42所示的效果。

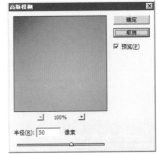

图6-42

07 设置图层混合模式

设置"图层1"的图层混合模式为"柔光"，图层不透明度为"34%"，此时的图像效果和"图层"面板如图6-43所示。

图6-43

6.5 杂乱背景人像照片的修饰

　　在拍摄照片的过程中，有时拍摄的主体人物处在人群之中，显得主体人物的背景非常杂乱，下面我们要使用Photoshop中的高斯模糊和图层蒙版技术将主体人物突出出来。

原图效果

调整后效果

01 打开图片

　　打开一张人物照片文件，此时的图像效果和图层面板如图6-44所示，在这张照片中主体人物由于杂乱的背景显得不是很突出，下面我们将要使照片中的主体人物突出。

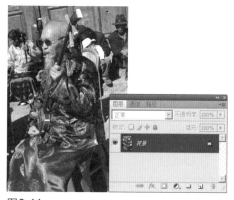

图6-44

02 绘制选区

　　单击工具箱中的套索工具 ，将选择后的套索工具移动到画面中，沿人物的边缘绘制选区如图6-45所示。

图6-45

03 保存选区

切换到"通道"面板，单击调板底部的"创建新通道"按钮 ▣，新建一个通道"Alpha 1"，设置前景色为白色，按快捷键【Alt+Delete】用前景色填充选区，按快捷键【Ctrl+D】取消选区，得到如图6-46所示的效果。

图6-46

04 模糊通道

选择"滤镜"/"模糊"/"高斯模糊"命令，设置弹出对话框中的参数后，单击"确定"按钮，得到如图6-47所示的效果。

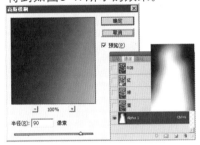

图6-47

05 复制图像

按快捷键【Ctrl+J】，复制"背景"得到"图层 1"，选择"滤镜"/"模糊"/"高斯模糊"命令，设置弹出对话框中的参数后，单击"确定"按钮，得到如图6-48所示的效果。

图6-48

06 添加图层蒙版

切换到"通道"面板，按住【Ctrl】键单击通道"Alpha 1"的通道缩览图，载入其选区，切换到"图层"面板，按住【Alt】键单击"添加图层蒙版"按钮 ◙，为"图层 1"添加图层蒙版，此时选区部分的图像就被隐藏起来了，如图6-49所示。

图6-49

07 设置图层混合模式

按快捷键【Ctrl+Shift+Alt+E】，执行"盖印"操作，得到"图层 2"，设置其图层混合模式为"柔光"，图层不透明度为"61%"，如图6-50所示。

图6-50

08 渐变映射调整

单击"创建新的填充或调整图层"按钮 ◑，在弹出的菜单中选择"渐变映射"命令，此时弹出"调整"面板同时得到图层"渐变映射 1"，设置"渐变映射"的颜色如图6-51所示。在对话框中的编辑渐变颜色选择框中单击，可以弹出"渐变编辑器"对话框，在对话框中可以编辑渐变映射的颜色。

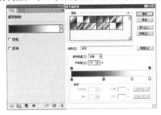

图6-51

09 最终效果

在"调整"面板中设置完"渐变映射"的颜色后，关闭"调整"面板，设置"渐变映射 1"的图层混合模式为"柔光"，图层不透明度为"34%"，此时的图像效果和"图层"面板如图6-52所示。

图6-52

6.6 制作柔焦效果照片

柔焦效果可以为照片增加一种朦胧的感觉，使照片更具特色。本例主要介绍使用Photoshop制作照片的柔焦效果，主要运用了"高斯模糊"、"图层混合模式"等技术。

原图效果

调整后效果

01 打开图片

打开一张人物照片文件，此时的图像效果和"图层"面板如图6-53所示，下面将要制作这种照片的朦胧柔焦效果。

图6-53

02 设置图层混合模式

选择"背景"为当前操作图层，在"图层"面板中拖动"背景"到"创建新图层"按钮上，释放鼠标得到"背景 副本"，设置其图层混合模式为"滤色"，如图6-54所示。

图6-54

03 盖印图层

按快捷键【Ctrl+Shift+Alt+E】，执行"盖印"操作，得到"图层 1"，设置其图层混合模式为"叠加"，如图6-55所示。

图6-55

04 模糊图像

选择"图层 1"，执行菜单中的"滤镜"/"模糊"/"高斯模糊"命令，设置弹出对话框中的参数后，单击"确定"按钮，得到如图6-56所示的效果。

图6-56

05 复制图像

按快捷键【Ctrl+J】，复制"图层 1"得到"图层 1 副本"，执行菜单中的"滤镜"/"模糊"/"高斯模糊"命令，设置弹出对话框中的参数后，单击"确定"按钮，得到如图6-57所示的效果。

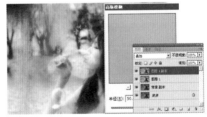

图6-57

06 添加图层蒙版

单击"添加图层蒙版"按钮■，为"图层 1 副本"添加图层蒙版，设置前景色为黑色，使用"画笔工具"■设置适当的画笔大小和透明度后，在图层蒙版中涂抹，将不需要的部分隐藏起来，即可得到如图6-58所示的效果。

图6-58

07 继续添加图层蒙版

选择"图层 1 副本"，单击"添加图层蒙版"按钮■，为"图层 1 副本"添加图层蒙版，设置前景色为黑色，使用"画笔工具"■设置适当的画笔大小和透明度后，在图层蒙版中涂抹，将不需要的部分隐藏起来，即可得到如图6-59所示的效果。

图6-59

08 新建图层

设置前景色的颜色值为（R:192 G:255 B:1），新建一个图层，得到"图层 2"，选择"画笔工具"■设置适当的画笔大小和透明度后，在"图层 2"的左上角进行涂抹，如图6-60所示。

图6-60

09 最终效果

设置"图层 2"的图层混合模式为"柔光"，此时的图像效果和"图层"面板如图6-61所示。

图6-61

6.7　制作下雪的效果

　　由于种种原因，人们在拍摄雪景时，经常很难拍到正在下雪的朦胧和动感效果，想要在照片中显现出下雪的景色，利用Photoshop就可以轻松实现，本实例将要运用铜版雕刻、动感模糊等技术来实现。

原图效果

调整后效果

01 打开图片

　　打开一张雪景照片文件，此时的图像效果和"图层"面板如图6-62所示，下面我们要为雪景添加飘雪效果。

图6-62

02 新建通道

　　切换到"通道"面板，单击调板底部的"创建新通道"按钮，新建一个通道"Alpha 1"如图6-63所示。

图6-63

数码照片处理完全学习手册

03 添加铜版雕刻效果

执行菜单中的"滤镜"/"像素化"/"铜版雕刻"命令,调出"铜版雕刻"命令对话框,设置完对话框后,即可得到如图6-64所示的效果。

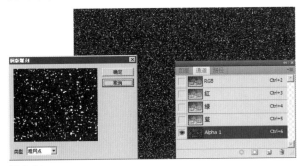

图6-64

04 模糊通道

执行菜单中的"滤镜"/"模糊"/"高斯模糊"命令,设置弹出对话框中的参数后,单击"确定"按钮,得到如图6-65所示的效果。

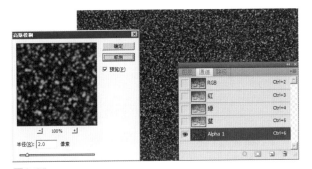

图6-65

05 载入选区

按住【Ctrl】键单击通道"Alpha 1"的通道缩览图,载入其选区,切换到"图层"面板,新建一个图层,得到"图层1",设置前景色为白色,按快捷键【Alt+Delete】用前景色填充选区,按快捷键【Ctrl+D】取消选区,得到如图6-66所示的效果。

图6-66

06 复制图像

按快捷键【Ctrl+J】,复制"图层1"得到"图层1副本",选择"图层1"和"图层1副本"按快捷键【Ctrl+Shift+E】执行"盖印"操作,将得到的新图层重命名为"图层2",然后隐藏"图层1"和"图层1副本",如图6-67所示。

图6-67

07 动感模糊图像

执行菜单中的"滤镜"/"模糊"/"动感模糊"命令,设置弹出对话框中的参数后,单击"确定"按钮,得到如图6-68所示的效果。

图6-68

08 设置图层不透明度

选择"图层2"为当前操作图层,设置其图层不透明度为"75%",此时的图像效果和"图层"面板如图6-69所示。

图6-69

6.8 为照片添加光线四射的效果

　　本实例带领大家利用Photoshop的工具为林阴照片添加光线四射的照射效果。本例中我们要学习Photoshop中的径向模糊和图层混合模式等技术。

原图效果

调整后效果

数码照片处理完全学习手册

01 打开图片

　　打开林荫小道的照片文件，此时的图像效果和图层面板如图6-70所示，下面我们要为照片添加光线四射的图像效果。

图6-70

02 复制图层

　　选择"背景"为当前操作图层，在"图层"面板中拖动"背景"到"创建新图层"按钮上，释放鼠标得到"背景 副本"，设置其图层混合模式为"滤色"，图层不透明度为"45%"，此时的图像效果和"图层"面板如图6-71所示。

图6-71

03 继续复制图像

按快捷键【Ctrl+J】，复制"背景 副本"得到"背景 副本 2"，设置其图层混合模式为"正常"，图层不透明度为"100%"，如图6-72所示。

图6-72

04 模糊图像

执行菜单中的"滤镜"/"模糊"/"高斯模糊"命令，设置弹出对话框中的参数后，单击"确定"按钮，得到如图6-73所示的效果。

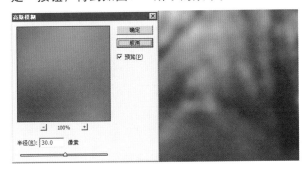

图6-73

05 设置图层混合模式

设置"背景 副本 2"的图层混合模式为"叠加"，此时的图像效果和"图层"面板如图6-74所示。

图6-74

06 调整曲线

单击"创建新的填充或调整图层"按钮，在弹出的菜单中选择"曲线"命令，此时弹出"调整"面板同时得到图层"曲线 1"，单击"调整"面板下方的按钮，将调整影响剪切到下方的图层，然后在"调整"面板中设置"曲线"命令的参数，如图6-75所示。

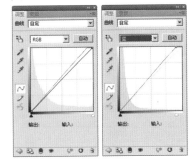

图6-75

07 应用曲线调整

在"调整"面板中设置完"曲线"命令的参数后，关闭"调整"面板，此时的图像效果和"图层"面板如图6-76所示。

图6-76

08 复制通道

单击"红"通道，将其拖动到调板底部的"创建新通道"按钮上，以复制通道，得到"红 副本"通道，如图6-77所示。

图6-77

09 载入选区

按住【Ctrl】键单击"红 副本"的通道缩览图，载入其选区，切换到"图层"面板，按快捷键【Shift+Ctrl+C】，执行"合并拷贝"操作，按快捷键【Ctrl+V】，执行"粘贴"操作，得到"图层1"，如图6-78所示。

图6-78

10 径向模糊图像

执行菜单中的"滤镜"/"模糊"/"径向模糊"命令，设置弹出对话框中的参数后，单击"确定"按钮，得到如图6-79所示的效果。

图6-79

11 重复径向模糊图像

选择"图层 1"为当前操作图层，按Ctrl+F两次重复运用径向模糊命令，得到如图6-80所示的效果。

图6-80

12 设置图层混合模式

设置"图层 1"的图层混合模式为"变亮"，此时的图像效果和"图层"面板如图6-81所示。

图6-81

13 复制图像

按快捷键【Ctrl+J】两次，复制"图层 1"得到"图层 1 副本"、"图层 1 副本 2"，设置"图层 1 副本 2"图层混合模式为"变亮"，图层不透明度为"70%"，如图6-82所示。

图6-82

14 添加图层样式

选择"图层 1"单击"添加图层样式"按钮 fx，在弹出的菜单中选择"外发光"命令，设置弹出的"外发光"命令对话框如图6-83所示，设置外发光的颜色为白色。

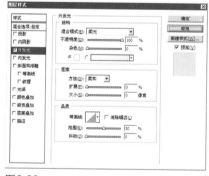

图6-83

15 添加外发光效果

设置完"外发光"命令对话框后，单击"确定"按钮，此时的"图层 1"中的图像就有了外发光效果，如图6-84所示。

图6-84

16 添加图层蒙版

单击"添加图层蒙版"按钮■，为"图层1"添加图层蒙版，设置前景色为黑色，使用"画笔工具"■设置适当的画笔大小和透明度后，在图层蒙版中涂抹，将不需要的部分隐藏起来，即可得到如图6-85所示的效果。

图6-85

17 继续添加图层蒙版

选择"图层 1 副本"单击"添加图层蒙版"按钮■，为"图层 1 副本"添加图层蒙版，设置前景色为黑色，使用"画笔工具"■设置适当的画笔大小和透明度后，在图层蒙版中涂抹，将不需要的部分隐藏起来，即可得到如图6-86所示的效果。

图6-86

18 新建图层

设置前景色为白色，新建一个图层，得到"图层 2"，选择"画笔工具"■设置适当的画笔大小和透明度后，在"图层 2"的上方中间的位置进行涂抹，如图6-87所示。

图6-87

19 最终效果

设置"图层2"的图层混合模式为"叠加"，此时的图像效果和"图层"面板如图6-88所示。

图6-88

6.9　改变照片季节

　　有时我们拍摄了一些春天的照片，发现照片颜色比较单调不是太好看，如果变更照片的季节，将春天变成秋天的感觉就更舒服一些，下面我们要使用色彩平衡命令结合图层蒙版，将春天的照片变成秋季的景色。

原图效果

调整后效果

01 打开图片

　　打开春天景色的照片文件，此时的图像效果和"图层"面板如图6-89所示，下面将要将照片中的春天景色变为秋天的景色。

图6-89

02 "色相/饱和度"调整

　　单击"创建新的填充或调整图层"按钮 ，在弹出的菜单中选择"色相/饱和度"命令，此时弹出"调整"面板同时得到图层"色相/饱和度 1"，在"调整"面板中设置"色相/饱和度"命令的参数，如图6-90所示。

图6-90

数码照片处理完全学习手册

03 调整后的效果

在"调整"面板中设置完"色相/饱和度"命令的参数后，关闭"调整"面板，此时的图像效果和"图层"面板如图6-91所示。

图6-91

04 色彩平衡调整

单击"创建新的填充或调整图层"按钮，在弹出的菜单中选择"色彩平衡"命令，此时弹出"调整"面板同时得到图层"色彩平衡 1"，在"调整"面板中设置"色彩平衡"命令的参数，如图6-92所示。

图6-92

05 调整后的效果

在"调整"面板中设置完"色彩平衡"命令的参数后，关闭"调整"面板，此时的图像效果和"图层"面板如图6-93所示。

图6-93

06 调整曲线

单击"创建新的填充或调整图层"按钮，在弹出的菜单中选择"曲线"命令，此时弹出"调整"面板同时得到图层"曲线 1"，单击"调整"面板下方的按钮，将调整影响剪切到下方的图层，然后在"调整"面板中设置"曲线"命令的参数，如图6-94所示。

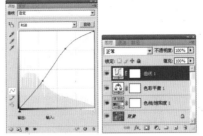

图6-94

07 应用曲线调整

在"调整"面板中设置完"曲线"命令的参数后，关闭"调整"面板，此时的图像效果和"图层"面板如图6-95所示。

图6-95

08 设置图层混合模式

按快捷键【Ctrl+Shift+Alt+E】，执行"盖印"操作，得到"图层 1"，设置"图层 1"的图层混合模式为"柔光"，此时的图像效果和"图层"面板如图6-96所示。

图6-96

09 模糊图像

执行菜单中的"滤镜"/"模糊"/"高斯模糊"命令,设置弹出对话框中的参数后,单击"确定"按钮,得到如图6-97所示的效果。

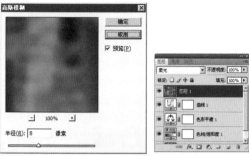

图6-97

10 最终效果

按快捷键【Ctrl+J】,复制"图层 1"得到"图层 1 副本",设置其图层混合模式为"滤色",图层不透明度为"50%",如图6-98所示。

图6-98

数码照片处理完全学习手册

Chapter

07

高级锐化技巧

　　锐化是数码摄影中不可回避的重要技法，必须下功夫认真研究，找到几种常用方法的规律，了解锐化的原理，理解像素的概念。数码锐化有多种方法，USM锐化、智能锐化、查找边缘锐化、高反差保留锐化、明度锐化、中值滤镜锐化，等等。由于题材不同、放大倍率不同、用处不同、个人喜好不同，针对不同的影像选择不同的锐化方法。

7.1 中高区域亮度的锐化

　　中间以及中间偏亮直到亮部的区域常常是画面的趣味中心，对于这一区域的锐化，对画面画质有决定性的作用。

原图效果　　　　　　　　　　　　　　锐化后效果

01 打开文件

　　首先我们打开图像如图7-1所示。这是一张高调的人物图片，影调过度比较平滑，但是缺少锐度。

图7-1

02 复制图层

　　在"图层"面板中按【Ctrl+J】组合键，复制"背景"图层为"图层1"，放大显示人物面部如图7-2所示。

图7-2

03 查找边缘

　　对"图层1"执行菜单"滤镜"/"风格化"/"查找边缘"命令，如图7-3所示。

图7-3

04 "亮度/对比度"调整

　　执行菜单"图像"/"调整"/"亮度/对比度"命令，将中间值以及高光区域容纳进来，如图7-4所示。

图7-4

05 计算调整

执行菜单"图像"/"计算"命令，用合并图层的"红"通道与"图层1"的"红"通道以"正片叠底"的混合方式来计算，如图7-5所示。

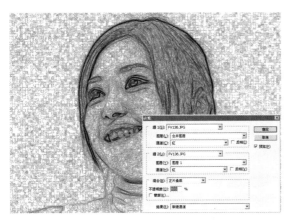

图7-5

06 复制图像

单击"通道"面板，调出"Alpha 1"通道的选区，回到"图层"面板，隐藏"图层1"，将选区反选，单击背景图层按【Ctrl+J】复制选区内图像，如图7-6所示。

图7-6

07 USM锐化

对新复制的"图层2"进行锐化处理，执行菜单"滤镜"/"锐化"/"USM锐化"命令，单击确定。按【Ctrl+F】再次执行上次滤镜操作，如图7-7所示。

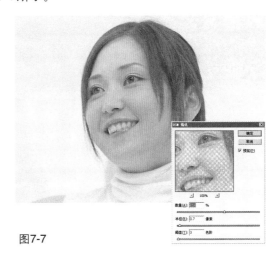

图7-7

08 最后效果

把"图层2"的不透明度减到50%，放大观察效果，细节增加了，清晰度增强了，这只是画面的一小部分，画面的整体反差也提高了，如图7-8所示。

图7-8

技巧提示

"USM锐化"是通过增加图像边缘的对比度来达到锐化的目的。它按指定的阈值找到值与周围像素不同的像素，然后按指定的量增强临近像素的对比度，让较亮的像素更亮，较暗的像素变得更暗。经验告诉我们，三项可调整参数最好控制在如下范围："数量"为50%~200%，"半径"为1~3像素，"阈值"为2~15色阶。

7.2 增加图像边缘对比度

USM锐化滤镜是Photoshop中功能能强大的锐化滤镜，它有3个调节变量，可以有不同的锐化效果。这3个数据的调整既简单又不容易，需要有输出前后对比的经验的总结才能调整出合适的锐化效果。

数码照片处理完全学习手册

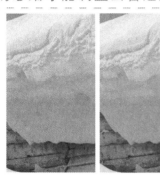

01 打开图像

打开一幅雪景照片，如图7-9所示。为了强调细节，数量120~150、半径2~3、阈值1~2的锐化可获得更好的效果。

图7-9

02 USM锐化

执行菜单"滤镜"/"锐化"/"USM锐化"命令，设置对话框参数，如图7-10所示。

图7-10

03 打开图像

打开一张女人人物图像，如图7-11所示。一般女人人像的锐化数量在75~95之间，半径2~3，阈值1~2能够达到满意效果。

图7-11

04 USM锐化

执行菜单"滤镜"/"锐化"/"USM锐化"命令，设置对话框参数，如图7-12所示。

图7-12

05 打开图像

打开一幅老人图像，如图7-13所示。和女人像的锐化不同，老人像的锐化恐怕要强烈一些，突出人物的皱纹，体现岁月的痕迹。

图7-13

06 USM锐化

执行菜单"滤镜"/"锐化"/"USM锐化"命令，设置对话框参数，如图7-14所示。

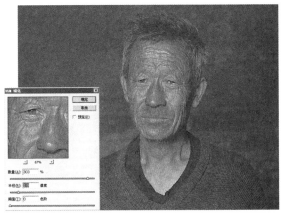

图7-14

⚙ **技巧提示**

下面提供一些不同题材的照片USM强度锐化数据，以供参考。"柔和主体的USM锐化"（适合于彩虹、花卉、雪景等）：数量0~100，半径1~3，阈值1。"人像的USM锐化"（如面部、半身像等）：数量70~80，半径1~2，阈值2。"中常画面的USM锐化"（适用于室内外中景、小景、风光等）：数量200~220，半径0.5~1，阈值0。"照片焦点欠佳的USM锐化"：数量50~60，半径3~4，阈值3。

7.3　保证巨幅放大的锐化

巨幅放大的关键是让细节毕现，充分展示细节的质感信息，使人如临其境，加强照片的冲击力和感染力。照片放大后，由于细节诱导反而更关注细节，渴求信息的微观再现，要求照片质量。

原图效果

锐化后效果

01 打开图像

打开一幅寺庙屋顶一角，如图7-15所示。下面我们按照放大图的标准来确定锐化细节。

图7-15

02 改变图像模式

为了得到更好的颜色、层次细节，首先把图像转为16位颜色通道，如图7-16所示。

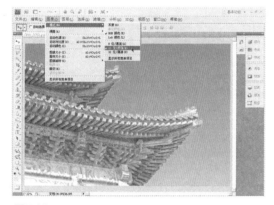

图7-16

03 改变图像色彩模式

为了防止产生伪色和噪点，再把照片转化成Lab颜色模式，锐化只在明度通道进行，由于避开了彩色通道，大大降低了出现彩色噪点的风险，如图7-17所示。

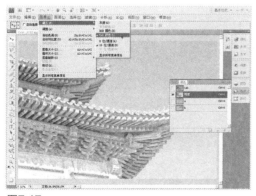

图7-17

04 智能锐化

为了使彩色锐化数据更精确，采用智能锐化。执行菜单"滤镜"/"锐化"/"智能锐化"命令，在弹出的对话框的基本窗口中设置参数，如图7-18所示。

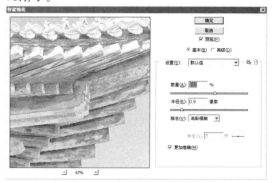

图7-18

05 智能锐化

再在对话框中选择"高级"，点选"阴影"选项卡。"渐隐量"是在阴影区消退基本设置的数量；"色调宽度"是指渐隐量的容差，可以作用的程度；半径是上面的设置在多少像素间寻找差异；这一切设置都是在降噪，如图7-19所示。

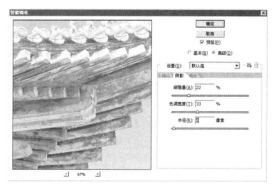

图7-19

06 智能锐化

同样的道理，点击"高光"选项卡，降低高光噪点，设置参数，如图7-20所示。

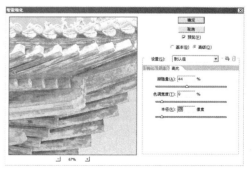

图7-20

07 转换模式

前面的操作是在16位色彩深度下进行的，完成锐化以后再转为8位RGB颜色模式，如图7-21所示。

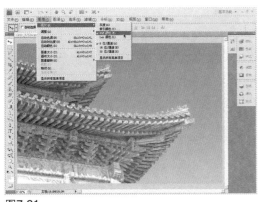

图7-21

08 锐化效果

模式转换后的锐化效果如图7-22所示，画面的细节层次都非常好，线条分明，看着很痛快。

图7-22

这里再介绍一种"110"差值放大法，可以有效地放大照片，减少由于放大差值不当造成的质量损失。数码文件通过合理的差值，有很大的尺寸扩展空间。

执行菜单【图像】/【图像大小】命令，在对话窗口中的"宽度"选项中设置"百分比"，在"重定图像像素"下拉选项中选择"两次立方较平滑"，单击"确定"按钮。重复上次的操作，直到放大你所需要的尺寸，如图7-23所示。放大前后对比如图7-24所示。

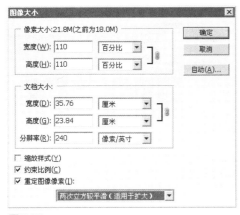

图7-23

图7-24

技巧提示

上述方法和其他锐化步骤没什么不同，只是改变了图像的颜色模式，选择只在明度通道进行锐化，由于明度通道是黑白的，对于颜色丝毫未动，因此避免了色晕的产生。

7.4 暗部线条层次的锐化

由于人眼的观看习惯于先看亮的物体，再移动到暗的物体上，所以对于暗部层次的锐化也应十分关注，单独锐化暗部首先要选出暗部，暗部防噪主要是着眼于防止高光白点出现。

原图效果 锐化后效果

01 打开图像

打开一幅建筑图像，如图7-25所示。

图7-25

02 吸管工具

单击前景色颜色框，弹出拾色器对话框，用吸管工具点击暗部较暗的地方，但不是最黑色地方，读取数据，如图7-26所示。

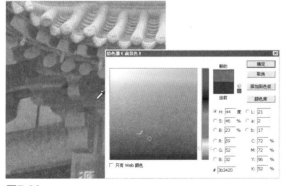

图7-26

03 阈值调整

单击"图层"面板下方的"创建新的填充或调整图层"按钮，选择"阈值"命令，把阈值色阶设为75，为下一步建立选区做准备，如图7-27所示。

图7-27

04 色彩范围

在"图层"面板中选择阈值调整图层，执行"选择"/"色彩范围"命令，单击黑色部分，如图7-28所示。

图7-28

05 复制图层

保持选区, 在"图层"面板中隐藏阈值调整图层, 单击"背景"图层, 按【Ctrl+J】组合键, 复制选区内图像, 如图7-29所示。

图7-29

06 USM锐化

执行菜单"滤镜"/"锐化"/"USM锐化"命令, 如图7-30所示。

图7-30

07 前后对比

下面对锐化前后做一对比, 如图7-31所示。

图7-31

08 色阶调整

对暗部进行稍微提亮, 增加层次, 经过调整后图像效果如图7-32所示。

图7-32

💠 技巧提示

"色彩范围"中的"颜色容差"设置可以控制选择范围内色彩范围的宽度, 并增加或减少部分选定像素的数量 (选区预览中的灰色区域)。设置较低的"颜色容差"值可以限制色彩范围, 设置较高的"颜色容差"值可以增大色彩范围, 灵活运用可以得到很好的效果。

7.5 强化边缘的锐化

照片的清晰与否取决于细节的边缘是否明晰, 有没有明确的临界线。想要锐化边缘, 就要先找到边缘。下面有几种找到边缘的方法。

原图效果

调整后效果

方法一

01 打开图像

打开一幅图像，如图7-33所示，复制"背景"图层为"图层 1"。

图7-33

02 高反差保留

对"图层 1"执行菜单"滤镜"/"其他"/"高反差保留"命令，调节图像，如图7-34所示。

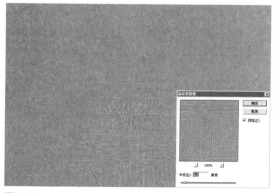

图7-34

03 设置图层混合模式

将"图层1"的混合模式设置为"叠加"，锐化效果比较明显，如图7-35所示。

图7-35

方法二

01 照亮边缘

对"图层1"执行菜单"滤镜"/"风格化"/"照亮边缘"命令，调节图像，如图7-36所示。

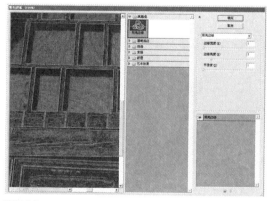

图7-36

02 设置图层混合模式

将"图层1"的混合模式设置为"滤色",锐化效果比较明显,如图7-37所示。

图7-37

方法三

01 基底凸现

对"图层1"执行菜单"滤镜"/"素描"/"基底凸现"命令,光源方向选择"左上",必须和图像光源一致,如图7-38所示。

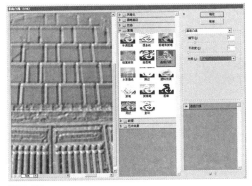

图7-38

02 选择复制通道

将"图层1"的混合模式设置为"叠加",不透明度为20%,如图7-39所示。

图7-39

方法四

01 浮雕效果

对"图层1"执行菜单"滤镜"/"风格化"/"浮雕效果"命令,如图7-40所示。

图7-40

02 设置图层混合模式

将"图层1"的混合模式设置为"叠加",完成锐化。这种方法不仅可增加清晰度,还能增加立体感,如图7-41所示。

图7-41

方法五

01 阈值

单击"图层"面板下方的"创建新的填充或调整图层"按钮,选择"阈值"命令,如图7-42所示。

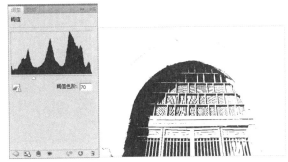

图7-42

02 色彩范围调整

执行菜单 "选择" / "色彩范围" 命令，单击白色，如图7-43所示。

图7-43

03 复制图像

保持选区不变，在图层面板中隐藏阈值调整图层，单击 "图层1"，按【Ctrl+J】组合键，复制选区内图像为 "图层2"，如图7-44所示。

图7-44

04 USM锐化

执行菜单 "滤镜" / "锐化" / "USM锐化" 命令，对 "图层2" 进行锐化，如图7-45所示。

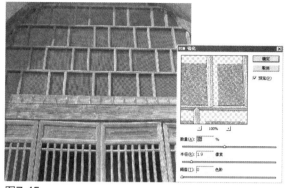

图7-45

05 锐化效果

稍减锐化程度，最后效果如图7-46所示。

图7-46

技巧提示

上面介绍了五种边缘锐化的方法，大家可根据不同的图像进行选择。Photoshop中查找边缘的方法很多，例如魔术棒、色彩范围、计算法、通道等等，可根据不同需要进行尝试，也许会得到意想不到的锐化效果。锐化要有度，一切以合适为准，不可盲目追求清晰度。

7.6　锐化图像的同时减少噪点

数码影像由精细的像素构成，与软件的亲和力很强，所以通过精细的锐化可以把清晰度做到极好，但是锐化会产生讨厌的噪点，所以锐化的真正难度不在锐化本身，而是如何最大限度的平抑噪点，锐化和降噪并举成了密不可分的操作工艺。

数码照片处理完全学习手册

原图效果

锐化后效果

01 打开图像

打开一幅岩石图像，石头的沙的那种质感与细节可以通过锐化呈现出来，如图7-47所示。

图7-47

02 USM锐化

单击"图层"面板，按【Ctrl+J】复制背景图层为"图层1"。执行菜单"滤镜"/"锐化"/"USM锐化"，如图7-48所示。

图7-48

03 自定调整

上步锐化只强调了边缘轮廓，细节还不够。执行菜单"图像"/"计算"命令，以合并图层的"红"通道反相与"背景副本"的"红"通道用"减去"混合模式计算，补偿值200，缩放1，结果：新建通道。如图7-49所示。

图7-49

04 调出选区

在"通道"面板中，调出"Alpha 1"通道的选区，回到"图层"面板，如图7-50所示。

图7-50

05 复制图层

按【Ctrl+J】组合键复制选区内图像为"图层2"，如图7-51所示。

图7-51

06 打开图像

在"图层"面板中，单击"图层1"，对"图层1"进行第二次锐化。执行菜单"滤镜"/"其他"/"自定"命令，设置参数如图7-52所示。这是使用中间值滤镜对画面细节进行强化边缘的锐化，所有的细节纤毫毕现，同时产生大量的噪点，尤其暗部几乎形成一层灰雾。

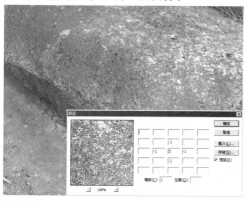

图7-52

07 降噪处理

调出"图层2"的选区，保持选区状态。单击"图层1"，为"图层1"添加图层蒙版，此时暗部的噪点得到了控制，如图7-53所示。

图7-53

08 减少杂色

对"图层1"执行菜单"滤镜"/"杂色"/"减少杂色"命令，做进一步降噪处理，如图7-54所示。

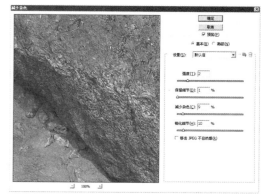

图7-54

09 USM锐化

单击"图层2"，执行菜单"滤镜"/"锐化"/"USM锐化"命令，再对"图层2"进行锐化处理，如图7-55所示。

图7-55

10 最终效果

对"图层2"进行两次锐化，最终效果如图7-56所示。

图7-56

这种锐化方法适合于质感较强烈、棱角分明的照片，还可以利用这种方法加大照片所需的颗粒效果。

7.7　锐化图像的同时增强画面的质感

　　锐化的原理就是改变边缘像素的反差。锐化过程中能够控制噪点，这是上了一层台阶，那么如果锐化的同时又精细的保留和再现细节与层次，可谓又上了一层台阶。

原图效果

锐化后效果

01 打开图像

　　打开一张动物图像，如图7-57所示。画面阴天，用散射光拍摄，画面较平淡，但层次丰富，具备高质量制作的条件。

图7-57

02 设置颜色模式

　　按【Ctrl+J】复制"背景"图层为"图层1"。执行菜单"图像"/"模式"/"Lab颜色"命令，转为Lab颜色模式，注意选择"不拼合"，如图7-58所示。

图7-58

03 新建通道

单击"通道"面板下方的"创建新通道"按钮，新建"Alpha 1"通道。全选Lab通道，复制并粘贴到新通道中，如图7-59所示。

图7-59

04 查找边缘

对新建的"Alpha 1"通道执行菜单"滤镜"/"风格化"/"查找边缘"命令，如图7-60所示。

图7-60

05 高斯模糊

对"Alpha 1"通道执行高斯模糊命令，以利于下一步制作衔接平顺，不露痕迹，如图7-61所示。

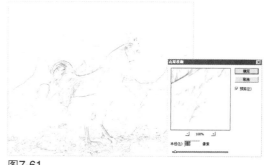

图7-61

06 载入通道选区

将"Alpha 1"通道载入选区，回到"图层"面板，激活"图层1"，如图7-62所示。

图7-62

07 USM锐化

保持选区不动，对"图层1"进行两次"USM锐化"，如图7-63所示。

图7-63

08 高反差保留

对"图层1"执行菜单"滤镜"/"其他"/"高反差保留"命令，设置"图层1"的混合模式为"叠加"，如图7-64所示。

图7-64

Chapter

08 高级抠图和选区技巧

　　Photoshop中图片的高级制作总是针对画面的局部调整，而局部调整就必须制作选区。抠图和选区是后期制作中不可缺少的重要技巧。技术的熟练程度和修图水平的高低直接影响到后期图片质量的优劣。其中最重要的是思想，对于一幅图片，要知道在哪里做选区进行调整，没有思想的指导，徒有技巧是不行的，所以在摄影过程中锻炼的是眼力。

8.1　用魔术棒快速抠出图像

魔术棒的使用相对来说比较简单，它适用于背景比较干净，且色彩比较单一的图片，应用效果明显，选区制作快速。

原图效果

更换背景后效果

01 打开文件

首先我们打开图像，如图8-1所示。我们看到画面天空部分非常干净，万里无云。我们要抠出图像，替换有云的背景。

图8-1

02 魔术棒工具选择

选择工具箱中的魔术棒工具，设置容差为30，在图像天空部分进行单击，如图8-2所示。

图8-2

03 选取相似

我们看到由于容差太小没有完全选中全部天空，执行菜单"选择"/"选取相似"命令，这时图像天空部分已经全部被选中，包括圈住的天空部分，如图8-3所示。

图8-3

04 选区反选

执行菜单"选择"/"反相"命令，将选区反选，此时选区选中天空以外的部分。再执行菜单"选择"/"修改"/"收缩"命令，收缩1个像素，如图8-4所示。

图8-4

数码照片处理完全学习手册

05 复制图层

选区制作完成后按【Ctrl+J】组合键，复制"背景"图层为"图层1"，如图8-5所示。

图8-5

06 "阴影/高光"调整

我们看到图像暗部缺少层次，所以执行菜单"图像"/"调整"/"阴影/高光"命令，如图8-6所示。

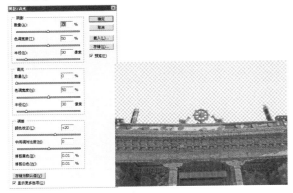

图8-6

07 打开图像

打开一幅有云的背景图片，我们要用它替换上图的天空部分，如图8-7所示。

图8-7

08 拖移图层

将有云的图像使用移动工具 拖移至寺庙的图像之中，并置于"图层1"的下方，调整好云的大小与位置，如图8-8所示。

图8-8

09 色阶调整

单击"图层"面板下方的"创建新的填充或调整图层"按钮 ，在下拉菜单中选择"色阶"命令，调整图像对比度，如图8-9所示。

图8-9

10 最终调整效果

基本画面已经调整完毕，稍调整一下饱和度，最终效果如图8-10所示。

图8-10

8.2 背景橡皮擦与历史记录画笔结合

历史记录画笔能够还原画笔、橡皮擦等工具操作后不满意的地方，使其恢复到工具操作之前的状态，这种功能有些像蒙版的使用。下面我们利用这种功能进行抠图制作。

原图效果

去背后效果

01 打开图像

打开一张室内人物图像，如图8-11所示。人物背景比较纯净，边缘明显。

图8-11

02 设置历史记录画笔的源

选择历史记录画笔工具 ，设置不透明度和流量都为100%。打开"历史记录"面板，在"打开"记录前面的小方块内单击，设置历史记录画笔的源，如图8-12所示。

图8-12

03 背景橡皮擦操作

在工具箱中选择背景橡皮擦工具 ，设置容差为30%，对边缘不明显的地方进行单击，注意要在人物以外进行单击，如图8-13所示。

图8-13

04 背景橡皮擦调整

对于边缘比较明显的部位要降低容差，橡皮擦擦过了的地方我们选择历史记录画笔把它擦回来，如图8-14所示。

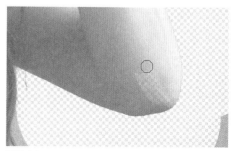

图8-14

数码照片处理完全学习手册

05 抠出图像

利用这种方法我们将图像抠出来，如图8-15所示。

图8-15

06 更换背景

打开一幅背景图片，并托移至人物图像中，调整图层至人物图像的下方，如图8-16所示。

图8-16

技巧提示

背景橡皮擦工具也适用于背景比较纯净的图像，而且背景色彩单一的图像。如果背景太花哨，那么这种方法抠起来就比较困难了。它通过不断的调整容差的大小来确定边缘擦去的多少，所以要不断的改变容差来对付不同边缘对比度的局部。

8.3 渐变映射结合计算制作选区

渐变映射制作选区的方法适用于色彩比较纷杂的照片，它可以为照片镀上简单的两种颜色，然后通过计算这两种颜色获得选区。运用这种方法可以调整由于曝光过度而失去的亮部细节。

原图效果

调整后效果

01 打开图像

打开一张人物图像，我们看到由于曝光过度，孩子的面部和其他亮部都损失了层次，我们要把亮部的层次找回来，如图8-17所示。

图8-17

02 复制图层

打开"图层"面板，按【Ctrl+J】组合键，复制"背景"图层为"图层1"，如图8-18所示。

图8-18

03 渐变映射调整

在"图层"面板中单击下方的"创建新的填充或调整图层"按钮，选择"渐变映射"命令，设置渐变模式为由红到绿渐变，如图8-19所示。

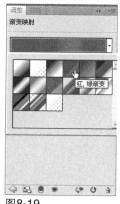

图8-19

04 计算调整

执行菜单"图像"/"计算"命令，在对话框中设置：以"图层1"的"绿"通道（反相）与"背景"的"蓝"通道采用"减去"方式混合，在"结果"中选择新建通道。如图8-20所示。

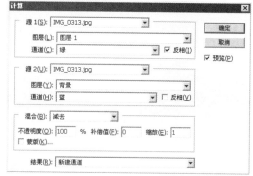

图8-20

05 打开图像

此时图像的显示效果为新建的"Alpha 1"通道，反差明显，亮暗分明，如图8-21所示。

图8-21

06 复制图层

选择"通道"面板，按住【Ctrl】键单击"Alpha 1"通道的缩览图，调出高光部分选区。回到"图层"面板，隐藏"渐变映射1"调整"图层"，单击图层1后按【Ctrl+J】组合键，复制选区内图像为新的"图层2"，如图8-22所示。

图8-22

07 混合模式调整

在"图层"面板中设置"图层2"的混合模式为"正片叠底"，如图8-23所示。

图8-23

08 最终效果

通过设置"正片叠底"混合模式后，图像的高光部分暗了许多，层次也恢复了，如图8-24所示。

图8-24

技巧提示

上述方法对于曝光过度不太严重的照片具有补救的效果，但是如果曝光过于严重，此办法也无能为力了。

8.4 色彩范围制作选区抠图

用色彩范围做选区速度快，如果容差、吸管配合的好，可以抠出细小的部分，非常精确。对于人物飘逸的秀发都能精确的抠出，十分了不起。

01 打开图像

打开一幅图，图像中涉及到了动物的毛发，如图8-25所示。

图8-25

02 拖移图像

再打开一幅要替换的背景云的图像，使用移动工具 ⊕ 拖移至有马匹的图像中，成为"图层1"，如图8-26所示。

图8-26

03 色彩范围

在"图层"面板中隐藏"图层1"，单击"背景"图层。执行"选择"/"色彩范围"命令，如图8-27所示。

图8-27

04 新建通道

单击"确定"按钮此时图象被选区选中，单击"通道"面板，单击下方的"创建新通道"按钮 □ ，新建Alpha 1通道。设置前景色为白色，按【Alt+Del】填充选区，如图8-28所示。

图8-28

05 调整通道反差

按【Ctrl+D】去掉选区。按【Ctrl+L】调出色阶对话框，调整"Alpha 1"通道的反差，如图8-29所示。

图8-29

06 蒙版调整

在"通道"面板中将"Alpha 1"通道载入选区，回到"图层"面板，显示"图层1"，为图层1添加图层蒙版，如图8-30所示。

图8-30

07 色阶调整

在"图层"面板中单击"背景"图层,按【Ctrl+L】调出色阶对话框,调整"背景"图层亮度,如图8-31所示。

图8-31

08 蒙版编辑

单击"图层"面板中"图层1"的蒙版缩览图,转换到蒙版编辑状态,选择渐变工具,设置前景色为黑色由下至上拉渐变,得到效果如图8-32所示。

图8-32

09 曲线调整

单击"图层"面板下方的"创建新的填充或调整图层"按钮,选择"曲线"命令,调整图层,如图8-33所示。

图8-33

10 蒙版调整

单击"图层"面板中的调整图层"曲线1"的蒙版缩览图,选择渐变工具,设置前景色为黑色,由下至上拉渐变,如图8-34所示。

图8-34

11 增加饱和度

单击"图层"面板下方的"创建新的填充或调整图层"按钮,选择"自然饱和度"命令,增加画面饱和度,如图8-35所示。

图8-35

12 转换为黑白图像

到上步为止可以说调整已经完成,这幅图用黑白表现也非常适合。单击图层面板下方的"创建新的填充或调整图层"按钮,选择"通道混合器"命令,将画面调成黑白的图像效果,如图8-36所示。

图8-36

★ 技巧提示

"色彩范围"中的"颜色容差"设置可以控制选择范围内色彩范围的宽度，并增加或减少部分选定像素的数量（选区预览中的灰色区域）。设置较低的"颜色容差"值可以限制色彩范围，设置较高的"颜色容差"值可以增大色彩范围，灵活运用可以得到很好的效果。

8.5　通道制作选区

通道制作选区适用于边缘对比、色块分布明显的照片，用通道抠图又快又准。三种颜色通道里选择哪一种颜色通道来载入选区很重要，事先应该逐一查看各通道的灰度效果，一般来说，反差大的、易于隐藏背景的单色通道是首选。

原图效果

调整后效果

01 打开图像

打开一幅胡杨图像，如图8-37所示。这张图片的边缘对比比较明显，但是树杈分支比较复杂。

图8-37

02 选择复制通道

下面我们要抠出图像，在"通道"面板中查看各个通道，观察哪个通道的对比度大，最后选定"蓝"色通道，复制"蓝"通道，如图8-38所示。

图8-38

03 色阶调整

按下【Ctrl+L】组合键调出色阶对话框，加大蓝通道副本的反差，如图8-39所示。

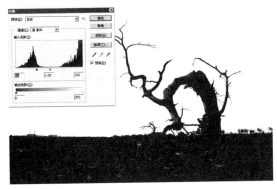

图8-39

04 画笔编辑

选择画笔工具 ✐，前景色使用白色和黑色，分别对天空和地面进行涂抹，让画面变为纯白和纯黑的对比，涂抹效果如图8-40所示。

图8-40

05 打开图像

将调整好的蓝通道副本载入选区，回到"图层"面板。按【Ctrl+Shift+I】将选区反选，执行菜单"选择"/"修改"/"收缩"命令，收缩1个像素，如图8-41所示。

图8-41

06 复制图层

按下【Ctrl+J】组合键复制"背景"图层为"图层1"，如图8-42所示。

图8-42

07 打开图像

此时图像已经成功抠出，放大看没有任何破绽，为了更好的查看效果，我们下一步更换背景。打开一张云的图片，如图8-43所示。

图8-43

08 拖移图层

选择移动工具 ⊹，将打开的云图拖移至胡杨图像中，并把"图层2"置于"图层1"的下方，调整云层的大小位置，如图8-44所示。

图8-44

09 曝光度调整

在"图层"面板中单击"图层1"，执行菜单"图像"/"调整"/"曝光度"命令，调整"图层1"的亮度，如图8-45所示。

图8-45

10 色彩平衡调整

在"图层"面板中单击"图层2"，执行菜单"图像"/"调整"/"色彩平衡"命令，如图8-46所示。

图8-46

11 整体调整

经过整体饱和度与色阶调整后的效果如图8-47所示。

图8-47

12 自定调整

将所有图层合并。按下【Ctrl+J】组合键复制"背景"图层为"图层1"，执行菜单"图像"/"调整"/"去色"命令，并设置"图层1"的混合模式为"叠加"，如图8-48所示。

图8-48

13 "阴影/高光"调整

执行菜单"图像"/"调整"/"阴影/高光"命令，调整"图层1"，如图8-49所示。

图8-49

14 最终效果

经过细微的调整后效果如图8-50所示，画面颜色十分厚重，感觉、气氛十分具有张力。

图8-50

技巧提示

上例应用了通道抠出图像，效果非常好。运用到的通道的原理：白色是被载入选区的部分。在制作时查看对比最明显的通道，再复制这一通道进行对比度加大的调整，逐渐接近黑与白的对比为止。在载入选区时，由于调整的不够精确，可能边缘会出现亮边，所以收缩1个像素的选区，这样把不必要的亮边就排除在外不留痕迹。

8.6 蒙版编辑选区

用蒙版编辑选区适宜制作影调过渡平滑的图片，适宜平衡画面影调。应用蒙版制作的图像影调过度柔和，没有明显的痕迹，而且操作也比较简单。

原图效果

调整后效果

01 打开图像

打开一幅黄昏的风光图像，如图8-51所示。由于光线暗，光比较大，天空与地面的影调极不平衡。

02 调整天空影调

使用多边形套索工具沿天空与地面的交界处选出天空部分。按【Q】键，进入快速蒙版状态，如图8-52所示。

图8-51

图8-52

03 高斯模糊调整

蒙版和图层一样同样可以进行编辑。执行菜单"滤镜"/"模糊"/"高斯模糊"命令，如图8-53所示。

图8-53

04 曲线调整

按【Q】键，将蒙版转为选区。按【Ctrl+H】，隐藏选区。按【Ctrl+M】调出曲线对话框，调整天空部分影调，如图8-54所示。

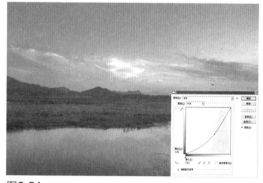

图8-54

05 调整地面影调

按【Ctrl+H】显示选区，按【Ctrl+Shift+I】将选区反选。按【Ctrl+M】调出曲线对话框，调整地面影调，如图8-55所示。

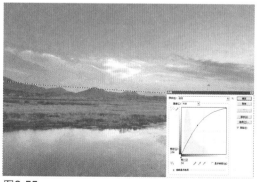

图8-55

06 蒙版编辑

利用同样的办法，使用多边形套索工具选中草地的部分，按【Q】键进入快速蒙版，并将蒙版进行高斯模糊处理，如图8-56所示。

图8-56

07 调整草地影调

按【Q】键将蒙版转化为选区，按【Ctrl+H】隐藏选区，再按【Ctrl+M】调出曲线对话框，调整草地影调，如图8-57所示。

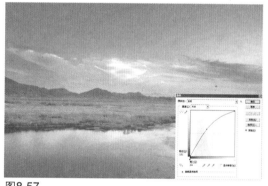

图8-57

08 最终调整

再次经过精细的局部调整后，画面的影调变得平衡，过渡也变得柔和，原本一张曝光失败的照片成为了一张漂亮的晚霞风光，如图8-58所示。

图8-58

快速蒙版和图层蒙版的应用差不多，但快速蒙版操作简便，能够快速获得选区，对图像的局部处理十分有效。图层蒙版建立在图层之上，可以无限制的更改，操作余地大。

8.7　应用图像与计算结合

　　"应用图像"和"计算"结合使用色阶等常规操作，可以处理某些层次改变较大，又很难抠图调整的照片。"应用图像"命令很难把握，经过一次制作，在经过另一次制作时，不留意可能会与上次不一样，效果时好时坏，在应用的时候应多尝试。

原图效果

调整后效果

01 打开图像

　　打开一幅风光图像，如图8-59所示。下面用"应用图像"和"计算"命令调整画面的色调。

02 复制图层

　　单击"图层"面板，按【Ctrl+J】组合键，复制"背景"图层为"图层1"，如图8-60所示。

图8-59

图8-60

03 应用图像

执行菜单"图像"/"应用图像"命令，对话框中通道选择"透明"，混合模式"柔光"，如图8-61所示。

图8-61

04 应用图像

再次执行菜单"图像"/"应用图像"命令，"图层1"的"蓝"通道执行"颜色减淡"混合模式，如图8-62所示。

图8-62

05 应用图像

再次执行菜单"图像"/"应用图像"命令，"图层1"的"蓝"通道采用"正片叠底"的混合模式，蒙版通道选择"透明"，如图8-63所示。

图8-63

06 应用图像

我们看到通过几步"应用图像"命令调整后，天空部分几乎变成了白色，再多做几次上步的操作，得到的效果如图8-64所示。

图8-64

07 计算命令调整

执行菜单"图像"/"计算"命令，将"图层1"的红通道和"蓝"通道采用"正片叠底"混合，如图8-65所示。

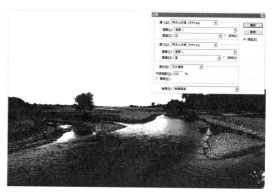

图8-65

08 复制图层

单击"通道"面板，调出"Alpha 1"通道的选区。回到"图层"面板，隐藏"图层1"，单击"背景"图层，按【Ctrl+J】组合键复制选区内图像为"图层2"，如图8-66所示。

图8-66

09 调整图层2影调

压暗"图层 2"的影调，让天空影调变得厚重。为"图层 2"添加图层蒙版，进行渐变编辑，如图8-67所示。

图8-67

10 调整地面影调

在"图层"面板中单击"背景"图层，按【Ctrl+L】调出色阶对话框，调整"背景"图层，如图8-68所示。

图8-68

11 曝光度调整

在"图层"面板中单击"图层 2"，再单击的"创建新的填充或调整图层"按钮，在下拉菜单中选择"曝光度"命令，如图8-69所示。

图8-69

12 最终效果

精细调整图像后效果，如图8-70所示。画面的影调色彩十分厚重，通过对天空的压暗，风雨欲来的感觉很强烈。

图8-70

★ 技巧提示

应用图像的原理和计算很相似，都是利用通道的混合原理来进行制作的，不管应用何种方法进行制作，最终我们要看照片制作的效果如何，很多方法都是可以进行配合使用的。

8.8 抠发利器——Knock Out 2

抠图中最难的就是发丝之类的细小像素，Photoshop中目前对这种情况的图像还没有很好的抠发方法。但是目前有许多第三方软件，可以作为Photoshop的插件使用。本节中我们介绍一种功能强大的抠图软件"Knock Out 2"，安装后它可以作为Photoshop的插件出现。

原图效果

调整后效果

01 打开图像

打开一幅人物图像，如图8-71所示。我们试图把人物从背景中抠出来，改变背景的颜色。

图8-71

02 复制背景图层

单击"图层"面板，按【Ctrl+J】组合键，复制"背景"图层为"图层1"。这是Knock Out 2操作必须执行的第一步，否则不能运行该插件，如图8-72所示。

图8-72

03 载入工作图层

执行菜单"滤镜"/"Knock Out 2"/"载入工作图层"命令，如图8-73所示。

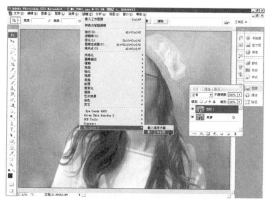

图8-73

04 Knock Out 2工作区域

打开Knock Out 2的工作面板，如图8-74所示。

图8-74

05 绘制选区

　　使用内圈工具在人物的内边缘仔细的描边，形成闭合选区后，再使用外圈工具在人物头发的外圈进行描边，形成闭合圈，内圈是要保留的区域，外圈是要去除的部分，两圈之间就是最后得到的区域，如图8-75所示。

图8-75

06 精细调整选区大小

　　由于手的抖动而描画不准的地方，可以按住Shift键再描画扩大选区或者按住Alt键再描画缩小选区，如图8-76所示。

图8-76

07 抠出图像

　　描画完成以后，定一个细节指数（指数在1~4之间可选），点击下面蓝色的转换标志开始抠图，如图8-77所示。

图8-77

08 在Photoshop中打开抠出的图像

　　执行菜单"文件"/"应用"命令，自动返回到Photoshop窗口，复制的"图层 1"就是已经抠好的照片图层，如图8-78所示。

图8-78

09 色彩平衡调整

　　在"图层"面板中单击"背景"图层，按【Ctrl+B】组合键调出色彩平衡对话框，如图8-79所示。

图8-79

10 更换背景颜色后效果

　　色彩平衡调整后，再整体调整图像影调。单击"创建新的填充或调整图层"按钮，选择"色相/饱和度"命令，稍微加一点饱和度，如图8-80所示。

图8-80

技巧提示

　　Knock Out 2功能十分强大，可以抠取例如玻璃、婚纱等半透明的物体，使用也需要很强的技巧，其针头、橡皮擦、阴影抠像等工具别具一格，值得下一番功夫学习掌握。

Chapter

09

高级黑白照片制作技巧

黑白摄影是传统摄影殿堂的一颗明珠，在摄影文化中有很高的艺术地位，黑白摄影的纯技术技巧非常值得回味。黑白照片把一切色彩简略归纳为黑白灰，以质感、细节、影调和形态作为视觉语言。本章介绍8种方法将彩色照片转为黑白照片，仅为抛砖引玉，在实例的创作中要灵活运用，以达到更好的影调效果。

9.1　照片去色叠加法

去色叠加法适用于照片层次比较丰富，转换成黑白照片后发灰的情况，它通过图层之间的混合模式来增加画面的对比度。

原图效果

黑白效果

01　打开文件

首先我们打开图像。如图9-1所示，我们看到画面层次非常的丰富，但反差很低。

图9-1

02　去色调整

执行菜单"图像"/"调整"/"去色"命令，将图像转化为黑白影像，如图9-2所示。尽管画面的灰阶很丰富，但是反差不够。

图9-2

03　复制图层

单击"图层"面板，按【Ctrl+J】组合键，复制"背景"图层为"图层1"，如图9-3所示。

图9-3

04　调整图层混合模式

在"图层"面板中，设置"图层1"的混合模式为"叠加"，如图9-4所示。

图9-4

175

05 复制图层

这时的画面暗部细节丢失，影调太暗。在"图层"面板中单击"背景"图层，按【Ctrl+J】组合键，复制"背景"图层为"背景副本"，设置图层的混合模式为"滤色"，如图9-5所示。

图9-5

06 蒙版编辑

单击"图层"面板中的"背景副本"图层，单击面板下方的"添加图层蒙版"按钮，为"背景副本"层添加图层蒙版。选择渐变工具，由上到下斜拉渐变，如图9-6所示。

图9-6

07 曝光度调整

在"图层"面板单击"图层 1"，单击"创建新的填充或调整图层"按钮，在下拉菜单中选择"曝光度"命令，对整体图层进行曝光度调整，如图9-7所示。

图9-7

08 蒙版编辑

选择工具箱中的画笔工具，设置画笔不透明度和流量都为100%，前景色为黑色，画笔硬度为0，对图像暗部进行涂抹。最终效果如图9-8所示。

图9-8

技巧提示

运用图层之间的混合模式来调整反差比较方便快捷，而且会有不同的效果，在照片的后期制作中是经常用到的方法之一。但是用这种方法调整照片文件会有损失，直观反映在直方图的峰值上，直方图会出现一些轻微的梳状锯齿，但对后期输出影响不大。

9.2 明度混合法

明度混合法制作黑白照片的关键点是充分利用Lab色彩模式中的明度通道，因为Lab明度通道排除色彩因素，是明暗层次保留最好的一个通道，对制作黑白照片非常有利。

原图效果

黑白效果

01 打开图像

打开一张风景图像，如图9-9所示。

图9-9

02 去色调整

执行菜单"图像"/"调整"/"去色"命令，将图像进行去色处理，保存以便对比下面的操作，如图9-10所示。

图9-10

03 改变图像模式

回到彩色图像的打开状态，执行菜单"图像"/"模式"/"Lab颜色"模式，把照片转换为Lab颜色模式，如图9-11所示。

图9-11

04 明度通道

在"通道"面板中单击"明度"通道，此时图像显示为黑白效果，保留了绝大部分的暗部层次，如图9-12所示。

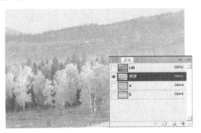

图9-12

05 转换为灰度

执行菜单"图像"/"模式"/"灰度"命令，将图像转换为灰度图像，在弹出的对话框中单击确定，如图9-13所示。

图9-13

06 色阶调整

按【Ctrl+L】组合键，调出色阶对话框，调整图像影调。最终调整效果如图9-14所示。

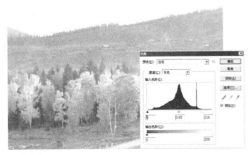

图9-14

9.3 高反差法

对于某些照片需要用高反差的影调来表现时，直接调整曲线或色阶加大反差，会损失很多层次，不能很好的表达高反差效果。我们要做的是反差既要高，层次还要丰富。

原图效果

调整后效果

01 打开图像

打开一幅胡杨的图片，如图9-15所示。这类图片的黑白效果制作适宜高反差影调，能够透过胡杨表现生命挣扎的力量。

图9-15

02 渐变映射调整

单击"创建新的填充或调整图层"按钮，选择"渐变映射"命令，如图9-16所示。

图9-16

03 通道混合器调整

在"图层"面板中，单击"背景"图层，再单击"创建新的填充或调整图层"按钮，选择"通道混合器"命令，调整图像，如图9-17所示。

图9-17

04 调整图像反差

单击"图层"面板中的"通道混合器1"调整图层，设置图层"填充"为80%，调整后效果如图9-18所示。

图9-18

数码照片处理完全学习手册

05 曝光度调整

在"图层"面板中单击"渐变映射1"图层。再次单击"创建新的填充或调整图层"按钮 ⊘, 选择"曝光度"命令, 调整图像, 如图9-19所示。

图9-19

06 最终效果

最后把图像合层, 调成暖褐色色调, 如图9-20所示。通过改变通道混合器的通道混合比例可以准确的控制反差。

图9-20

> **技巧提示**
>
> "图层"面板下方的"创建新的填充或调整图层"按钮 ⊘ 中的命令虽然在菜单命令中也可以找到, 但是菜单栏的调整命令只是对于单独图层进行调整, 而"图层"面板中的命令是对调整图层下的整个图层进行调整, 而且调整图层带有蒙版, 对于不必要调整的部分进行局部修改, 是一种非常实用的调整命令。

9.4　计算法

计算法适用于彩色照片转黑白后影调平淡的情况, 计算利用通道之间的不同混合模式来调整色彩转黑白后的明度对比, 不同混合模式会出现不同的影调效果。

01 打开图像

打开一幅色彩比较平淡的陕西民居图像，如图9-21所示。

图9-21

02 去色处理

执行菜单"图像"/"调整"/"去色"命令，如图9-22所示。去色的目的是为了和计算方法调整后做一对比。

图9-22

03 计算调整

对打开的图像进行调整，执行菜单"图像"/"计算"命令，设置对话框参数，如图9-23所示。

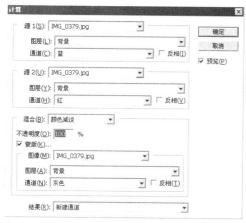

图9-23

04 调整效果

通过"计算"命令调整后，图像的影调层次十分柔和，这是其中的一种混合方式，如图9-24所示。

图9-24

05 计算调整

下面用不同的混合方式调整画面的反差。重新打开图像，执行菜单"图像"/"计算"命令，重新设置对话框参数，让"红"通道与"红"通道之间进行"实色混合"模式进行混合，如图9-25所示。

图9-25

06 图像效果

"计算"命令调整后，图像的反差加大，房屋的沧桑质感也表现出来了，但是暗部层次不够，如图9-26所示。

图9-26

07 计算调整

为了增加暗部的层次，我们在上一步的基础上再次进行计算调整。这次利用"蓝"通道之间"相加"的混合方式进行调整，如图9-27所示。

图9-27

08 高反差效果

通过上一步的调整，暗部层次出来了而且反差也进一步加大。最终效果如图9-28所示。

图9-28

技巧提示

计算的方法有多种的混合模式，我们可根据需要进行摄影艺术创作。需要注意的是，计算是在进行通道的调整，所以图像的显示效果是计算产生的新通道"Alpha"通道，所以在最后的保存时，应该将图像转换为灰度模式，扔掉其余通道，再转换为RGB模式进行存储利用。

9.5   通道混合器调整

通道混合器命令是通过调整红、绿、蓝三个通道的比例进行黑白调整的一种方法。在预设选项中可以有多种滤镜下的黑白效果选择。一般我们选择"自定"，自己定义黑白影调。

01 打开图像

打开一幅草原的风光图像，如图9-29所示。

图9-29

02 饱和度调整

按【Ctrl+U】组合键，调出"色相/饱和度"对话框，提高图像的饱和度，为后面的调整做准备，如图9-30所示。

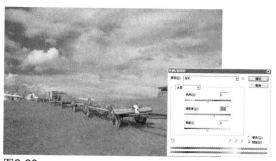

图9-30

03 通道混合器调整

单击"创建新的填充或调整图层"按钮，在下拉菜单中选择"通道混合器"命令，勾选"单色"选项，调整图层模仿红色滤光镜效果，让白云更白，蓝天更暗，如图9-31所示。

图9-31

04 红外摄影效果

通过通道混合器的调整，我们可以模仿红外线摄影效果，如图9-32所示。

图9-32

技巧提示

通道混合器是在改变RGB黑白明度比例，并且把三色混合后，以黑白表现出来，可以使用常数调整反差亮度与混合协调，进一步控制效果。如果我们改用色阶，单独改变RGB通道的明度数据，边改边观察，结果应该是相同的，或者是去色后再单独一个一个的调整通道，也能得到类似的效果，可是这种方法非常麻烦。黑白胶片只有一条曲线，直接把色彩拍成黑白图像，而彩色是利用红、绿、蓝三条曲线合成黑白，需要关注彩色曲线也就是单色比例不同对转黑白的影响，为我们提供了丰富的调控黑白影像的手段。要将彩色图像转为高品质的黑白影像，应事先分析原片中红、绿、蓝色调的倾向，即3种颜色中哪种多哪种少，成分多的这种颜色通道调节的数量也就越大。

9.6 RAW格式直接转换

RAW格式采用ProPhoto RGB色彩空间，这是一个仅次于人眼所见全部色彩而大于Adobe RGB和sRGB的空间。该空间可直接进行16位转换，获得数量惊人的色彩级数。常规方法转黑白是把彩色转为Adobe RGB或sRGB再转黑白，浪费了数码大空间的优势。直接从RAW格式中转换为黑白会获得很丰富的画面影调。

原图效果

黑白效果

01 打开RAW图像

打开一张RAW格式的图像，如图9-33所示。

图9-33

02 调整工作流程选项

在RAW对话框中设置工作流程选项，设置色彩空间为"ProPhoto RGB"；色彩深度为"16位/通道"，以保证有更多的色彩层次，如图9-34所示。

图9-34

03 增加饱和度

在"基本"选项卡中调节基本曝光和影调后，在"相机校准"选项卡中增加绿、蓝色的饱和度，这时的色彩太过于鲜艳，没有关系，这是在为转换黑白做准备，如图9-35所示。

图9-35

04 转换为灰度

单击"HSL/灰度"选项卡，勾选"转换为灰度"选项，向左拖动蓝色滑块，压暗天空；向右调节橙色和绿色滑块，提亮绿叶和木船；调节黄色滑块使花朵层次合适，如图9-36所示。

图9-36

05　曝光度调整

RAW对话框中调整完毕后，在Photoshop中打开。单击"创建新的填充或调整图层"按钮 ■，在下拉菜单中选择"曝光度"命令，调整图像，图像的层次很丰富，暗部细节也出来了，如图9-37所示。

图9-37

06　画笔涂抹

选择工具箱中的画笔工具 ✐，对"曝光度1"调整图层进行涂抹，留下暗部层次，还原部分亮部层次，如图9-38所示。

图9-38

07　"亮度/对比度"调整

单击"创建新的填充或调整图层"按钮 ■，在下拉菜单中选择"亮度对比度"命令调节图像，如图9-39所示。

图9-39

08　最终图像效果

合并可见图层并将图像转换为8位和Adobe RGB工作空间。最终效果如图9-40所示。

图9-40

技巧提示

有人可能会问，这张照片既然最后要回归到8位并转回Adobe RGB空间，那么前面的RAW格式16位ProPhoto RGB转换还有意义吗？反正后面要转回去，何必多此一举呢？在相机中直接设置Adobe RGB、sRGB拍摄与用RAW格式拍摄转ProPhoto RGB进行后期处理后再转到Adobe RGB、sRGB空间这两种方式的不同点在于：16位能够保留更多的影调信息。彩色通过直方图能够看得出来，黑白通过细微的过渡阶调也可以看得出来。一般显示器仅能够看到sRGB的色彩空间，更大的空间显示不了，从图像外观上看不出差别，看不到不等于不存在。可以做个试验，同样是后期输出，16位的层次明显优于8位。

数码照片处理完全学习手册

9.7 渐变映射调整

渐变映射转黑白照片的原理很简单，它是把RGB通道3个不同明度相加再除以3，取平均明度转为黑白。这是很安全的转法，能够很好的保留图像的层次关系，不至于使某一明度过高或过低造成失真。但是这个算法过于安全而使得图像过于平淡，还需要做进一步的调整。

原图效果

调整后效果

01 打开图像

打开一风光图像，如图9-41所示。

图9-41

02 直方图面板

执行菜单"窗口"/"直方图"命令，读取直方图的数据——平均值132.31，属于中灰画面；标准偏差53.98，属于中度略高的反差；中间值125，如图9-42所示。

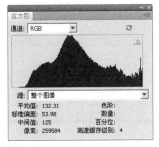
图9-42

03 渐变映射调整

上一步的数据是原图的重要信息，应该遵循它们来转黑白。单击图层面板下方的"创建新的填充或调整图层"按钮，选择"渐变映射"命令。读取这时候直方图上的信息——平均值132.68；标准偏差60.40；中间值125。基本较原图没有太大变化，只是反差高于原图，如图9-43所示。

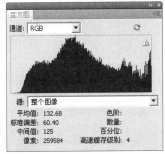

图9-43

185

04 曲线调整

我们对画面进行微调。单击"创建新的填充或调整图层"按钮■，选择"曲线"命令，调节曲线对话框，使直方图的数值接近原图。如图9-44所示。

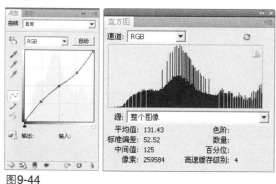

图9-44

05 最终效果

此时图像的反差接近原图，层次与质感都达到了最佳状态，如图9-45所示。对照原图，除了没有色彩，所有的影调都得到了保留。这种做法似乎比较机械，但是数据的理性和科学性不容忽视。

图9-45

> 技巧提示
>
> 渐变映射的调整黑白效果是根据数据来确定影调的，我们需要了解这种方法，但是一切调整要为了我们的艺术思想服务，也不要完全陷入这种机械调整的误区。

9.8 黑白命令调整

在传统的黑白摄影中，经常会使用到各种颜色的滤镜来压暗或提亮某种色调，来达到改变影调的目的。在Photoshop中，最新加入了"黑白"命令。它最大的优势是认真研究了彩色滤镜在黑白全色摄影中的滤波作用，通过通道计算，把各种滤色镜通过加强和阻挡不同光线波长的作用直接显现出来。

原图效果

黑白效果

01 打开图像

打开一幅优美的田园风光图像，如图9-46所示。

图9-46

02 黑白调整

单击"创建新的填充或调整图层"按钮，选择"黑白"命令。如果不想那么麻烦的调节，可直接单击对话框中的"自动"按钮，软件会直接给出一个调整参数，黑白效果也很不错，如图9-47所示。

图9-47

03 自定调整

如果对自动调节的影调不满意，还可以选择对话框中"自定"下拉选项中的12个特殊定制滤镜选项，可以一步达到过去通过多次拍摄冲洗实验才能看到的效果，如图9-48所示。

图9-48

04 手动调节

如果对上述调节依然不满意，那么就自行进行调节，控制各个区域的影调，如图9-49所示。

图9-49

05 双色调效果

在黑白对话框中，只要勾选"色调"，就可以立即制作出双色调照片，如图9-50所示。可以制作铂金效果照片。

图9-50

06 调整画面气氛

利用蒙版调节画面气氛，压暗天空，突出地面影调，如图9-51所示。一幅影调优美，层次丰富的黑白作品就完成了。

图9-51

"黑白"命令调整黑白效果与"通道混合器"的调节差不多，都是调节颜色滑块来确定某种颜色转黑白后的影调。不同的是通道混合器调节的是RGB的三个颜色通道，而黑白命令则是通过调节六种不同颜色来进行通道计算的。

9.9　多种方法搭配使用制作高品质黑白照片

我们前面介绍了8种不同转黑白的方法。在实际的黑白照片制作中，做好一幅高品质的黑白照片是相当复杂的，会用到多种方法相互配合使用。本节举例介绍综合多种方法搭配制作黑白照片的方法，让我们一起品味黑白的魅力。

原图效果

黑白效果

01 打开图像

打开一幅坝上草原图片，如图9-52所示。画面的构图、色彩、影调都十分完美，可以想象转成黑白后影调会十分的丰富。

图9-52

02 计算调整

执行菜单"图像"/"计算"命令，在弹出的对话框中设置"红"通道与"绿"通道进行"柔光"混合，不透明度为80%，如图9-53所示。

图9-53

03 计算命令调整效果

通过计算命令的调整，图像已经转化为黑白影像画面的层次很丰富。因为在计算对话框我们设置的"结果"是"新建通道"，所以画面显示的是通道图像，如图9-54所示。

图9-54

04 对比度调整

执行菜单"图像"/"模式"/"灰度"命令，将画面转化为灰度图像，扔掉其他通道。此时图像从通道转化为图层。再次执行菜单"图像"/"模式"/"RGB颜色"命令，单击"创建新的填充或调整图层"按钮，选择"渐变映射"命令，设置调整图层的填充为50%，增大图像对比度，如图9-55所示。

图9-55

05 蒙版编辑

选择工具箱中的画笔工具，设置画笔硬度为0，前景色为黑色，对地面部分进行还原，如图9-56所示。

图9-56

06 通道混合器调整

单击"创建新的填充或调整图层"按钮，选择"通道混合器"命令，在对话框中勾选"单色"选项，调节地面部分影调，如图9-57所示。

图9-57

07 蒙版调整

单击调整图层"通道混合器1"的蒙版缩览图，设置前景色为黑色，按【Alt+Del】组合键填充蒙版为黑色。选择画笔工具，设置前景色为白色，涂抹地面与树木的部分，如图9-58所示。

图9-58

08 计算调整

将所有图层合层。下面的操作我们将压暗天空。执行菜单"图像"/"计算"命令,设置对话框参数,如图9-59所示。

图9-59

09 复制通道

"计算"命令调整后生成一个新的"Alpha 1"通道,此时图像显示的效果就是"Alpha1"通道。单击通道面板,按【Ctrl+A】全选通道并复制,回到"图层"面板,粘贴通道为"图层1",如图9-60所示。

图9-60

10 蒙版编辑

为"图层1"添加图层蒙版,设置前景色为黑色,按【Alt+Del】组合键填充蒙版为黑色。选择画笔工具,设置前景色为白色,涂抹天空部分,如图9-61所示。

图9-61

11 合成图像

单击图层面板下方的"创建新图层"按钮,新建"图层2"。执行菜单"编辑"/"填充"命令,在对话框中选择使用"50%灰色"。设置"图层 2"的混合模式为"叠加",此时图像没有任何改变,如图9-62所示。

图9-62

12 调整图像

使用画笔工具,设置前景色为白色,在树木和地面部分进行涂抹,提亮局部影调,如图9-63所示。

图9-63

13 最终调整

精细调整之后,最终效果如图9-64所示。一幅柔美的黑白风光作品就完成了。

图9-64

Chapter
10 人物照片美容技巧

在拍摄的照片中会清楚地显示出人物脸上和身体上的缺陷，这样一来就非常影响照片中人物的美观，例如：眼袋、痘痘和痣、牙齿发黄、身材不好、皮肤粗糙等问题，本篇主要针对这些缺陷，运用Photoshop即可轻易地解决，它将让你拥有一张完美无瑕的脸。

10.1 去除痘痘和痣

如果发现了一张上面能清晰地看到脸上有让人讨厌的小痘痘和痣的照片，怎么办呢？没关系，交给Photoshop软件即可轻易地解决，它将让你拥有一张完美无瑕的脸。

原图效果

调整后效果

01 打开图片

打开一张美女人像照片文件，此时的图像效果和图层面板如图10-1所示，观察照片发现人物的脸部有一些痘痘和痣，严重影响人物的外表，下面我们就要修复人物脸部的痘痘和痣。

图10-1

02 复制图像

选择"背景"为当前操作图层，在"图层"面板中拖动"背景"到"创建新图层"按钮上，释放鼠标得到"背景 副本"，设置其图层混合模式为"滤色"，如图10-2所示。

图10-2

03 调整色彩平衡

单击"创建新的填充或调整图层"按钮○，，在弹出的菜单中选择"色彩平衡"命令，此时弹出"调整"面板同时得到图层"色彩平衡 1"，单击"调整"面板下方的○按钮，将调整影响剪切到下方的图层，然后在"调整"面板中设置"色彩平衡"命令的参数，如图10-3所示。

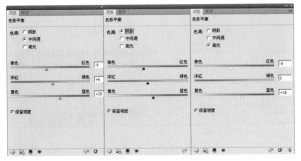

图10-3

04 应用色彩平衡调整

在"调整"面板中设置完"色彩平衡"命令的参数后，关闭"调整"面板，此时的图像效果和"图层"面板如图10-4所示。

图10-4

05 模糊图像

按快捷键【Ctrl+Shift+Alt+E】，执行"盖印"操作，得到"图层 1"，此时的图像效果和"图层"面板如图10-5所示。

图10-5

06 使用修复画笔工具

单击工具箱中的修复画笔工具∥，将选择后的修复画笔工具∥移动到画面中间的人物的左眼下方，按住【Alt】键在左眼下方单击鼠标左键，进行取样，然后在痘痘处按住鼠标左键拖动，进行修复操作，如图10-6所示。

图10-6

07 去除痘痘

使用取样后的修复画笔工具在画面中的痘痘处拖动，释放鼠标左键，即可以将痘痘隐藏，如图10-7所示。

图10-7

08 继续使用修复画笔工具

单击工具箱中的修复画笔工具∥，将选择后的修复画笔工具∥移动到画面中间的人物的右眼下方，按住【Alt】键在左眼下方单击鼠标左键，进行取样，然后在痣处按住鼠标左键拖动，进行修复操作，如图10-8所示。

图10-8

09 去除痣

使用取样后的修复画笔工具在画面中的痣处单击，即可以将痣隐藏，如图10-9所示。

图10-9

10 修复其他黑色斑点

继续使用修复画笔工具 ✐，修复画面中的其他痘痘和痣，得到如图10-10所示的图像效果。

图10-10

11 选择通道

切换到"通道"调板，选择并显示"蓝"通道，此时的通道效果和"通道"面板如图10-11所示。

图10-11

12 模糊通道

执行菜单中的"滤镜"/"模糊"/"特殊模糊"命令，设置弹出对话框中的参数后，单击"确定"按钮，得到如图10-12所示的效果。

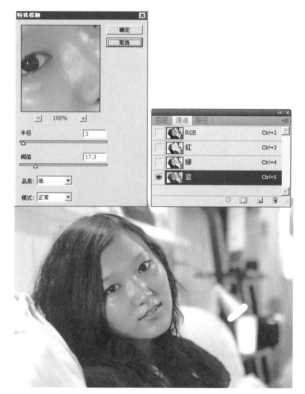

图10-12

13 最终效果

用鼠标单击"RGB"通道，切换到"图层"面板，此时的图像效果和"图层"面板如图10-13所示。

图10-13

10.2　快速清除眼袋

　　由于各种原因，人物的脸部难免会出现眼袋，影响人物脸部的美观，在拍摄照片的过程中，也会将眼袋拍摄到照片上，使用修补工具和修复画笔工具可以从图像中取样，并允许在任意区域上仿制，此类工具可以去除照片上人物脸部的眼袋。下面就使用修补工具和修复画笔工具去除人物脸部的眼袋。

原图效果

调整后效果

01 打开图片

　　打开一张美女人像照片文件，此时的图像效果和图层面板如图10-14所示。观察人物图像发现人物的脸部有很明显的眼袋，影响人物的美观，下面我们就要去除人物的眼袋。

图10-14

02 复制图像

　　选择"背景"为当前操作图层，在"图层"面板中拖动"背景"到"创建新图层"按钮上，释放鼠标得到"背景 副本"，设置其图层混合模式为"滤色"，如图10-15所示。

图10-15

195

03 复制图像

按快捷键【Ctrl+J】，复制"背景 副本"得到"背景 副本 2"，此时的图像效果和"图层"面板如图10-16所示。

图10-16

04 调整曲线

单击"创建新的填充或调整图层"按钮，在弹出的菜单中选择"曲线"命令，此时弹出"调整"面板同时得到图层"曲线 1"，在"调整"面板中设置"曲线"命令的参数，如图10-17所示。

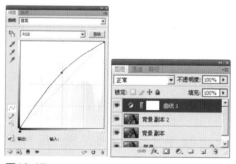

图10-17

05 应用曲线调整

在"调整"面板中设置完"曲线"命令的参数后，关闭"调整"面板，此时的图像效果和"图层"面板如图10-18所示。

图10-18

06 编辑图层蒙版

单击"曲线 1"的图层蒙版缩略图，设置前景色为黑色，使用"画笔工具"设置适当的画笔大小和透明度后，在图层蒙版中涂抹，得到如图10-19所示的效果。

图10-19

07 使用修复画笔工具

按快捷键【Ctrl+Shift+Alt+E】，执行"盖印"操作，得到"图层 1"，单击工具箱中的修复画笔工具，将选择后的修复画笔工具移动到画面中间的人物额头上，按住【Alt】键在额头上痣的右侧单击鼠标左键，进行取样，然后在痣处按住鼠标左键拖动，进行修复操作，如图10-20所示。

图10-20

08 去除痣

使用取样后的修复画笔工具在画面中的痣处单击，即可以将痣隐藏，如图10-21所示。

图10-21

数码照片处理完全学习手册

09 修复其他痣和斑点

继续使用修复画笔工具 ✐，修复画面中的其他痣和斑点，得到如图10-22所示的图像效果。

图10-22

10 绘制选区

单击工具箱中的修补工具 ◇，将选择好的修补工具移动到画面中人物右眼的眼袋区域内，单击鼠标左键拖动，围绕着人物的眼袋绘制出一个选区，如图10-23所示。

图10-23

11 修补图像

使用修补工具在选区内单击鼠标左键，向选区下方拖动选区内的图像到适当的位置，如图10-24所示。

图10-24

12 修补后效果

拖动鼠标到适当的位置后，释放鼠标左键，即可将选区内的眼袋图像消除，如图10-25所示。

图10-25

13 绘制选区

单击工具箱中的修补工具 ◇，将选择好的修补工具移动到画面中人物左眼的眼袋区域内，单击鼠标左键拖动，围绕着人物的眼袋绘制出一个选区，如图10-26所示。

图10-26

14 修补图像

使用修补工具在选区内单击鼠标左键，向选区下方拖动选区内的图像到适当的位置，如图10-27所示。

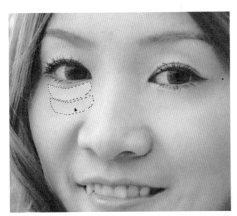

图10-27

15 修补后效果

拖动鼠标到适当的位置后，释放鼠标左键，即可将选区内的眼袋图像消除，如图10-28所示。

图10-28

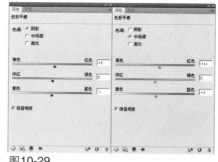

图10-29

16 色彩平衡调整

单击"创建新的填充或调整图层"按钮，在弹出的菜单中选择"色彩平衡"命令，此时弹出"调整"面板同时得到图层"色彩平衡1"，在"调整"面板中设置"色彩平衡"命令的参数，如图10-29所示。

17 调整后的效果

在"调整"面板中设置完"色彩平衡"命令的参数后，关闭"调整"面板，此时的图像效果和"图层"面板如图10-30所示。

图10-30

10.3 改变眼睛的颜色

每个人都想拥有一双水汪汪的迷人大眼，可是有时在拍摄照片时却因为种种原因，眼睛的颜色总是千篇一律，显得非常单调，这时我们可以通过Photoshop软件调整出不同颜色的眼睛效果，为人物美瞳，让整个人神采飞扬。

原图效果

调整后效果

01 打开图片

打开一张美女人像照片文件，此时的图像效果和"图层"面板如图10-31所示，下面我们要改变照片内人物眼睛的颜色。

图10-31

02 "色相/饱和度"调整

单击"创建新的填充或调整图层"按钮 ⊘，在弹出的菜单中选择"色相/饱和度"命令，此时弹出"调整"面板同时得到图层"色相/饱和度 1"，在"调整"面板中设置"色相/饱和度"命令的参数，如图10-32所示。

图10-32

03 调整后的效果

在"调整"面板中设置完"色相/饱和度"命令的参数后，关闭"调整"面板，此时的图像效果和"图层"面板如图10-33所示。

图10-33

04 编辑图层蒙版

单击"色相/饱和度 1"的图层蒙版缩略图，设置前景色为黑色，使用"画笔工具" ✐设置适当的画笔大小和透明度后，在图层蒙版中涂抹，得到如图10-34所示的效果。

图10-34

05 模糊图像

按快捷键【Ctrl+Shift+Alt+E】，执行"盖印"操作，得到"图层 1"，执行菜单中的"滤镜"/"模糊"/"高斯模糊"命令，设置弹出对话框中的参数后，单击"确定"按钮，得到如图10-35所示的效果。

图10-35

06 设置图层不透明度

选择"图层 1"为当前操作图层，设置其图层不透明度为"35%"，此时的图像效果和"图层"面板如图10-36所示。

图10-36

07 添加图层蒙版

单击"添加图层蒙版"按钮 ◻，为"图层1"添加图层蒙版，设置前景色为黑色，使用"画笔工具" ✏ 设置适当的画笔大小和透明度后，在图层蒙版中涂抹，将不需要的部分隐藏起来，即可得到如图10-37所示的效果。

图10-37

08 色阶调整

单击"创建新的填充或调整图层"按钮 ◐，在弹出的菜单中选择"色阶"命令，此时弹出"调整"面板同时得到图层"色阶1"，在"调整"面板中设置"色阶"命令的参数，如图10-38所示。

09 调整后的效果

在"调整"面板中设置完"色阶"命令的参数后，关闭"调整"面板，此时的图像效果和"图层"面板如图10-39所示。

图10-38　　　　　　　　　　图10-39

10.4　美白牙齿

有时在拍摄照片时不敢开心地笑，是因为黄黄的牙齿不敢示人，怎样才能让你的笑容灿烂动人呢？下面就来学习如何在Photoshop软件中美白牙齿，这样在拍摄照片时我们就可以放心地笑了。

原图效果

调整后效果

数码照片处理完全学习手册

01 打开图片

打开一张美女人像照片文件，此时的图像效果和图层面板如图10-40所示，观察照片发现人物的牙齿有些发黄，下面我们将要美白人物的牙齿。

图10-40

02 放大显示图像

选择放大镜工具 🔍 按住鼠标左键在人物的嘴部拖动一个放缩框，释放鼠标左键，即可放大显示图像，如图10-41所示。

图10-41

03 "色相/饱和度"调整

单击"创建新的填充或调整图层"按钮 🔘，在弹出的菜单中选择"色相/饱和度"命令，此时弹出"调整"面板同时得到图层"色相/饱和度 1"，在"调整"面板中设置"色相/饱和度"命令的参数，如图10-42所示。

图10-42

04 调整后的效果

在"调整"面板中设置完"色相/饱和度"命令的参数后，关闭"调整"面板，此时的图像效果和"图层"面板如图10-43所示。

图10-43

05 编辑图层蒙版

单击"色相/饱和度 1"的图层蒙版缩略图，设置前景色为黑色，使用"画笔工具" ✏️ 设置适当的画笔大小和透明度后，在图层蒙版中涂抹，得到如图10-44所示的效果。

图10-44

06 调整曲线

单击"创建新的填充或调整图层"按钮 ◎.，在弹出的菜单中选择"曲线"命令，此时弹出"调整"面板同时得到图层"曲线1"，在"调整"面板中设置"曲线"命令的参数，如图10-45所示。

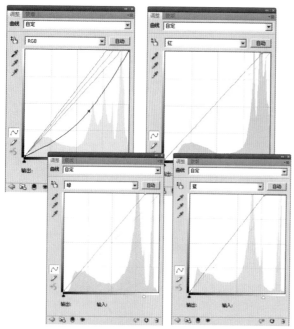

图10-45

07 应用曲线调整

在"调整"面板中设置完"曲线"命令的参数后，关闭"调整"面板，此时的图像效果和"图层"面板如图10-46所示。

图10-46

08 复制图层蒙版

按住【Alt】键在图层面板上，拖动"色相/饱和度1"的图层蒙版缩略图到"曲线1"的图层名称上释放鼠标，以复制图层蒙版，然后设置

"曲线1"的图层不透明度为"40%"，得到如图10-47所示的效果。

图10-47

09 盖印图层

按快捷键【Ctrl+Shift+Alt+E】，执行"盖印"操作，得到"图层1"，此时的图像效果和图层面板如图10-48所示。

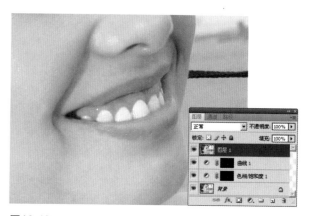

图10-48

10 显示全部图像

选择放大镜工具按钮按住【Alt】键，在图像上单击可以缩小图像显示，使全部图像显示出来，如图10-49所示。

图10-49

10.5　苗条身材

　　天使般的面孔需要配合魔鬼般的身材，但是曲线玲珑、凹凸有致的完美身材并不是所有的人都具备的，要想让照片效果变得更完美，也可以利用Photoshop软件中的变形工具来塑造魔鬼的身材。

原图效果

调整后效果

01 打开图片

　　打开一张美女人像照片文件，此时的图像效果和图层面板如图10-50所示，我们看到照片中的人物身材不是很完美，背景也不是很好看，接下来我们要将人物图像更换一个好看的背景并为人物塑造一个苗条的身材。

图10-50

02 绘制选区

　　单击工具箱中的"磁性套索工具"，使用"磁性套索工具"人物的边缘绘制选区，如图10-51所示。

图10-51

203

03 新建通道

切换到"通道"面板，单击调板底部的"创建新通道"按钮 ，新建一个通道"Alpha 1"如图10-52所示。

图10-52

04 保存选区

设置前景色为白色，按快捷键【Alt+Delete】用前景色填充选区，按快捷键【Ctrl+D】取消选区，得到如图10-53所示的效果。

图10-53

05 复制通道

单击"蓝"通道，将其拖动到调板底部的"创建新通道"按钮 上，以复制通道，得到"蓝 副本"通道，如图10-54所示。

图10-54

06 反相图像

选择"蓝副本"通道，按快捷键【Ctrl+I】，执行"反相"操作，将通道中黑白图像的颜色进行颠倒，（将图像中的颜色变成该颜色的补色）如图10-55所示。

图10-55

07 色阶调整

选择"图像"/"调整"/"色阶"命令或按快捷键【Ctrl+L】，调出"色阶"命令对话框，设置完对话框后，即可得到如图10-56所示的效果。

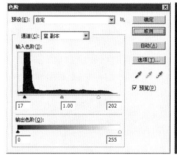

图10-56

08 编辑通道

使用"画笔工具" ，在"蓝 副本"通道中将不需要作为选择的部分涂抹成黑色，将需要选择的部分涂抹成白色，其涂抹状态如图10-57所示。

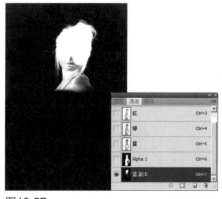

图10-57

09 载入选区

按住【Ctrl+Shift】键单击通道"Alpha 1"、"蓝 副本"的通道缩览图，载入其选区，切换到"图层"面板，如图10-58所示。选择"背景"图层，按快捷键【Ctrl+J】，复制选区内的图像，得到"图层1"。

图10-58

10 打开图片

打开一张风景照片文件，此时的图像效果和图层面板如图10-59所示，下面我们要将风景照片作为人物的背景。

图10-59

11 更换背景

使用"移动工具" 将图像拖动到第1步打开的文件中得到"图层2"，将"图层2"调整到"图层1"的下方，按快捷键【Ctrl+T】，调出自由变换控制框，变换图像到如图10-60所示的状态，按【Enter】键确认操作。

图10-60

12 复制图像

按快捷键【Ctrl+J】，复制"图层2"得到"图层2 副本"，设置其图层混合模式为"滤色"，如图10-61所示。

图10-61

13 模糊图像

执行菜单中的"滤镜"/"模糊"/"高斯模糊"命令，设置弹出对话框中的参数后，单击"确定"按钮，得到如图10-62所示的效果。

图10-62

14 复制图像

按快捷键【Ctrl+J】，复制"图层2 副本"得到"图层2 副本2"，设置其图层混合模式为"柔光"，如图10-63所示。

图10-63

15 放大显示图像

选择放大镜工具  按住鼠标左键在人物头部拖动一个放缩框，释放鼠标左键，即可放大显示图像，如图10-64所示。

图10-64

16 擦除杂乱头发

选择橡皮擦工具 ，设置适当的橡皮擦大小，在人物左侧杂乱的头发上涂抹，将其擦除如图10-65所示。

图10-65

17 加深边缘头发颜色深度

选择加深工具 ，在加深工具的工具选项栏中设置适当的参数值，在人物头发的边缘进行涂抹，得到如图10-66所示。

图10-66

18 液化图像

执行菜单中的"滤镜"/"液化"命令，此时会弹出"液化"命令对话框，选择向前变形工具，将工具移动到人物的胸部，如图10-67所示。

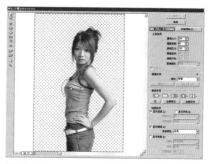

图10-67

19 使用向前变形工具

移动向前变形工具 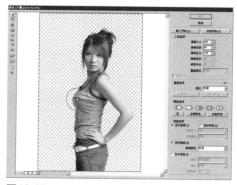 到人物的胸部后，按住鼠标左键向左拖动，即可以达到丰胸的效果，如图10-68所示。

图10-68

20 调整后的效果

连续使用向前变形工具 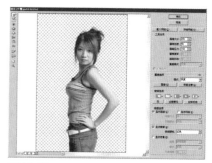 在人物的胸部进行变形调整，使其达到类似与如图10-69所示的效果。

图10-69

21 使用膨胀工具

选择膨胀工具 <img_1>，将工具移动到人物的胸部单击鼠标，增加人物胸部的圆润度，如图10-70所示。

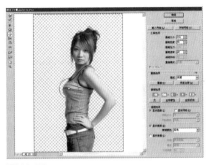

图10-70

22 调整后的效果

连续使用膨胀工具 <img_1>在人物的胸部单击，进行变形调整，使其达到类似与如图10-71所示的效果。

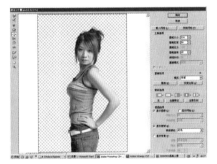

图10-71

23 选择向前变形工具

在"液化"命令对话框中，单击左侧的向前变形工具 <img_1>，将工具移动到人物的臀部，如图10-72所示。

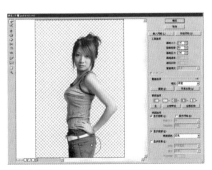

图10-72

24 使用向前变形工具

移动向前变形工具 <img_1>到人物的臀部后，按住鼠标左键向右拖动，即可以达到提臀的效果，如图10-73所示。

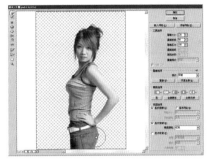

图10-73

25 调整后的效果

连续使用向前变形工具在人物的臀部进行变形调整，使其达到类似与如图10-74所示的效果。

图10-74

26 最终效果

在"液化"命令对话框中进行了所有的变形操作后，单击"确定"按钮，即可达到完美人物身材的目的，如图10-75所示。

图10-75

10.6　高级柔肤技术

　　让粗糙暗淡的皮肤变得光滑，细腻而又白净，是每一个爱美女孩都梦想的事情，尽管在现实生活中难以实现，但在照片中却是可以轻松完成的。

原图效果

调整后效果

01　打开图片

　　打开一张美女人像照片文件，此时的图像效果和图层面板如图10-76所示，观察图像发现人物的皮肤粗糙，下面我们将要使人物的皮肤变得光滑一些。

图10-76

02　放大显示图像

　　选择放大镜工具 ，按住鼠标左键在人物头部拖动一个放缩框，释放鼠标左键，即可放大显示图像，如图10-77所示。

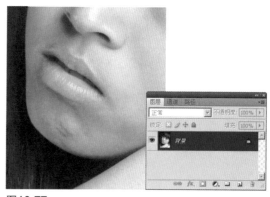

图10-77

03 使用修复画笔工具

单击工具箱中的修复画笔工具 ✐，将选择后的修复画笔工具移动到画面中间的人物的下巴处，按住【Alt】键在下巴的右侧单击鼠标左键，进行取样，然后在下巴处按住鼠标左键拖动，进行修复操作，如图10-78所示。

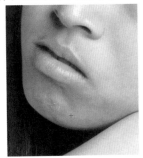

图10-78

04 去除下巴处的黑痕

使用取样后的修复画笔工具在画面中的下巴处拖动，释放鼠标左键，即可以将下巴处的黑痕隐藏，如图10-79所示。

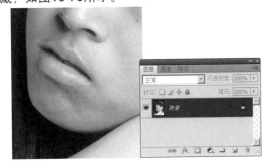

图10-79

05 复制图像

选择"背景"为当前操作图层，在"图层"面板中拖动"背景"到"创建新图层"按钮 上，释放鼠标得到"背景 副本"，设置其图层混合模式为"滤色"，图层不透明度为"30%"，如图10-80所示。

图10-80

06 载入"绿"通道选区

按快捷键【Ctrl+Shift+Alt+E】，执行"盖印"操作，得到"图层1"切换到"通道"面板，按住【Ctrl】键单击"绿"通道的通道缩览图，载入选区，此时的选区效果如图10-81所示。

图10-81

07 复制图像

切换到"图层"面板选择"图层1"，按快捷键【Ctrl+J】，复制选区内的图像得到"图层2"，隐藏"图层2"选择"图层1"，如图10-82所示。

图10-82

08 载入"红"通道选区

切换到"通道"面板，选择"红"通道并按住【Ctrl】键单击"红"通道的通道缩览图，载入选区，此时的选区效果如图10-83所示。

图10-83

09 模糊图像

执行菜单中的"滤镜"/"模糊"/"表面模糊"命令，设置弹出对话框中的参数后，单击"确定"按钮，得到如图10-84所示的效果。

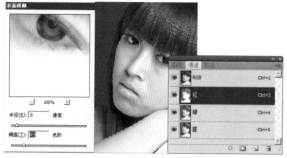

图10-84

10 载入"绿"通道选区

选择"绿"通道并按住【Ctrl】键单击"绿"通道的通道缩览图，载入选区，此时的选区效果如图10-85所示。

图10-85

11 模糊图像

执行菜单中的"滤镜"/"模糊"/"表面模糊"命令，设置弹出对话框中的参数后，单击"确定"按钮，得到如图10-86所示的效果。

图10-86

12 载入"蓝"通道选区

选择"蓝"通道并按住【Ctrl】键单击"蓝"通道的通道缩览图，载入选区，此时的选区效果如图10-87所示。

图10-87

13 模糊图像

执行菜单中的"滤镜"/"模糊"/"表面模糊"命令，设置弹出对话框中的参数后，单击"确定"按钮，得到如图10-88所示的效果。

图10-88

14 取消选区

切换到"图层"面板选择"图层 1"，按快捷键【Ctrl+D】取消选区，此时的图像效果和图层面板如图10-89所示。

图10-89

15 模糊图像

按快捷键【Ctrl+Shift+Alt+E】，执行"盖印"操作，得到"图层 3"，执行菜单中的"滤镜"/"模糊"/"高斯模糊"命令，设置弹出对话框中的参数后，单击"确定"按钮，得到如图10-90所示的效果。

图10-90

16 设置图层混合模式

设置"图层 3"的图层混合模式为"滤色"，图层不透明度为"50%"，此时的图像效果和图层面板如图10-91所示。

图10-91

17 复制图像

按快捷键【Ctrl+J】，复制"图层 3"得到"图层 3 副本"，设置其图层混合模式为"正常"，图层不透明度为"30%"，如图10-92所示。

图10-92

18 添加图层蒙版

单击"添加图层蒙版"按钮，为"图层 3 副本"添加图层蒙版，设置前景色为黑色，使用"画笔工具"设置适当的画笔大小和透明度后，在图层蒙版中涂抹，将不需要的部分隐藏起来，即可得到如图10-93所示的效果。

图10-93

19 调整曲线

单击"创建新的填充或调整图层"按钮，在弹出的菜单中选择"曲线"命令，此时弹出"调整"面板同时得到图层"曲线 1"，在"调整"面板中设置"曲线"命令的参数，如图10-94所示。

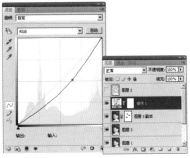

图10-94

20 应用曲线调整

在"调整"面板中设置完"曲线"命令的参数后，关闭"调整"面板，此时的图像效果和"图层"面板如图10-95所示。

图10-95

21 编辑图层蒙版

单击"曲线 1"的图层蒙版缩略图，设置前景色为黑色，使用"画笔工具" ✐设置适当的画笔大小和透明度后，在图层蒙版中涂抹，得到如图10-96所示的效果。

图10-96

22 显示图层

选择"图层 2"为当前操作图层，单击"图层 2"左边的眼睛按钮，将其显示出来，此时的图像效果如图10-97所示。

图10-97

23 添加图层蒙版

单击"添加图层蒙版"按钮◙，为"图层2"添加图层蒙版，设置前景色为黑色，使用"画笔工具" ✐设置适当的画笔大小和透明度后，在图层蒙版中涂抹，将不需要的部分隐藏起来，即可得到如图10-98所示的效果。

图10-98

10.7 打造彩妆美女

　　人人都希望照片中的自己看起来很美丽，留下美好的回忆，下面就利用Photoshop为美女化妆，将素面朝天的人像照添加上妩媚的彩妆效果，展现出完美的脸庞，让人眼前一亮。

原图效果

调整后效果

01 打开图片

　　打开一张美女人像照片文件，此时的图像效果和图层面板如图10-99所示，下面我们将要为这张美女照片添加妩媚的彩妆效果。

图10-99

02 调整曲线

　　单击"创建新的填充或调整图层"按钮 ◑.，在弹出的菜单中选择"曲线"命令，此时弹出"调整"面板同时得到图层"曲线 1"，在"调整"面板中设置"曲线"命令的参数，如图10-100所示。

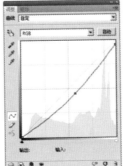
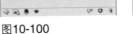

图10-100

03 应用曲线调整

在"调整"面板中设置完"曲线"命令的参数后，关闭"调整"面板，此时的图像效果和"图层"面板如图10-101所示。

图10-101

04 编辑图层蒙版

单击"曲线 1"的图层蒙版缩略图，设置前景色为黑色，使用"画笔工具" ✎设置适当的画笔大小和透明度后，在图层蒙版中涂抹，得到如图10-102所示的效果。

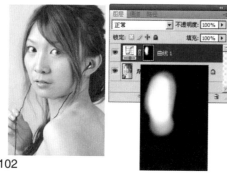

图10-102

05 复制通道

按快捷键【Ctrl+Shift+Alt+E】执行"盖印"操作，得到"图层 1"切换到"通道"调板单击"蓝"通道，将其拖动到面板底部的"创建新通道"按钮 ▣ 上，以复制通道，得到"蓝 副本"通道，如图10-103所示。

图10-103

06 反相图像

选择"蓝副本"通道，按快捷键【Ctrl+I】，执行"反相"操作，将通道中黑白图像的颜色进行颠倒，（将图像中的颜色变成该颜色的补色）如图10-104所示。

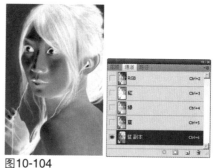

图10-104

07 色阶调整

选择"图像"／"调整"／"色阶"命令或按快捷键【Ctrl+L】，调出"色阶"命令对话框，设置完对话框后，即可得到如图10-105所示的效果。

图10-105

08 载入选区

按住【Ctrl】键单击"蓝 副本"的通道缩览图，载入其选区，切换到"图层"面板，此时的图像效果和图层面板如图10-106所示。

图10-106

09 填充选区

　　新建一个图层，得到"图层 2"，设置前景色的颜色值为（R:105 G:0 B:4），按快捷键【Alt+Delete】用前景色填充选区，按快捷键【Ctrl+D】取消选区，得到如图10-107所示的效果。

图10-107

10 设置图层混合模式

　　设置"图层 2"的图层混合模式为"正片叠底"，图层不透明度为"25%"，此时的图像效果和"图层"面板如图10-108所示。

图10-108

11 模糊图像

　　执行菜单中的"滤镜"/"模糊"/"高斯模糊"命令，设置弹出对话框中的参数后，单击"确定"按钮，得到如图10-109所示的效果。

图10-109

12 添加图层蒙版

　　单击"添加图层蒙版"按钮，为"图层 2"添加图层蒙版，设置前景色为黑色，使用"画笔工具"设置适当的画笔大小和透明度后，在图层蒙版中涂抹，将不需要的部分隐藏起来，即可得到如图10-110所示的效果。

图10-110

13 复制图像

　　按快捷键【Ctrl+J】，复制"图层 2"得到"图层 2 副本"，此时的图像效果和"图层"面板如图10-111所示。

图10-111

14 编辑图层蒙版

　　单击"图层 2 副本"的图层蒙版缩略图，设置前景色为黑色，使用"画笔工具"设置适当的画笔大小和透明度后，在图层蒙版中涂抹，得到如图10-112所示的效果。

图10-112

15 新建图层

设置前景色的颜色值为（R:155 G:62 B:0），新建一个图层，得到"图层3"，选择"画笔工具" ✐设置适当的画笔大小和透明度后，在"图层3"中进行涂抹，如图10-113所示。

图10-113

16 设置图层混合模式

设置"图层3"的图层混合模式为"柔光"，图层不透明度为"74%"，此时的图像效果和"图层"面板如图10-114所示。

图10-114

17 打开图片

打开一张蝴蝶素材图像文件，此时的图像效果和"图层"面板如图10-115所示。

图10-115

18 变换图像

使用"移动工具" ⊕将图像拖动到第1步新建的文件中得到"图层4"，按快捷键【Ctrl+T】，调出自由变换控制框，变换图像到如图10-116所示的状态，按【Enter】键确认操作。

图10-116

19 "色相/饱和度"调整

单击"创建新的填充或调整图层"按钮 ◑.，在弹出的菜单中选择"色相/饱和度"命令，此时弹出"调整"面板同时得到图层"色相/饱和度1"，在"调整"面板中设置"色相/饱和度"命令的参数，如图10-117所示。

图10-117

20 调整后的效果

在"调整"面板中设置完"色相/饱和度"命令的参数后，关闭"调整"面板，此时的图像效果和"图层"面板如图10-118所示。

图10-118

21 新建图层

设置前景色为黑色，新建一个图层，得到"图层 5"，选择"画笔工具" ✐ 设置适当的画笔大小和透明度后，在人物右眼的上方进行涂抹，如图10-119所示。

图10-119

22 模糊图像

执行菜单中的"滤镜"/"模糊"/"高斯模糊"命令，设置弹出对话框中的参数后，单击"确定"按钮，得到如图10-120所示的效果。

图10-120

23 设置图层混合模式

设置"图层 5"的图层混合模式为"叠加"，图层不透明度为"30%"，此时的图像效果和"图层"面板如图10 -121所示。

图10-121

24 添加图层样式

选择"图层 5"单击"添加图层样式"按钮 fx，在弹出的菜单中选择"渐变叠加"命令，设置弹出的"渐变叠加"命令对话框如图10-122所示。

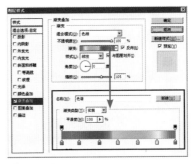

图10-122

25 添加渐变叠加效果

设置完"渐变叠加"命令对话框后，单击"确定"按钮，此时的"图层 5"中的图像就有了渐变叠加的效果，如图10-123所示。

图10-123

26 从新显示图像

选择"图层 1"为当前操作图层，按住【Alt】键，单击"图层 1"的眼睛按钮，只显示"图层 1"中的图像，如图10-124所示。

图10-124

27 复制通道

切换到"通道"面板单击"红"通道，将其拖动到调板底部的"创建新通道"按钮 ▣ 上，以复制通道，得到"红 副本"通道，如图10-125所示。

图10-125

28 色阶调整

选择"图像"/"调整"/"色阶"命令或按快捷键【Ctrl+L】，调出"色阶"命令对话框，设置完对话框后，即可得到如图10-126所示的效果。

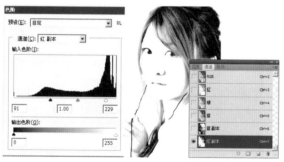

图10-126

29 反相图像

选择"红 副本"通道，按快捷键【Ctrl+I】，执行"反相"操作，将通道中黑白图像的颜色进行颠倒，（将图像中的颜色变成该颜色的补色）如图10-127所示。

图10-127

30 载入选区

按住【Ctrl】键单击"红 副本"的通道缩览图，载入其选区，切换到"图层"面板，按住【Alt】键，单击"图层 1"的眼睛按钮，将其他图层恢复显示，此时的图像效果和图层面板如图10-128所示。

图10-128

31 添加图层蒙版

选择"图层5"为当前操作图层，按住【Alt】键单击"添加图层蒙版"按钮 ▣，为"图层5"添加图层蒙版，此时选区部分的图像就被隐藏起来了，如图10-129所示。

图10-129

32 复制图像

按快捷键【Ctrl+J】，复制"图层 5"得到"图层 5 副本"，设置其图层混合模式为"叠加"，图层不透明度为"63%"，图层填充值为"0%"，如图10-130所示。

图10-130

33 编辑图层样式

双击"图层 5 副本"的图层名称，在弹出的图层样式对话框中，从新编辑"渐变叠加"的参数值，如图10-131所示。

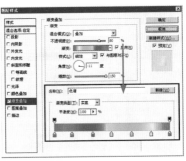

图10-131

34 调整后的效果

设置完"渐变叠加"命令对话框后，单击"确定"按钮，此时的图像效果和"图层"面板如图10-132所示。

图10-132

35 新建图层

设置前景色为黑色，新建一个图层，得到"图层 6"，选择"画笔工具"  设置适当的画笔大小和透明度后，在人物左眼的上方进行涂抹，如图10-133所示。

图10-133

36 模糊图像

执行菜单中的"滤镜"/"模糊"/"高斯模糊"命令，设置弹出对话框中的参数后，单击"确定"按钮，得到如图10-134所示的效果。

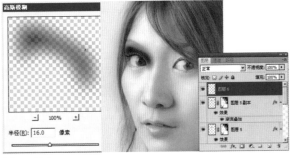

图10-134

37 设置图层混合模式

设置"图层 6"的图层混合模式为"叠加"，图层不透明度为"30%"，此时的图像效果和"图层"面板如图10-135所示。

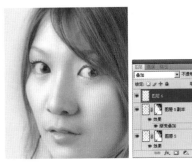

图10-135

38 添加图层样式

选择"图层 6"单击"添加图层样式"按钮 fx，在弹出的菜单中选择"渐变叠加"命令，设置弹出的"渐变叠加"命令对话框如图10-136所示。

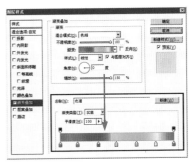

图10-136

39 添加渐变叠加效果

设置完"渐变叠加"命令对话框后，单击"确定"按钮，此时的"图层 6"中的图像就有了渐变叠加的效果，如图10-137所示。

图10-137

40 复制图像

按快捷键【Ctrl+J】，复制"图层 6"得到"图层 6 副本"，设置其图层混合模式为"正常"，图层不透明度为"100%"，图层填充值为"0%"，如图10-138所示。

图10-138

41 编辑图层样式

双击"图层 6 副本"的图层名称，在弹出的图层样式对话框中，从新编辑"渐变叠加"的参数值，如图10-139所示。

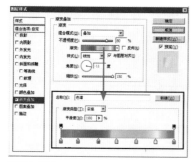

图10-139

42 调整后的效果

设置完"渐变叠加"命令对话框后，单击"确定"按钮，此时的图像效果和"图层"面板如图10-140所示。

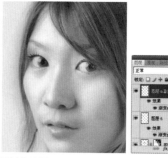

图10-140

43 绘制路径

切换到"路径"面板，单击面板底部的"创建新路径"按钮，新建一个路径，得到"路径 1"，选择"钢笔工具"，在工具选项条中单击"路径"按钮，在人物的双眼下方绘制两条路径，如图10-141所示。

图10-141

44 描边路径

切换到"图层"面板，新建一个图层得到"图层7"，切换到"路径"面板，设置画笔的大小后，单击"用画笔描边路径"按钮，得到如图10-142所示的效果。

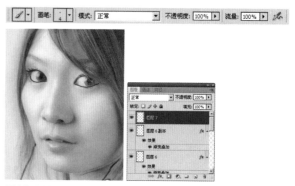

图10-142

45 模糊图像

切换到"图层"面板,选择"图层 7"执行菜单中的"滤镜"/"模糊"/"高斯模糊"命令,设置弹出对话框中的参数后,单击"确定"按钮,得到如图10-143所示的效果。

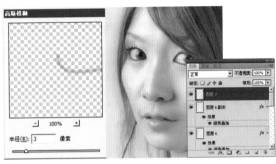

图10-143

46 设置图层混合模式

设置"图层 7"的图层混合模式为"叠加",图层填充值为"54%",此时的图像效果和"图层"面板如图10-144所示。

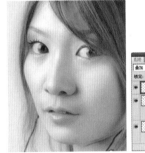

图10-144

47 添加图层样式

选择"图层 7"单击"添加图层样式"按钮 fx,在弹出的菜单中选择"渐变叠加"命令,设置弹出的"渐变叠加"命令对话框如图10-145所示。

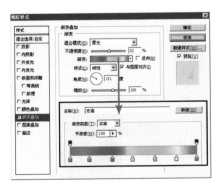

图10-145

48 添加渐变叠加效果

设置完"渐变叠加"命令对话框后,单击"确定"按钮,此时的"图层 7"中的图像就有了渐变叠加的效果,如图10-146所示。

图10-146

49 "色相/饱和度"调整

单击"创建新的填充或调整图层"按钮 ,在弹出的菜单中选择"色相/饱和度"命令,此时弹出"调整"面板同时得到图层"色相/饱和度 2",在"调整"面板中设置"色相/饱和度"命令的参数,如图10-147所示。

图10-147

50 调整后的效果

在"调整"面板中设置完"色相/饱和度"命令的参数后,关闭"调整"面板,此时的图像效果和"图层"面板如图10-148所示。

图10-148

51 编辑图层蒙版

单击"色相/饱和度 2"的图层蒙版缩略图，设置前景色为黑色，使用"画笔工具" ✐设置适当的画笔大小和透明度后，在图层蒙版中涂抹，得到如图10-149所示的效果。

图10-149

52 新建图层

设置前景色的颜色值为（R:255 G:0 B:10），新建一个图层，得到"图层 8"，选择"画笔工具" ✐设置适当的画笔大小和透明度后，在"图层 8"中进行涂抹，如图10-150所示。

图10-150

53 设置图层混合模式

设置"图层 8"的图层混合模式为"颜色"，此时的图像效果和"图层"面板如图10-151所示。

图10-151

54 通道混合器调整

单击"创建新的填充或调整图层"按钮 ●，在弹出的菜单中选择"通道混合器"命令，此时弹出"调整"面板同时得到图层"通道混合器 1"，在"调整"面板中设置"通道混合器"命令的参数，如图10-152所示。

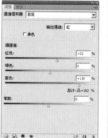
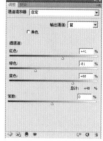

图10-152

55 调整后的效果

在"调整"面板中设置完"通道混合器"命令的参数后，关闭"调整"面板，此时的图像效果和"图层"面板如图10-153所示。

图10-153

56 编辑图层蒙版

单击"通道混合器 1"的图层蒙版缩略图，设置前景色为黑色，使用"画笔工具" ✐设置适当的画笔大小和透明度后，在图层蒙版中涂抹，得到如图10-154所示的效果。

图10-154

57 新建图层

新建一个图层，得到"图层9"，设置前景色的颜色值为v（R:162 G:162 B:162），按快捷键【Alt+Delete】用前景色填充"图层9"，得到如图10-155所示的效果。

图10-155

58 添加杂色

执行菜单中的"滤镜"/"杂色"/"添加杂色"命令，设置弹出对话框中的参数后，得到如图10-156所示的效果。

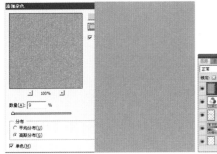

图10-156

59 设置图层混合模式

设置"图层9"的图层混合模式为"线性减淡"，此时的图像效果和"图层"面板如图10-157所示。

图10-157

60 调整色阶

单击"创建新的填充或调整图层"按钮，在弹出的菜单中选择"色阶"命令，此时弹出"调整"面板同时得到图层"色阶1"，单击"调整"面板下方的按钮，将调整影响剪切到下方的图层，然后在"调整"面板中设置"色阶"命令的参数，如图10-158所示。

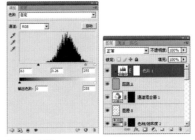

图10-158

61 应用色阶调整

在"调整"面板中设置完"色阶"命令的参数后，关闭"调整"面板，此时的图像效果和"图层"面板如图10-159所示。

图10-159

62 添加图层蒙版

选择"图层9"单击"添加图层蒙版"按钮，为"图层9"添加图层蒙版，设置前景色为黑色，使用"画笔工具"设置适当的画笔大小和透明度后，在图层蒙版中涂抹，将不需要的部分隐藏起来，即可得到如图10-160所示的效果。

图10-160

63 调整曲线

选择"色阶 1"为当前操作图层，单击"创建新的填充或调整图层"按钮 ，在弹出的菜单中选择"曲线"命令，此时弹出"调整"面板同时得到图层"曲线 2"，在"调整"面板中设置"曲线"命令的参数，如图10-161所示。

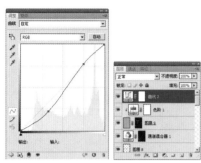

图10-161

64 应用曲线调整

在"调整"面板中设置完"曲线"命令的参数后，关闭"调整"面板，此时的图像效果和"图层"面板如图10-162所示。

图10-162

Chapter
11
数码照片的个性应用

本章将利用Photoshop的特效，将我们日常生活中拍摄的照片轻松制作成具有个性艺术设计的效果，将人物照片制作成月历、杂志面、电影海报、电脑桌面、广告招贴、个性CD封面与CD盘面等，通过本章的学习，读者可以将自己的照片和喜欢的素材图像结合起来制作出另类的物品摆放在家里或公司里，可以体现出与众不同的风格。

11.1 个性DM广告

DM广告又称直接邮寄广告，是直接将广告传递到消费者的手中的宣传页，以其直观性和美观性为广大商家所青睐，自己试着将自己的照片制作成一个简单的DM广告宣传页，感觉真的很不错。

原图效果   调整后效果

01 新建文档

执行菜单"文件"/"新建"命令(或按【Ctrl+N】快捷键)，设置弹出的"新建"命令对话框如图11-1所示，单击"确定"按钮即可创建一个新的空白文档。

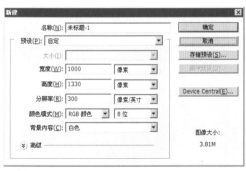

图11-1

02 填充颜色

设置前景色的颜色值为（R:224 G:131 B:2），按快捷键【Alt+Delete】用前景色填充"背景"图层，得到如图11-2所示的效果。

图11-2

03 打开图片

打开一张天空花朵的素材图像文件，此时的图像效果和图层面板如图11-3所示。

图11-3

04 变换图像

使用"移动工具" ▶ 将图像拖动到第1步新建的文件中得到"图层 1"，按快捷键【Ctrl+T】，调出自由变换控制框，变换图像到如图11-4所示的状态，按【Enter】键确认操作。

图11-4

05 添加图层样式

单击"添加图层样式"按钮 *fx*，在弹出的菜单中选择"投影"命令，设置弹出的"投影"命令对话框如图11-5所示，设置投影的颜色为黑色。

图11-5

06 添加投影效果

设置完"投影"命令对话框后，单击"确定"按钮，此时"图层 1"中的图像就有了投影效果，如图11-6所示。

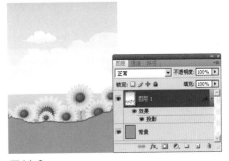

图11-6

07 通道混合器调整

单击"创建新的填充或调整图层"按钮 ●，在弹出的菜单中选择"通道混合器"命令，此时弹出"调整"面板同时得到图层"通道混合器 1"，单击"调整"面板下方的 ● 按钮，将调整影响剪切到下方的图层，然后在"调整"面板中设置"通道混合器"命令的参数，如图11-7所示。

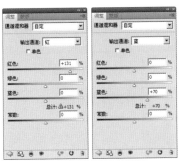

图11-7

08 调整后的效果

在"调整"面板中设置完"通道混合器"命令的参数后，关闭"调整"面板，此时的图像效果和"图层"面板如图11-8所示。

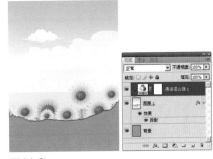

图11-8

09 绘制形状

设置前景色为白色，选择"钢笔工具"，在工具选项条中单击"形状图层"按钮，在画面的下方绘制一个三角形形状，得到图层"形状 1"，如图11-9所示。

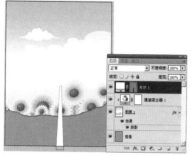

图11-9

10 变换形状

使用"路径选择工具"选择上一步绘制的三角形，按快捷键【Ctrl+Alt+T】，调出自由变换复制框，将变换的中心点向上移动，在工具选项条的旋转数值框中输入"10"将图像旋转10°，如图11-10所示，调整好图像后，按【Enter】键确认操作。

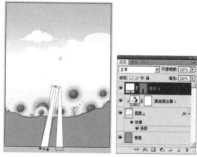

图11-10

11 连续变换复制形状

按快捷键【Ctrl+Shift+Alt+T】35次，复制并变换图像到如图11-11所示的状态。

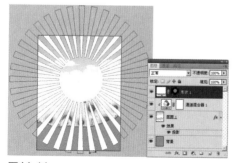

图11-11

12 设置图层不透明度

设置"形状 1"的图层不透明度为"65%"，按快捷键【Ctrl+Alt+G】，执行"创建剪贴蒙版"操作，此时的图像效果和"图层"面板如图11-12所示。

图11-12

13 打开图片

打开一张翅膀的素材图像文件，此时的图像效果和"图层"面板如图11-13所示。

图11-13

14 变换图像

使用"移动工具"将图像拖动到第1步新建的文件中得到"图层 2"，按快捷键【Ctrl+T】，调出自由变换控制框，变换图像到如图11-14所示的状态，按【Enter】键确认操作。

图11-14

15 打开图片

打开一张美女人像的个性照片文件，此时的图像效果和"图层"面板如图11-15所示。

图11-15

16 绘制选区

单击工具箱中的"磁性套索工具" ，使用"磁性套索工具" 人物的边缘绘制选区，如图11-16所示。

图11-16

17 新建通道

切换到"通道"面板，单击调板底部的"创建新通道"按钮 ，新建一个通道"Alpha 1"，设置前景色为白色，按快捷键【Alt+Delete】用前景色填充选区，按快捷键【Ctrl+D】取消选区，得到如图11-17所示的效果。

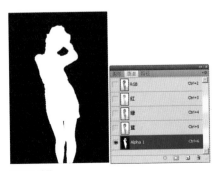

图11-17

18 复制通道

单击"绿"通道，将其拖动到调板底部的"创建新通道"按钮 上，以复制通道，得到"绿 副本"通道，如图11-18所示。

图11-18

19 色阶调整

选择"图像"/"调整"/"色阶"命令或按快捷键【Ctrl+L】，调出"色阶"命令对话框，设置完对话框后，即可得到如图11-19所示的效果。

图11-19

20 编辑通道

使用"画笔工具" ，在"绿 副本"通道中将不需要作为选择的部分涂抹成黑色，将需要选择的部分涂抹成白色，其涂抹状态如图11-20所示。

图11-20

21 复制图像

按住【Ctrl+Shift】键单击通道"Alpha 1"、"绿 副本"的通道缩览图,载入其选区,切换到"图层"面板,按快捷键【Ctrl+J】,复制选区内的图像,得到"图层1",如图11-21所示。

图11-21

22 变换图像

使用"移动工具"将"图层1"图像拖动到第1步新建的文件中得到"图层3",按快捷键【Ctrl+T】,调出自由变换控制框,变换图像到如图11-22所示的状态,按【Enter】键确认操作。

图11-22

23 添加图层蒙版

按住【Ctrl】键单击"图层1"的图层缩览图,载入其选区,单击"添加图层蒙版"按钮,为"图层3"添加图层蒙版,此时选区以外的图像就被隐藏起来了,如图11-23所示。

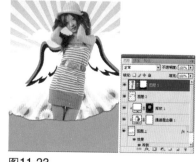

图11-23

24 复制图像

按快捷键【Ctrl+J】,复制"图层3"得到"图层3 副本",设置其图层混合模式为"柔光",如图11-24所示。

图11-24

25 设置滤色混合模式

按快捷键【Ctrl+J】,复制"图层3 副本"得到"图层3 副本2",设置其图层混合模式为"滤色",图层不透明度为"39%",如图11-25所示。

图11-25

26 设置柔光混合模式

按快捷键【Ctrl+J】,复制"图层3 副本2"得到"图层3 副本3",设置其图层混合模式为"柔光",如图11-26所示。

图11-26

27 打开图片

打开一张矢量花纹素材图像文件，此时的图像效果和"图层"面板如图11-27所示。

图11-27

28 变换图像

使用"移动工具" ▸▹ 将图像拖动到第1步新建的文件中得到"图层 4"，按快捷键【Ctrl+T】，调出自由变换控制框，变换图像到如图11-28所示的状态，按【Enter】键确认操作。

图11-28

29 通道混合器调整

单击"创建新的填充或调整图层"按钮 ◉，在弹出的菜单中选择"通道混合器"命令，此时弹出"调整"面板同时得到图层"通道混合器 2"，单击"调整"面板下方的 ◉ 按钮，将调整影响剪切到下方的图层，然后在"调整"面板中设置"通道混合器"命令的参数，如图11-29所示。

图11-29

30 调整后的效果

在"调整"面板中设置完"通道混合器"命令的参数后，关闭"调整"面板，此时的图像效果和"图层"面板如图11-30所示。

图11-30

31 打开图片

打开一张矢量图形素材图像文件，此时的图像效果和"图层"面板如图11-31所示。

图11-31

32 变换图像

使用"移动工具" ▸▹ 将图像拖动到第1步新建的文件中得到"图层 5"，按快捷键【Ctrl+T】，调出自由变换控制框，变换图像到如图11-32所示的状态，按【Enter】键确认操作。

图11-32

33 设置图层属性

设置"图层 5"图层混合模式为"柔光"，图层不透明度为"37%"，如图11-33所示。

图11-33

34 添加文字

使用"横排文字工具" T，设置适当字体和字号，在画面的下方输入的主题文字，得到相应的文字图层，如图11-34所示。

图11-34

35 打开图片

打开一张矢量图形素材图像文件，此时的图像效果和"图层"面板如图11-35所示。

图11-35

36 变换图像

使用"移动工具" 将素材图像中的"图层 1"拖动到第1步新建的文件中得到"图层 6"，按快捷键【Ctrl+T】，调出自由变换控制框，变换图像到如图11-36所示的状态，按【Enter】键确认操作。

图11-36

37 添加文字装饰

使用"移动工具" 将素材图像中的"图层 2"拖动到第1步新建的文件中得到"图层 7"，按快捷键【Ctrl+T】，调出自由变换控制框，变换图像到如图11-37所示的状态，按【Enter】键确认操作。

图11-37

38 继续美化文字

按快捷键【Ctrl+J】两次，复制"图层 7"得到其两个副本图层，使用自由变换命令将复制的图层变换到如图11-38所示的效果。

图11-38

39 打开图片

打开一张路牌素材图像文件，此时的图像效果和"图层"面板如图11-39所示。

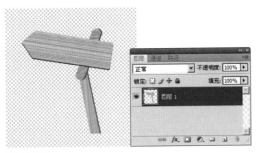

图11-39

40 变换图像

使用"移动工具" ⊹ 将图像拖动到第1步新建的文件中得到"图层 8"，按快捷键【Ctrl+T】，调出自由变换控制框，变换图像到如图11-40所示的状态，按【Enter】键确认操作。

图11-40

41 打开图片

打开一张蝴蝶素材图像文件，此时的图像效果和"图层"面板如图11-41所示。

图11-41

42 变换图像

使用"移动工具" ⊹ 将图像拖动到第1步新建的文件中得到"图层 9"，按快捷键【Ctrl+T】，调出自由变换控制框，变换图像到如图11-42所示的状态，按【Enter】键确认操作。

图11-42

43 添加图层样式

选择"图层 9"，单击"添加图层样式"按钮 fx，在弹出的菜单中选择"投影"命令，设置弹出的"投影"命令对话框后，单击"外发光"选项，然后设置弹出的"外发光"命令对话框，具体设置如图11-43所示。

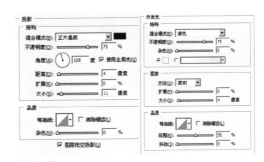

图11-43

44 应用图层样式

设置完"图层样式"命令对话框后，单击"确定"按钮，即可得到如图11-44所示的效果。

图11-44

45 添加文字

使用"横排文字工具" T ，设置适当字体和字号，在画面中输入文字"2010年春装上市"，得到相应的文字图层，然后使用自由变换命令将文字变换到指示牌上，如图11-45所示。

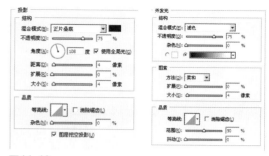

图11-46

图11-45

47 最终效果

设置完"图层样式"命令对话框后，单击"确定"按钮，即可得到如图11-47所示的效果。

图11-47

46 添加图层样式

选择文字图层"2010年春装上市"，单击"添加图层样式"按钮 fx ，在弹出的菜单中选择"投影"命令，设置弹出的"投影"命令对话框后，单击"外发光"选项，然后设置弹出的"外发光"命令对话框，具体设置如图11-46所示。

11.2　用个人照片制作海报效果

　　电影海报已经是电影业发展的一个很重要的因素，它可以使消费者提前掌握新片的内容以及故事情节，所以了解它的制作过程，可是大有用处的。Photoshop软件有很强大的图片编辑功能，利用它可以轻松地制作以自己为主角的电影海报。

原图效果

调整后效果

01　新建文档

　　执行菜单"文件"/"新建"命令(或按【Ctrl+N】快捷键)，设置弹出的"新建"命令对话框如图11-48所示，单击"确定"按钮即可创建一个新的空白文档。

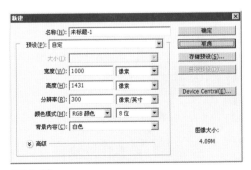

图11-48

02　打开图片

　　打开一张海报背景素材图像文件，此时的图像效果和"图层"面板如图11-49所示。

图11-49

03 变换图像

使用"移动工具" ▶ 将图像拖动到第1步新建的文件中得到"图层 1",按快捷键【Ctrl+T】,调出自由变换控制框,变换图像到如图11-50所示的状态,按【Enter】键确认操作。

图11-50

04 打开图片

打开一张个性婚纱照片文件,此时的图像效果和"图层"面板如图11-51所示。

图11-51

05 变换图像

使用"移动工具" ▶ 将图像拖动到第1步新建的文件中得到"图层 2",按快捷键【Ctrl+T】,调出自由变换控制框,变换图像到如图11-52所示的状态,按【Enter】键确认操作。

图11-52

06 添加图层蒙版

单击"添加图层蒙版"按钮 ◙,为"图层2"添加图层蒙版,设置前景色为黑色,使用"画笔工具" ✎ 设置适当的画笔大小和透明度后,在图层蒙版中涂抹,将不需要的部分隐藏起来,即可得到如图11-53所示的效果。

图11-53

07 模糊图像

按快捷键【Ctrl+J】,复制"图层 2"得到"图层 2 副本",选择"滤镜"/"模糊"/"高斯模糊"命令,设置弹出对话框中的参数后,单击"确定"按钮,得到如图11-54所示的效果。

图11-54

08 设置图层混合模式

选择"图层2副本"按快捷键【Ctrl+Alt+G】,执行"创建剪贴蒙版"操作,设置其图层混合模式为"柔光",如图11-55所示。

图11-55

09 通道混合器调整

单击"创建新的填充或调整图层"按钮 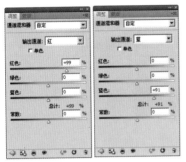，在弹出的菜单中选择"通道混合器"命令，此时弹出"调整"面板同时得到图层"通道混合器 1"，单击"调整"面板下方的●按钮，将调整影响剪切到下方的图层，然后在"调整"面板中设置"通道混合器"命令的参数，如图11-56所示。

图11-56

10 调整后的效果

在"调整"面板中设置完"通道混合器"命令的参数后，关闭"调整"面板，此时的图像效果和"图层"面板如图11-57所示。

图11-57

11 自然饱和度调整

单击"创建新的填充或调整图层"按钮 ，在弹出的菜单中选择"自然饱和度"命令，此时弹出"调整"面板同时得到图层"自然饱和度 1"，单击"调整"面板下方的●按钮，将调整影响剪切到下方的图层，然后在"调整"面板中设置"自然饱和度"命令的参数，如图11-58所示。

图11-58

12 调整后的效果

在"调整"面板中设置完"自然饱和度"命令的参数后，关闭"调整"面板，此时的图像效果和"图层"面板如图11-59所示。

图11-59

13 模糊图像

按快捷键【Ctrl+Shift+Alt+E】，执行"盖印"操作，得到"图层 3"，选择"滤镜"/"模糊"/"高斯模糊"命令，设置弹出对话框中的参数后，单击"确定"按钮，得到如图11-60所示的效果。

图11-60

14 设置混合模式

选择"图层 3"为当前操作图层，设置其图层混合模式为"柔光"，图层不透明度为"49%"，如图11-61所示。

图11-61

15 添加图层蒙版

单击"添加图层蒙版"按钮，为"图层3"添加图层蒙版，设置前景色为黑色，背景色为白色，使用"渐变工具"设置渐变类型为从前景色到背景色，在图层蒙版中从下往上绘制渐变，得到如图11-62所示的图像效果。

图11-62

16 打开图片

打开一张文字素材文件，此时的图像效果和"图层"面板如图11-63所示。

图11-63

17 变换图像

使用"移动工具"将图像拖动到第1步新建的文件中得到"图层 4"，按快捷键【Ctrl+T】，调出自由变换控制框，变换图像到如图11-64所示的状态，按【Enter】键确认操作。

图11-64

18 添加文字

设置前景色颜色值为（R:195 G:19 B:26），使用"横排文字工具"，设置适当字体和字号，在"神话"的左上方和右下方输入文字，得到相应的文字图层，如图11-65所示。

图11-65

19 添加图层样式

选择文字图层"安小龙作品"，单击"添加图层样式"按钮，在弹出的菜单中选择"描边"命令，设置弹出的"描边"命令对话框如图11-66所示，设置描边的颜色为白色。

图11-66

20 添加描边效果

设置完"描边"命令对话框后，单击"确定"按钮，此时的文字"安小龙作品"就有了描边效果，如图11-67所示。

图11-67

21 复制图层样式

在"安小龙作品"的图层名称上单击鼠标右键，在弹出的菜单中选择"复制图层样式"命令，然后用鼠标右键单击"赵道强电影"的图层名称，在弹出的菜单中选择"粘贴图层样式"命令，得到如图11-68所示的效果。

图11-68

22 最终效果

使用"横排文字工具" T，设置适当字体和字号，在画面中输入其他的信息文字，得到相应的文字图层，如图11-69所示。

图11-69

11.3 制作个性月历

本例将利用Photoshop的特效，将人物照片制作成月历。这样一来，在自己的写字台或墙上装饰上带有自己肖像的月历，该是多么有趣的事情。

原图效果

调整后效果

01 新建文档

执行菜单"文件"/"新建"命令(或按【Ctrl+N】快捷键)，设置弹出的"新建"命令对话框如图11-70所示，单击"确定"按钮即可创建一个新的空白文档。

图11-70

02 打开图片

打开一张木板素材图像文件，此时的图像效果和"图层"面板如图11-71所示。

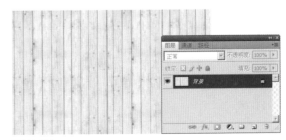

图11-71

03 变换图像

使用〝移动工具〞 将图像拖动到第1步新建的文件中得到〝图层 1〞，按快捷键【Ctrl+T】，调出自由变换控制框，变换图像到如图11-72所示的状态，按【Enter】键确认操作。

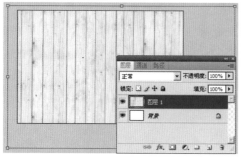

图11-72

04 新建图层

新建一个图层，得到〝图层 2〞，选择〝画笔工具〞 设置前景色为黑色，在画面四周涂抹，降低画面四周的亮度，如图11-73所示。

图11-73

05 打开图片

打开一张藤条素材图像文件，此时的图像效果和〝图层〞面板如图11-74所示。

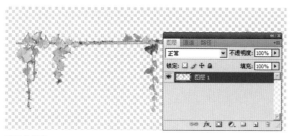

图11-74

06 变换图像

使用〝移动工具〞 将图像拖动到第1步新建的文件中得到〝图层 3〞，按快捷键【Ctrl+T】，调出自由变换控制框，变换图像到如图11-75所示的状态，按【Enter】键确认操作。

图11-75

07 打开图片

打开一张个性人物照片文件，此时的人物已被扣取出来，图像效果和〝图层〞面板如图11-76所示。

图11-76

08 变换图像

使用〝移动工具〞 将图像拖动到第1步新建的文件中得到〝图层 4〞，按快捷键【Ctrl+T】，调出自由变换控制框，变换图像到如图11-77所示的状态，按【Enter】键确认操作。

图11-77

09 复制图像

按快捷键【Ctrl+J】，复制"图层 4"得到"图层 4 副本"，设置其图层混合模式为"滤色"，如图11-78所示。

图11-78

10 设置"柔光"混合模式

按快捷键【Ctrl+J】，复制"图层 4 副本"得到"图层 4 副本 2"，设置其图层混合模式为"柔光"，图层不透明度为"50%"，如图11-79所示。

图11-79

11 打开图片

打开一张木夹子素材图像文件，此时的图像效果和"图层"面板如图11-80所示。

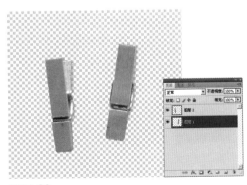

图11-80

12 变换图像

使用"移动工具" ⊕ 将素材图像中的"图层 1"拖动到第1步新建的文件中得到"图层 5"，按快捷键【Ctrl+T】，调出自由变换控制框，变换图像到如图11-81所示的状态，按【Enter】键确认操作。

图11-81

13 继续添加夹子图像

使用"移动工具" ⊕ 将素材图像中的"图层 2"拖动到第1步新建的文件中得到"图层 6"，按快捷键【Ctrl+T】，调出自由变换控制框，变换图像到如图11-82所示的状态，按【Enter】键确认操作。

图11-82

14 绘制形状

选择"图层 2"为当前操作图层，设置前景色为白色，选择"钢笔工具" ♦，在工具选项条中单击"形状图层"按钮 ▢，在画面中绘制一个四边形状，得到图层"形状 1"，如图11-83所示。

图11-83

15 添加图层样式

单击"添加图层样式"按钮*fx*，在弹出的菜单中选择"投影"命令，设置弹出的"投影"命令对话框，如图11-84所示，设置投影的颜色为黑色。

图11-84

16 添加投影效果

设置完"投影"命令对话框后，单击"确定"按钮，此时的"形状 1"就有了投影效果，如图11-85所示。

图11-85

17 绘制形状

设置前景色为黑色，选择"钢笔工具"，在工具选项条中单击"形状图层"按钮，在画面中绘制一个四边形状，得到图层"形状 2"，如图11-86所示。

图11-86

18 绘制白色四边行

设置前景色为白色，选择"钢笔工具"，在工具选项条中单击"形状图层"按钮，在画面中黑色四边形右侧绘制一个四边形状，得到图层"形状3"，如图11-87所示。

图11-87

19 复制图层样式

在"形状 1"的图层名称上单击鼠标右键，在弹出的菜单中选择"拷贝图层样式"命令，然后用鼠标右键单击"形状 3"的图层名称，在弹出的菜单中选择"粘贴图层样式"命令，得到如图11-88所示的效果。

图11-88

20 绘制黑色形状

设置前景色为黑色，选择"钢笔工具"，在工具选项条中单击"形状图层"按钮，在画面中绘制一个四边形状，得到图层"形状 4"，如图11-89所示。

图11-89

21 打开图片

选择"形状 2"图层，打开一张个性人物照片文件，此时的图像效果和"图层"面板如图11-90所示。

图11-90

22 变换图像

使用"移动工具" ▶╋ 将图像拖动到第1步新建的文件中得到"图层 7"，按快捷键【Ctrl+Alt+G】，执行"创建剪贴蒙版"操作，按快捷键【Ctrl+T】，调出自由变换控制框，变换图像到如图11-91所示的状态，按【Enter】键确认操作。

图11-91

23 复制图像

按快捷键【Ctrl+J】，复制"图层 7"得到"图层 7 副本"，按快捷键【Ctrl+Alt+G】，执行"创建剪贴蒙版"操作，设置其图层混合模式为"滤色"，图层不透明度为"32%"，如图11-92所示。

图11-92

24 设置图层混合模式

按快捷键【Ctrl+J】，复制"图层 7 副本"得到"图层 7 副本 2"，按快捷键【Ctrl+Alt+G】，执行"创建剪贴蒙版"操作，设置其图层混合模式为"柔光"，图层不透明度为"32%"，如图11-93所示。

图11-93

25 打开图片

选择"形状 4"图层，打开一张个性人物照片文件，此时的图像效果和"图层"面板如图11-94所示。

图11-94

26 变换图像

使用"移动工具" ▶╋ 将图像拖动到第1步新建的文件中得到"图层 8"，按快捷键【Ctrl+Alt+G】，执行"创建剪贴蒙版"操作，按快捷键【Ctrl+T】，调出自由变换控制框，变换图像到如图11-95所示的状态，按【Enter】键确认操作。

图11-95

27 复制图像

按快捷键【Ctrl+J】，复制"图层8"得到"图层8副本"，按快捷键【Ctrl+Alt+G】，执行"创建剪贴蒙版"操作，设置其图层混合模式为"滤色"，图层不透明度为"42%"，如图11-96所示。

图11-96

28 设置图层混合模式

按快捷键【Ctrl+J】，复制"图层8副本"得到"图层8副本2"，按快捷键【Ctrl+Alt+G】，执行"创建剪贴蒙版"操作，设置其图层混合模式为"柔光"，图层不透明度为"42%"，如图11-97所示。

图11-97

29 打开图片

选择"图层6"为当前操作图层，打开一张草丛素材图像文件，此时的图像效果和"图层"面板如图11-98所示。

图11-98

30 变换图像

使用"移动工具" 将图像拖动到第1步新建的文件中得到"图层9"，按快捷键【Ctrl+T】，调出自由变换控制框，变换图像到如图11-99所示的状态，按【Enter】键确认操作。

图11-99

31 打开图片

打开一张树叶素材图像文件，此时的图像效果和"图层"面板如图11-100所示。

图11-100

32 变换图像

使用"移动工具" 将图像拖动到第1步新建的文件中得到"图层10"，按快捷键【Ctrl+T】，调出自由变换控制框，变换图像到如图11-101所示的状态，按【Enter】键确认操作。

图11-101

33 绘制矩形

设置前景色为淡黄色，选择"矩形工具"，在工具选项条中单击"形状图层"按钮，在画面的下方绘制黄色矩形，得到图层"形状5"，如图11-102所示。

图11-102

34 设置图层不透明度

选择"形状 5"为当前操作图层，设置其图层不透明度为"67%"，如图11-103所示。

图11-103

35 打开图片

打开一张月历日期素材图像文件，此时的图像效果和"图层"面板如图11-104所示。

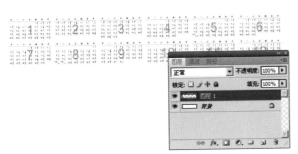

图11-104

36 变换图像

使用"移动工具"将图像拖动到第1步新建的文件中得到"图层 11"，按快捷键【Ctrl+T】，调出自由变换控制框，变换图像到如图11-105所示的状态，按【Enter】键确认操作。

图11-105

37 打开图片

打开一张矢量文字素材图像文件，此时的图像效果和"图层"面板如图11-106所示。

图11-106

38 变换图像

使用"移动工具"将图像拖动到第1步新建的文件中得到"图层 12"，按快捷键【Ctrl+T】，调出自由变换控制框，变换图像到如图11-107所示的状态，按【Enter】键确认操作。

图11-107

39 添加图层样式

选择"图层 12",单击"添加图层样式"按钮 fx,在弹出的菜单中选择"外发光"命令,设置弹出的"外发光"命令对话框后,单击"颜色叠加"选项,然后设置弹出的"颜色叠加"命令对话框,具体设置如图11-108所示。

图11-108

40 最终效果

设置完"图层样式"命令对话框后,单击"确定"按钮,即可得到如图11-109所示的效果。

图11-109

11.4 制作个性CD封面与CD盘面

市面上流行着各式各样的CD专辑,而CD封面与CD盘面上的图像风格通常都体现出了专辑风格与歌手的人物个性,下面将利用Photoshop来为自己的照片打造一张可以彰显自己的个性CD专辑。

原图效果

调整后效果

01 新建文档

执行菜单"文件"/"新建"命令(或按【Ctrl+N】快捷键),设置弹出的"新建"命令对话框如图11-110所示,单击"确定"按钮即可创建一个新的空白文档。

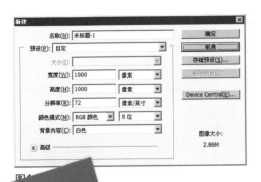

04 添加投影效果

设置完"投影"命令对话框后,单击"确定"按钮,此时的"形状 1"中的图像就有了投影效果,如图11-113所示。

图11-113

05 绘制圆形

设置前景色颜色值为（R:206 G:166 B:112）,选择"椭圆工具" ○,在工具选项条中单击"形状图层"按钮 □,按住【Shift】键在画布中间绘制圆形,得到图层"形状 2",如图11-114所示。

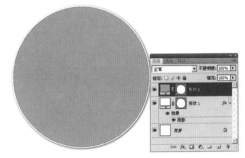

图11-114

白色,选择"椭圆工具" ○,在 状图层"按钮 □,按住【Shift】 得到图层"形状 1",如图

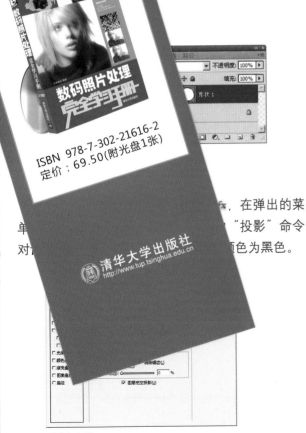

图11-112

在弹出的菜单 "投影"命令 颜色为黑色。

06 打开图片

打开一张彩色纹理素材图像文件,此时的图像效果和"图层"面板如图11-115所示。

图11-115

07 变换图像

使用"移动工具" ![移动工具图标] 将图像拖动到第1步新建的文件中得到"图层 1",按快捷键【Ctrl+Alt+G】,执行"创建剪贴蒙版"操作,按快捷键【Ctrl+T】,调出自由变换控制框,变换图像到如图11-116所示的状态,按【Enter】键确认操作。

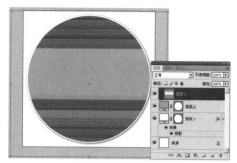

图11-116

08 设置图层混合模式

选择"图层 1"为当前操作图层,设置其图层混合模式为"叠加",此时的图像效果和"图层"面板如图11-117所示。

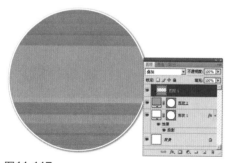

图11-117

09 打开图片

打开一张墨点素材图像文件,此时的图像效果和"图层"面板如图11-118所示。

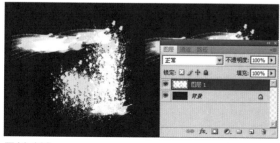

图11-118

10 变换图像

使用"移动工具" ![移动工具图标] 将图像拖动到第1步新建的文件中得到"图层 2",按快捷键【Ctrl+Alt+G】,执行"创建剪贴蒙版"操作,按快捷键【Ctrl+T】,调出自由变换控制框,变换图像到如图11-119所示的状态,按【Enter】键确认操作。

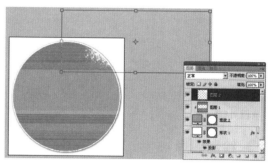

图11-119

11 设置图层混合模式

选择"图层 2"为当前操作图层,设置其图层混合模式为"柔光",图层不透明度为"70%",此时的图像效果和"图层"面板如图11-120所示。

图11-120

12 添加图层蒙版

按住【Ctrl】键单击"形状 2"的图层缩览图，载入其选区，单击"添加图层蒙版"按钮■，为"图层 2"添加图层蒙版，此时选区以外的图像就被隐藏起来了，如图11-121所示。

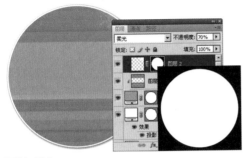

图11-121

13 打开图片

打开一张墨点素材图像文件，此时的图像效果和"图层"面板如图11-122所示。

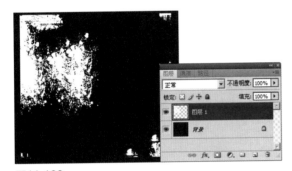

图11-122

14 变换图像

使用"移动工具"▶⁺将图像拖动到第1步新建的文件中得到"图层 3"，按快捷键【Ctrl+Alt+G】，执行"创建剪贴蒙版"操作，按快捷键【Ctrl+T】，调出自由变换控制框，变换图像到如图11-123所示的状态，按【Enter】键确认操作。

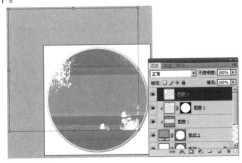

图11-123

15 设置图层混合模式

选择"图层 3"为当前操作图层，设置其图层混合模式为"柔光"，图层不透明度为"70%"，此时的图像效果和"图层"面板如图11-124所示。

图11-124

16 添加图层蒙版

按住【Ctrl】键单击"形状 2"的图层缩览图，载入其选区，单击"添加图层蒙版"按钮■，为"图层 3"添加图层蒙版，此时选区以外的图像就被隐藏起来了，如图11-125所示。

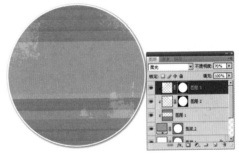

图11-125

17 编辑图层蒙版

单击"图层 3"的图层蒙版缩略图，设置前景色为黑色，使用"画笔工具"☑设置适当的画笔大小和透明度后，在图层蒙版中涂抹，得到如图11-126所示的效果。

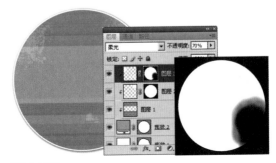

图11-126

18 绘制矩形

设置前景色为黑色，选择"矩形工具" ■，在工具选项条中单击"形状图层"按钮 ■，在画面的下方绘制矩形，得到图层"形状 3"，如图11-127所示。

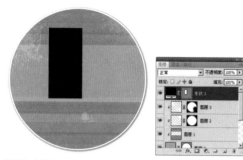

图11-127

19 继续绘制黑色矩形

选择"矩形工具" ■，在工具选项条中单击"形状图层"按钮 ■，在上一步绘制的矩形左下方绘制矩形，得到图层"形状 4"，如图11-128所示。

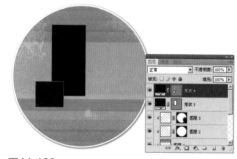

图11-128

20 打开图片

打开一张蝴蝶素材图像文件，此时的图像效果和"图层"面板如图11-129所示。

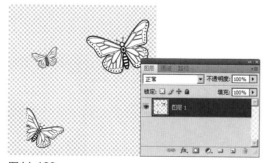

图11-129

21 变换图像

使用"移动工具" ▶ 将图像拖动到第1步新建的文件中得到"图层 4"，按快捷键【Ctrl+T】，调出自由变换控制框，变换图像到如图11-130所示的状态，按【Enter】键确认操作。

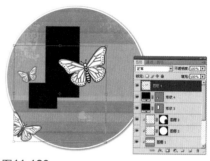

图11-130

22 设置图层混合模式

选择"图层 4"为当前操作图层，设置其图层混合模式为"滤色"，图层不透明度为"18%"，此时的图像效果和"图层"面板如图11-131所示。

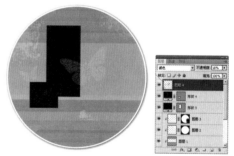

图11-131

23 复制图层蒙版

按住【Alt】键在图层面板上，拖动"图层2"的图层蒙版缩略图到"图层 4"的图层名称上释放鼠标，以复制图层蒙版，得到如图11-132所示的效果。

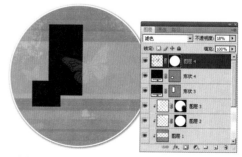

图11-132

24 打开图片

打开一张个性人物照片文件，此时的图像效果和"图层"面板如图11-133所示。

图11-133

25 变换图像

使用"移动工具" ▶ 将图像拖动到第1步新建的文件中得到"图层 5"，按快捷键【Ctrl+T】，调出自由变换控制框，变换图像到如图11-134所示的状态，按【Enter】键确认操作。

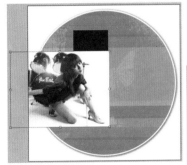

图11-134

26 添加图层蒙版

单击"添加图层蒙版"按钮 ◻ ，为"图层5"添加图层蒙版，设置前景色为黑色，使用"画笔工具" ✎ 设置适当的画笔大小和透明度后，在图层蒙版中涂抹，将不需要的部分隐藏起来，即可得到如图11-135所示的效果。

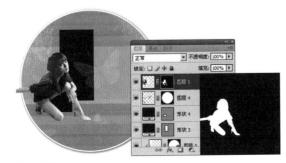

图11-135

27 渐变映射调整

单击"创建新的填充或调整图层"按钮 ◔ ，在弹出的菜单中选择"渐变映射"命令，此时弹出"调整"面板同时得到图层"渐变映射 1"，单击"调整"面板下方的 ◉ 按钮，将调整影响剪切到下方的图层，然后设置"渐变映射"的颜色如图11-136所示。在对话框中的编辑渐变颜色选择框中单击，可以弹出"渐变编辑器"对话框，在对话框中可以编辑渐变映射的颜色。

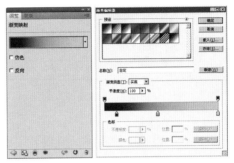

图11-136

28 调整后的效果

在"调整"面板中设置完"渐变映射"的颜色后，关闭"调整"面板，此时的图像效果和"图层"面板如图11-137所示。

图11-137

29 复制图层

选择"图层 5"按住【Alt】键在图层调板上将选中的图层拖动到"渐变映射 1"的上方，以复制和调整图层顺序，得到"图层 5 副本"如图11-138所示。

图11-138

30 阈值调整

单击"创建新的填充或调整图层"按钮 ◢，在弹出的菜单中选择"阈值"命令，此时弹出"调整"面板同时得到图层"阈值 1"，单击"调整"面板下方的 ● 按钮，将调整影响剪切到下方的图层，然后在"调整"面板中设置"阈值"命令的参数，如图11-139所示。

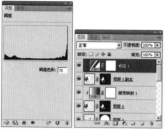

图11-139

31 应用阈值调整

在"调整"面板中设置完"阈值"命令的参数后，关闭"调整"面板，此时的图像效果和"图层"面板如图11-140所示。

图11-140

32 "盖印"图层

选择"图层 5 副本"和"阈值 1"按快捷键【Ctrl+Alt+E】，执行"盖印"操作，将得到的新图层重命名为"图层 6"，然后隐藏"图层 5 副本"和"阈值 1"，如图11-141所示。

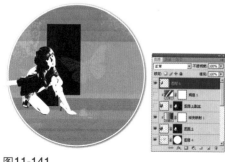

图11-141

33 设置图层混合模式

选择"图层 6"为当前操作图层，设置其图层混合模式为"正片叠底"，图层不透明度为"57%"，此时的图像效果和"图层"面板如图11-142所示。

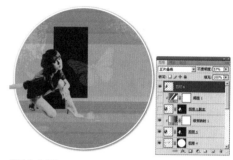

图11-142

34 模糊图像

选择"滤镜" / "模糊" / "高斯模糊"命令，设置弹出对话框中的参数后，单击"确定"按钮，得到如图11-143所示的效果。

图11-143

35 绘制选区

选择"图层 5"为当前操作图层，选择"矩形选框工具" 在人物的左侧部分绘制选区，如图11-144所示。

图11-144

36 编辑图层蒙版

单击"图层 5"的图层蒙版缩略图，设置前景色为黑色，按快捷键【Alt+Delete】用前景色填充选区，得到如图11-145所示的效果。

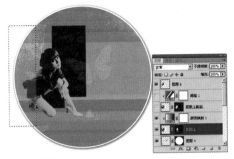

图11-145

37 添加图层蒙版

选择"图层 6"按住【Alt】键单击"添加图层蒙版"按钮，为"图层 6"添加图层蒙版，此时选区部分的图像就被隐藏起来了，如图11-146所示。

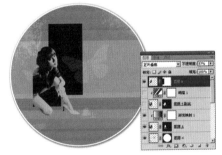

图11-146

38 绘制矩形

设置前景色为黑色，选择"矩形工具"，在工具选项条中单击"形状图层"按钮，在画面的下方绘制矩形，得到图层"形状 5"，如图11-147所示。

图11-147

39 绘制长条矩形

选择"矩形工具"，在工具选项条中单击"形状图层"按钮，在上一步绘制的矩形左下方绘制矩形，得到图层"形状 6"，如图11-148所示。

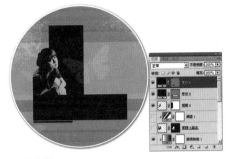

图11-148

40 复制变换矩形形状

使用"路径选择工具"选择上一步绘制的长条矩形，按快捷键【Ctrl+Alt+T】，调出自由变换复制框，变换形状到如图11-149所示的状态，调整好图像后，按【Enter】键确认操作。

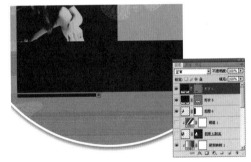

图11-149

41 继续复制变换矩形形状

继续使用"路径选择工具"选择上一步复制的矩形，按快捷键【Ctrl+Alt+T】，调出自由变换复制框，变换形状到如图11-150所示的状态，调整好图像后，按【Enter】键确认操作。

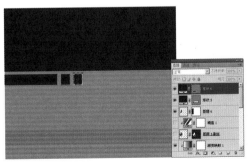

图11-150

42 复制多个小矩形

继续使用上面介绍的方法，使用复制变换命令，制作多个小矩形图像，此时的图像效果和“图层”面板如图11-151所示。

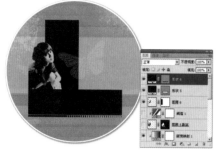

图11-151

43 添加文字

使用“横排文字工具”T，设置适当字体和字号，在人物下方的黑色矩形内输入文字，得到相应的文字图层，如图11-152所示。

图11-152

44 打开图片

打开一张文字素材文件，此时的图像效果和“图层”面板如图11-153所示。

45 变换文字

使用“移动工具”将文字图像拖动到第1步新建的文件中得到“图层 7”，按快捷键【Ctrl+T】，调出自由变换控制框，变换图像到如图11-154所示的状态，按【Enter】键确认操作。

图11-154

46 更改文字颜色

单击“锁定透明像素”按钮，设置前景色颜色值为（R:206 G:166 B:112），按快捷键【Alt+Delete】用前景色填充“图层 7”，得到如图11-155所示的效果。

图11-155

47 打开图片

打开一张矢量图标素材图像文件，此时的图像效果和“图层”面板如图11-156所示。

图11-156

图11-153

48 添加图像

使用"移动工具" ▶️将素材中的两个图标拖动到第1步新建的文件中得到"图层 8"、"图层 9",使用自由变换命令,变换两个图标如图11-157所示的效果。

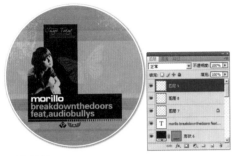

图11-157

49 添加文字

使用"横排文字工具" T,设置适当字体和字号,在图标的左右两侧输入文字,得到相应的文字图层,如图11-158所示。

图11-158

50 绘制圆形

设置前景色为白色,选择"椭圆工具" ◯,在工具选项条中单击"形状图层"按钮 ▣,按住【Shift】键在画布上绘制圆形,得到图层"形状 7",如图11-159所示。

图11-159

51 变换形状

按快捷键【Ctrl+J】,复制"形状 7"得到"形状 7 副本",按快捷键【Ctrl+T】,调出自由变换控制框,变换图像到如图11-160所示的状态,按【Enter】键确认操作。

图11-160

52 添加图层样式

选择图层"形状 7 副本",单击"添加图层样式"按钮 fx,在弹出的菜单中选择"描边"命令,设置弹出的"描边"命令对话框如图11-161所示,设置描边的颜色为白色。

图11-161

53 添加描边效果

设置完"描边"命令对话框后,单击"确定"按钮,此时的"形状 7 副本"就有了描边效果,设置其图层填充值为"0%",如图11-162所示。

图11-162

54 新建文档

执行菜单〝文件〞/〝新建〞命令(或按【Ctrl+N】快捷键)，设置弹出的〝新建〞命令对话框如图11-163所示，单击〝确定〞按钮即可创建一个新的空白文档。

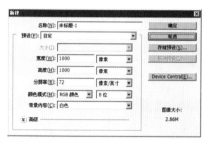

图11-163

55 绘制矩形

设置前景色颜色值为（R:212 G:212 B:213），选择〝矩形工具〞□，在工具选项条中单击〝形状图层〞按钮□，在画面中绘制矩形，得到图层〝形状1〞，如图11-164所示。

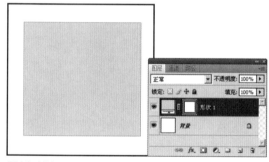

图11-164

56 添加图层样式

单击〝添加图层样式〞按钮fx，在弹出的菜单中选择〝投影〞命令，设置弹出的〝投影〞命令对话框如图11-165所示，设置投影的颜色为黑色。

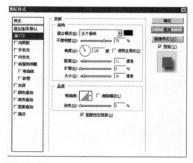

图11-165

57 添加投影效果

设置完〝投影〞命令对话框后，单击〝确定〞按钮，此时的〝形状1〞中的图像就有了投影效果，如图11-166所示。

图11-166

58 复制形状

按快捷键【Ctrl+J】，复制〝形状1〞得到〝形状1副本〞，设置前景色颜色值为（R:225 G:225 B:224），按快捷键【Alt+Delete】用前景色填充〝形状1副本〞，按快捷键【Ctrl+T】，调出自由变换控制框，变换图像到如图11-167所示的状态，按【Enter】键确认操作。

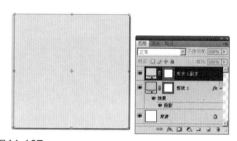

图11-167

59 变换形状

按快捷键【Ctrl+J】，复制〝形状1副本〞得到〝形状1副本2〞，设置前景色颜色值为（R:202 G:163 B:111），按快捷键【Alt+Delete】用前景色填充〝形状1副本2〞，按快捷键【Ctrl+T】，调出自由变换控制框，变换图像到如图11-168所示的状态，按【Enter】键确认操作。

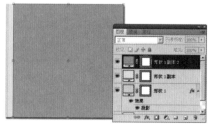

图11-168

60 添加底纹

切换到第一步新建的文件中，将"图层 1"选中使用"移动工具" ↖ 将图像拖动到第54步新建的文件中得到"图层 1"，按快捷键【Ctrl+Alt+G】，执行"创建剪贴蒙版"操作，按快捷键【Ctrl+T】，调出自由变换控制框，变换图像到如图11-169所示的状态，按【Enter】键确认操作。

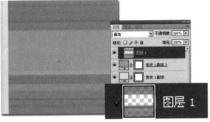

图11-169

61 添加墨点图像

切换到第一步新建的文件中，将"图层 2"选中使用"移动工具" ↖ 将图像拖动到第54步新建的文件中得到"图层 2"，将其图层蒙版删除，按快捷键【Ctrl+T】，调出自由变换控制框，变换图像到如图11-170所示的状态，按【Enter】键确认操作。

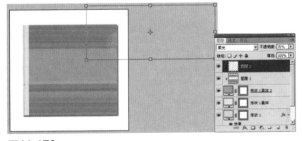

图11-170

62 继续添加墨点图像

切换到第一步新建的文件中，将"图层 3"选中使用"移动工具" ↖ 将图像拖动到第54步新建的文件中得到"图层 3"，将其图层蒙版删除，按快捷键【Ctrl+T】，调出自由变换控制框，变换图像到如图11-171所示的状态，按【Enter】键确认操作。

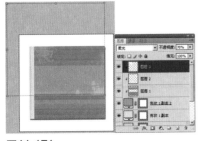

图11-171

63 添加人物和文字

切换到第一步新建的文件中，将有关主体人物和文字的图层选中，使用"移动工具" ↖ 将图像拖动到第54步新建的文件中得到相应的图层，将人物和文字调整到如图11-172所示的位置，图11-173为本例的最终效果图。

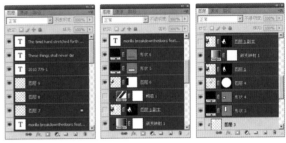

图11-172

图11-173

11.5　制作数码照片的电脑桌面

　　电脑已经成为现代生活中不可少的一个娱乐学习工具，它的桌面更是丰富多彩。本例将利用Photoshop的特效，将自己的个性照片制作成电脑的桌面，这样一来，在我们打开电脑的时候，桌面上显示的是带有自己肖像的艺术图片，该是多么个性的事情。

数码照片处理完全学习手册

原图效果　　　　　　　　　　调整后效果

01　新建文档

　　执行菜单"文件"/"新建"命令(或按【Ctrl+N】快捷键)，设置弹出的"新建"命令对话框如图11-174所示，单击"确定"按钮即可创建一个新的空白文档。

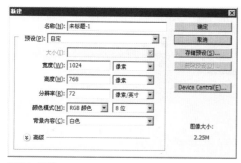

图11-174

02　设置渐变

　　单击"创建新的填充或调整图层"按钮，在弹出的菜单中选择"渐变"命令，设置弹出的对话框如图11-175所示。在对话框中的编辑渐变颜色选择框中单击，可以弹出"渐变编辑器"对话框，在对话框中可以编辑渐变的颜色。

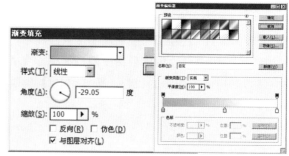

图11-175

03 添加渐变效果

设置完对话框后，单击"确定"按钮，得到图层"渐变填充 1"，此时的效果如图11-176所示。

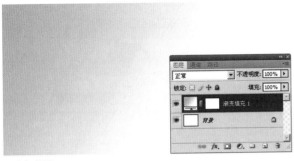

图11-176

04 打开图片

打开一张花卉素材文件，此时的图像效果和"图层"面板如图11-177所示。

图11-177

05 变换图像

使用"移动工具" 将图像拖动到第1步新建的文件中得到"图层 1"，按快捷键【Ctrl+T】，调出自由变换控制框，变换图像到如图11-178所示的状态，按【Enter】键确认操作。

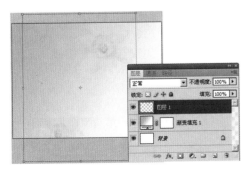

图11-178

06 打开图片

打开一张矢量图形素材图像文件，此时的图像效果和"图层"面板如图11-179所示。

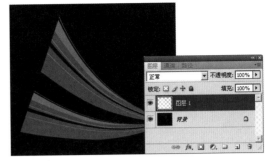

图11-179

07 变换图像

使用"移动工具" 将图像拖动到第1步新建的文件中得到"图层 2"，按快捷键【Ctrl+T】，调出自由变换控制框，变换图像到如图11-180所示的状态，按【Enter】键确认操作。

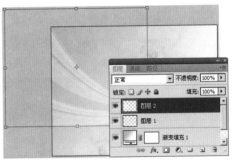

图11-180

08 设置图层填充值

设置"图层 2"的图层填充值为"50%"，此时的图像效果和"图层"面板如图11-181所示。

图11-181

09 打开图片

打开一张花卉素材图像文件，此时的图像效果和"图层"面板如图11-182所示。

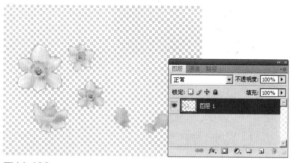

图11-182

10 变换图像

使用"移动工具" 将图像拖动到第1步新建的文件中得到"图层 3"，按快捷键【Ctrl+T】，调出自由变换控制框，变换图像到如图11-183所示的状态，按【Enter】键确认操作。

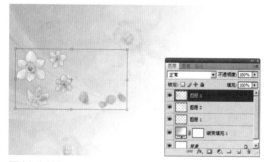

图11-1783

11 打开图片

打开一张个性婚纱照片文件，此时的图像效果和"图层"面板如图11-184所示。

图11-184

12 变换图像

使用"移动工具" 将图像拖动到第1步新建的文件中得到"图层 4"，按快捷键【Ctrl+T】，调出自由变换控制框，变换图像到如图11-185所示的状态，按【Enter】键确认操作。

图11-185

13 添加图层蒙版

单击"添加图层蒙版"按钮，为"图层4"添加图层蒙版，设置前景色为黑色，使用"画笔工具" 设置适当的画笔大小和透明度后，在图层蒙版中涂抹，将不需要的部分隐藏起来，即可得到如图11-186所示的效果。

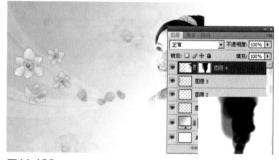

图11-186

14 复制图层

选择"图层 4"按住【Alt】键在"图层"面板上将选中的图层拖动到"图层 3"的上方，以复制和调整图层顺序，得到"图层 4 副本"，按快捷键【Ctrl+T】，调出自由变换控制框，变换图像到如图11-187所示的状态，按【Enter】键确认操作。

图11-187

15 设置图层不透明度

设置"图层 4 副本"的图层不透明度为"22%"，此时的图像效果和"图层"面板如图11-188所示。

图11-188

16 打开图片

打开一张花卉素材文件，此时的图像效果和"图层"面板如图11-189所示。

图11-189

17 变换图像

使用"移动工具" ▶₊将图像拖动到第1步新建的文件中得到"图层 5"，按快捷键【Ctrl+T】，调出自由变换控制框，变换图像到如图11-190所示的状态，按【Enter】键确认操作。

图11-190

18 添加图层蒙版

单击"添加图层蒙版"按钮 ◻ ，为"图层5"添加图层蒙版，设置前景色为黑色，使用"画笔工具" ✎设置适当的画笔大小和透明度后，在图层蒙版中涂抹，将不需要的部分隐藏起来，即可得到如图11-191所示的效果。

图11-191

19 设置图层不透明度

设置"图层 5"的图层不透明度为"70%"，此时的图像效果和"图层"面板如图11-192所示。

图11-192

20 色相/饱和度调整

单击"创建新的填充或调整图层"按钮 ◑ ，在弹出的菜单中选择"色相/饱和度"命令，此时弹出"调整"面板同时得到图层"色相/饱和度 1"，单击"调整"面板下方的 ◉ 按钮，将调整影响剪切到下方的图层，然后在"调整"面板中设置"色相/饱和度"命令的参数，如图11-193所示。

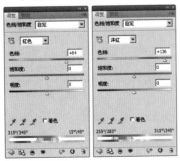

图11-193

21 调整后的效果

在"调整"面板中设置完"色相/饱和度"命令的参数后，关闭"调整"面板，此时的图像效果和"图层"面板如图11-194所示。

图11-194

22 调整曲线

单击"创建新的填充或调整图层"按钮 ◯，在弹出的菜单中选择"曲线"命令，此时弹出"调整"面板同时得到图层"曲线 1"，单击"调整"面板下方的 ◉ 按钮，将调整影响剪切到下方的图层，然后在"调整"面板中设置"曲线"命令的参数，如图11-195所示。

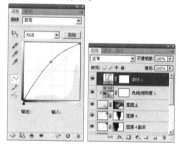

图11-195

23 应用曲线调整

在"调整"面板中设置完"曲线"命令的参数后，关闭"调整"面板，此时的图像效果和"图层"面板如图11-196所示。

图11-196

24 打开图片

打开一张文字素材文件，此时的图像效果和"图层"面板如图11-197所示。

图11-197

25 变换文字

使用"移动工具" ▶⊕ 将文字图像拖动到第1步新建的文件中得到"图层 6"，按快捷键【Ctrl+Alt+G】，执行"释放剪贴蒙版"操作，按快捷键【Ctrl+T】，调出自由变换控制框，变换图像到如图11-198所示的状态，按【Enter】键确认操作。

图11-198

26 打开图片

打开一张泡泡素材图像文件，此时的图像效果和"图层"面板如图11-199所示。

图11-199

27 最终效果

使用〝移动工具〞 ▶⊕ 将文字图像拖动到第1步新建的文件中得到〝图层 7〞，按快捷键【Ctrl+T】，调出自由变换控制框，变换图像到如图11-194所示的状态，按【Enter】键确认操作，图11-200为本例的最终应用效果。

图11-200

11.6 个性杂志封面

　　杂志封面需要经过精心设计，而封面人物的照片更需要经过精心处理，利用Photoshop软件的众多特效，可以将自己的照片制作成杂志封面的效果，来体验一下时尚的感觉，本例将着重介绍杂志封面的制作方法。

原图效果

调整后效果

01 打开图片

打开一张人物照片文件，此时的图像效果和"图层"面板如图11-201所示。下面我们要用这张个性照片制作杂志封面。

图11-201

02 复制通道

切换到"通道"面板，单击"蓝"通道，将其拖动到调板底部的"创建新通道"按钮上，以复制通道，得到"蓝 副本"通道，如图11-202所示。

图11-202

03 反相图像

选择"蓝 副本"通道，按快捷键【Ctrl+I】，执行"反相"操作，将通道中黑白图像的颜色进行颠倒，（将图像中的颜色变成该颜色的补色）如图11-203所示。

图11-203

04 复制图像

按住【Ctrl】键单击通道"蓝 副本"通道的通道缩览图，载入其选区，切换到"图层"面板，按快捷键【Ctrl+J】，复制选区内的图像，得到"图层 1"，如图11-204所示。

图11-204

05 设置滤色混合模式

选择"图层 1"为当前操作图层，设置其图层混合模式为"叠加"，此时的图像效果和"图层"面板如图11-205所示。

图11-205

06 模糊图像

按快捷键【Ctrl+J】，复制"图层 1"得到"图层 1 副本"，设置其图层混合模式"正常"，选择"滤镜"/"模糊"/"高斯模糊"命令，设置弹出对话框中的参数后，单击"确定"按钮，得到如图11-206所示的效果。

图11-206

07 设置图层不透明度

设置"图层 1 副本"的图层不透明度为"60%",此时的图像效果和"图层"面板如图11-207所示。

图11-207

08 打开图片

打开一张文字素材文件,此时的图像效果和"图层"面板如图11-208所示。

图11-208

09 变换文字

使用"移动工具" 将文字图像拖动到第1步新建的文件中得到"图层 2",按快捷键【Ctrl+T】,调出自由变换控制框,变换图像到如图11-209所示的状态,按【Enter】键确认操作。

图11-209

10 添加文字

使用"横排文字工具" ,设置适当字体和字号,在画面中输入其他的杂志信息文字,得到相应的文字图层,如图11-210所示。

图11-210

11 打开图片

打开一张文字素材文件,此时的图像效果和"图层"面板如图11-211所示。

图11-211

12 变换文字

使用"移动工具" 将文字图像拖动到第1步新建的文件中得到"图层 4",按快捷键【Ctrl+T】,调出自由变换控制框,变换图像到如图11-212所示的状态,按【Enter】键确认操作。

图11-212

13 添加图层样式

选择文字图层"安小龙作品",单击"添加图层样式"按钮 fx,在弹出的菜单中选择"描边"命令,设置弹出的"描边"命令对话框如图11-213所示,设置描边的颜色为白色。

图11-213

14 添加描边效果

设置完"描边"命令对话框后,单击"确定"按钮,此时的文字就有了描边效果,如图11-214所示。

图11-214

15 打开图片

打开一张条形码素材文件,此时的图像效果和"图层"面板如图11-215所示。

图11-215

16 最终效果

使用"移动工具" 将图像拖动到第1步新建的文件中得到"图层 5",使用自由变换命令将图像变换到如图11-216所示的位置,即可得到本例的最终效果。

图11-216

数码照片处理完全学习手册

11.7　个性广告招贴

广告是现代生活中不可或缺的一种宣传方式，下面就利用Photoshop为自己简单的数码照片添加各种跳跃的色彩和版式，从而制作成个性广告招贴的效果。

原图效果

调整后效果

01 新建文档

执行菜单"文件"/"新建"命令(或按【Ctrl+N】快捷键)，设置弹出的"新建"命令对话框如图11-217所示，单击"确定"按钮即可创建一个新的空白文档。

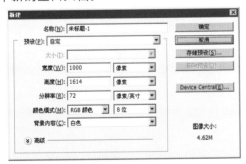

图11-217

02 填充颜色

设置前景色的颜色值为（R:244 G:238 B:211），按快捷键【Alt+Delete】用前景色填充"背景"图层，得到如图11-218所示的效果。

图11-218

03 绘制形状

设置前景色颜色值为（R:238 G:224 B:195），选择"钢笔工具" ，在工具选项条中单击"形状图层"按钮 ，在画面中绘制一个形状，得到图层"形状 1"，如图11-219所示。

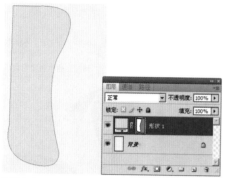

图11-219

04 继续绘制形状

设置前景色颜色值为（R:232 G:216 B:184），选择"钢笔工具" ，在工具选项条中单击"形状图层"按钮 ，在画面中绘制一个形状，得到图层"形状 2"，如图11-220所示。

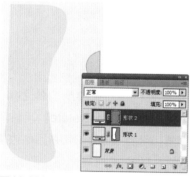

图11-220

05 绘制白色形状

设置前景色为白色，选择"钢笔工具" ，在工具选项条中单击"形状图层"按钮 ，在画面中绘制一个形状，得到图层"形状 3"，如图11-221所示。

图11-221

06 打开图片

打开一张个性人物照片文件，此时的图像效果和"图层"面板如图11-222所示。

图11-222

07 变换图像

使用"移动工具" 将图像拖动到第1步新建的文件中得到"图层 1"，按快捷键【Ctrl+Alt+G】，执行"创建剪贴蒙版"操作，按快捷键【Ctrl+T】，调出自由变换控制框，变换图像到如图11-223所示的状态，按【Enter】键确认操作。

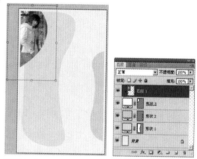

图11-223

08 曲线调整

单击"创建新的填充或调整图层"按钮 ，在弹出的菜单中选择"曲线"命令，此时弹出"调整"面板同时得到图层"曲线 1"，单击"调整"面板下方的 按钮，将调整影响剪切到下方的图层，然后在"调整"面板中设置"曲线"命令的参数，如图11-224所示。

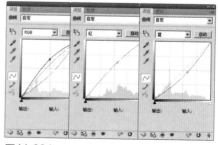

图11-224

09 应用曲线调整

在"调整"面板中设置完"曲线"命令的参数后，关闭"调整"面板，此时的图像效果和"图层"面板如图11-225所示。

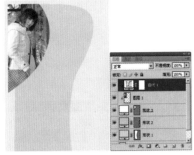

图11-225

10 绘制白色形状

设置前景色为白色，选择"钢笔工具" ✒️，在工具选项条中单击"形状图层"按钮 ▫️，在画面中绘制一个形状，得到图层"形状 4"，如图11-226所示。

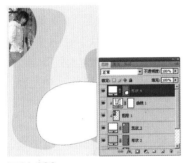

图11-226

11 打开图片

打开一张个性人物照片文件，此时的图像效果和"图层"面板如图11-227所示。

图11-227

12 变换图像

使用"移动工具" ▸ 将图像拖动到第1步新建的文件中得到"图层 2"，按快捷键【Ctrl+Alt+G】，执行"创建剪贴蒙版"操作，按快捷键【Ctrl+T】，调出自由变换控制框，变换图像到如图11-228所示的状态，按【Enter】键确认操作。

图11-228

13 复制图层

选择"形状 2"按住【Alt】键在"图层"面板上将选中的图层拖动到"图层 2"的上方，以复制和调整图层顺序，得到"形状 2 副本"，按快捷键【Ctrl+Alt+G】，执行"创建剪贴蒙版"操作，设置其图层不透明度为"48"，如图11-229所示。

图11-229

14 绘制白色形状

设置前景色为白色，选择"钢笔工具" ✒️，在工具选项条中单击"形状图层"按钮 ▫️，在画面中绘制一个形状，得到图层"形状 5"，如图11-230所示。

图11-230

15 打开图片

打开一张个性人物照片文件，此时的图像效果和"图层"面板如图11-231所示。

图11-231

16 变换图像

使用"移动工具" 将图像拖动到第1步新建的文件中得到"图层 3"，按快捷键【Ctrl+Alt+G】，执行"创建剪贴蒙版"操作，按快捷键【Ctrl+T】，调出自由变换控制框，变换图像到如图11-232所示的状态，按【Enter】键确认变换操作。

图11-232

17 打开图片

打开一张个性人物照片文件，此时的图像效果和"图层"面板如图11-233所示。

图11-233

18 变换图像

使用"移动工具" 将图像拖动到第1步新建的文件中得到"图层 4"，按快捷键【Ctrl+T】，调出自由变换控制框，变换图像到如图11-234所示的状态，按【Enter】键确认变换操作。

图11-234

19 添加图层蒙版

单击"添加图层蒙版"按钮 ，为"图层4"添加图层蒙版，设置前景色为黑色，背景色为白色，使用"渐变工具" 设置渐变类型为从前景色到背景色，在图层蒙版中从下往上绘制渐变，得到如图11-235所示的图像效果。

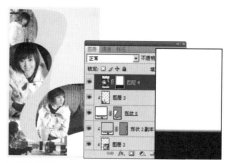

图11-235

20 打开图片

打开一张个性人物照片文件，此时的图像效果和"图层"面板如图11-236所示。

图11-236

21 变换图像

使用"移动工具" ▶ 将图像拖动到第1步新建的文件中得到"图层 5"，按快捷键【Ctrl+T】，调出自由变换控制框，变换图像到如图11-237所示的状态，按【Enter】键确认变换操作。

图11-237

22 添加图层蒙版

单击"添加图层蒙版"按钮 ▢，为"图层 4"添加图层蒙版，设置前景色为黑色，背景色为白色，使用"渐变工具" ▭ 设置渐变类型为从前景色到背景色，在图层蒙版中从左往右绘制渐变，得到如图11-238所示的图像效果。

图11-238

23 曲线调整

单击"创建新的填充或调整图层"按钮 ◯，在弹出的菜单中选择"曲线"命令，此时弹出"调整"面板同时得到图层"曲线 2"，单击"调整"面板下方的 ● 按钮，将调整影响剪切到下方的图层，然后在"调整"面板中设置"曲线"命令的参数，如图11-239所示。

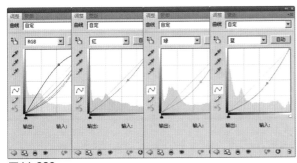

图11-239

24 应用曲线调整

在"调整"面板中设置完"曲线"命令的参数后，关闭"调整"面板，此时的图像效果和"图层"面板如图11-240所示。

图11-240

25 编辑图层蒙版

单击"曲线 2"的图层蒙版缩略图，设置前景色为黑色，使用"画笔工具" ▨ 设置适当的画笔大小和透明度后，在图层蒙版中涂抹，得到如图11-241所示的效果。

图11-241

26 曲线调整

单击"创建新的填充或调整图层"按钮 ◯，在弹出的菜单中选择"曲线"命令，此时弹出"调整"面板同时得到图层"曲线 3"，单击"调整"面板下方的 ● 按钮，将调整影响剪切到下方的图层，然后在"调整"面板中设置"曲线"命令的参数，如图11-242所示。

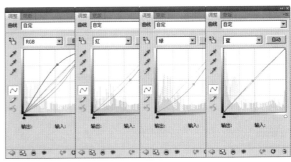

图11-242

27 应用曲线调整

在"调整"面板中设置完"曲线"命令的参数后，关闭"调整"面板，此时的图像效果和"图层"面板如图11-243所示。

图11-243

28 编辑图层蒙版

单击"曲线3"的图层蒙版缩略图，设置前景色为黑色，使用"画笔工具"![]设置适当的画笔大小和透明度后，在图层蒙版中涂抹，得到如图11-244所示的效果。

图11-244

29 复制图层

选择"形状3"按住【Alt】键在"图层"面板上将选中的图层拖动到"曲线3"的上方，以复制和调整图层顺序，得到"形状3副本"，单击"添加图层样式"按钮*fx*，在弹出的菜单中选择"描边"命令，设置完"描边"命令对话框后，单击"确定"按钮，此时的文字就有了描边效果，如图11-245所示。

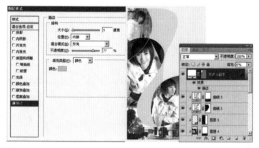

图11-245

30 复制图层样式

选择"形状4"按住【Alt】键在"图层"面板上将选中的图层拖动到"形状3副本"的上方，以复制和调整图层顺序，得到"形状4副本"，在"形状3副本"的图层名称上单击鼠标右键，在弹出的菜单中选择"拷贝图层样式"命令，然后用鼠标右键单击"形状4副本"的图层名称，在弹出的菜单中选择"粘贴图层样式"命令，得到如图11-246所示的效果。

图11-246

31 复制形状

选择"形状5"按住【Alt】键在"图层"面板上将选中的图层拖动到"形状4副本"的上方，以复制和调整图层顺序，得到"形状5副本"，在"形状3副本"的图层名称上单击鼠标右键，在弹出的菜单中选择"拷贝图层样式"命令，然后用鼠标右键单击"形状5副本"的图层名称，在弹出的菜单中选择"粘贴图层样式"命令，得到如图11-247所示的效果。

图11-247

数码照片处理完全学习手册

32 打开图片

打开一张标志素材文件，此时的图像效果和"图层"面板如图11-248所示。

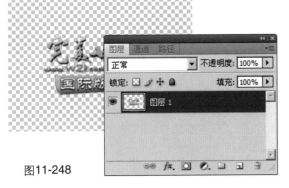

图11-248

33 变换图像

使用"移动工具" 将图像拖动到第1步新建的文件中得到"图层 6"，按快捷键【Ctrl+T】，调出自由变换控制框，变换图像到如图11-249所示的状态，按【Enter】键确认变换操作。

图11-249

34 最终效果

使用"横排文字工具" ，设置适当字体和字号，在标志的下方输入其他的信息文字，得到相应的文字图层，如图11-250所示。

图11-250

Chapter
12

综合实例制作

利用我们前面章节学到的知识对每次创作回来的数码照片进行
处理，在后期制作中用自己的艺术思想作为指导，提高摄影作品的
艺术水准。本章节中主要对如何把一张普通的照片变成优秀的作品
进行实例解析。本章的实例步骤只提供一种参考，对于具体画面要
进行具体分析，切不可生搬硬套。

12.1　多张的创意合成

　　每次摄影创作我们都会拍很多的照片，但不一定都是完美的片子，记住，不要删掉，很可能这些照片到时候就发挥用处了。下面的例子就是几张不起眼的，或者说很失败的片子合成一张很有味道的作品。

01 打开图像

首先在Photoshop中打开四张图像，为了制作方便，事先把四张照片转换成了黑白效果，如图12-1所示。

图12-1

02 裁切画面

在四张图片中选择一张尺寸像素都比较大的图作为背景图像进行制作。我们选择有大面积地面的图像做修改，在"图层"面板中双击"背景"图层，把"背景"图层转换为图层进行编辑。选择裁切工具 裁切画布，如图12-2所示。

图12-2

03 拖移图像

裁切完成后，选择移动工具 将有石桥的画面拖入图像中，变换图像大小，确定石桥的位置，如图12-3所示。

图12-3

04 添加图层蒙版

在"图层"面板中设置"图层1"的混合模式为"变暗"，并为"图层1"添加图层蒙版，如图12-4所示。

图12-4

05 新建图层

选择渐变工具 和画笔工具 对蒙版进行编辑，使图像自然融合。单击"图层"面板下方的"创建新图层"按钮，新建"图层2"，并把"图层2"置于"图层0"的下方，设置前景色为白色，填充"图层2"为白色，如图12-5所示。

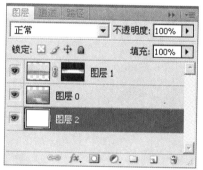

图12-5

06 合成图像

为"图层0"添加图层蒙版，选择渐变工具 进行蒙版编辑。合成图像，使之自然融合，如图12-6所示。

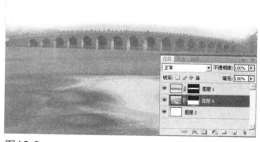

图12-6

07 拖移图像

选择移动工具 ▶⊕，把天空有云的图像拖移到画面中来，变换调整图层位置，如图12-7所示。

图12-7

08 合成图像

在"图层"面板中，设置"图层3"的混合模式为"深色"，为"图层3"添加图层蒙版，选择渐变工具 ▦ 进行蒙版编辑。合成图像，使之自然融合，如图12-8所示。

图12-8

09 调整图像

单击"图层"面板下方的"创建新的填充或调整图层"按钮 ◑，在下拉菜单中选择"亮度/对比度"命令，整体调整图像，如图12-9所示。

图12-9

10 添加云雾

在"图层"面板中单击下方的"创建新图层"按钮 ▫，新建"图层4"。选择画笔工具 ✎，调低画笔的不透明度和流量，在画面"桥"的部分绘制云雾。注意在绘制过程中不断改变笔触的大小。如图12-10所示。

图12-10

11 拖移图像

把打开的人物图像拖入画面中，调整大小位置，如图12-11所示。

图12-11

12 合成图像

设置人物图层的混合模式为"正片叠底"，选择橡皮擦工具 ⬚ 擦除人物以外多余的部分，如图12-12所示。

图12-12

13 调整图像

单击"图层"面板下方的"创建新的填充或调整图层"按钮，在下拉菜单中选择"曝光度"命令，调整图像整体影调，如图12-13所示。

图12-13

14 蒙版编辑

在"图层"面板中的"曝光度1"层上进行蒙版编辑。选择渐变工具，设置"前景色到透明渐变"模式，前景色定为黑色，由下至上拉渐变，如图12-14所示。

图12-14

15 复制图像

在"图层"面板中单击右键，选择"拼合图像"命令。按下【Ctrl+J】组合键复制背景图层为"图层1"。隐藏"图层1"，单击"背景"图层，如图12-15所示。

图12-15

16 调整图像

按下【Ctrl+M】组合键，调出曲线对话框提亮"背景"图层，如图12-16所示。

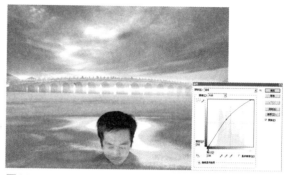

图12-16

17 蒙版编辑

单击"图层"面板，显示"图层1"，并为"图层1"添加图层蒙版。使用画笔工具，设置前景色为黑色，涂抹人物面部，提亮面部，如图12-17所示。

图12-17

18 镜头模糊

按下【Ctrl+E】组合键合并图像。再次按下【Ctrl+J】组合键复制"背景"图层为"图层1"，执行菜单"滤镜"/"模糊"/"镜头模糊"命令，如图12-18所示。

图12-18

19 渐变调整图像

为"图层 1"添加图层蒙版，选择渐变工具 ，设置"前景色到透明渐变"模式，选择"径向渐变"按钮，从图像的中心部分向边角拉渐变，如图12-19所示。

图12-19

20 最终效果

精细调整图像后的效果如图12-20所示。画面的那种梦境中的朦胧感与神秘感跃然纸上。

图12-20

还可以根据需要制作不同色调的作品，不同色调有不同的画面感觉。冷色调有一种神秘宁静的感觉，暖色调有一种怀旧温馨的感觉，图12-21所示为冷色调；图12-22所示为暖色调。

图12-21

图12-22

技巧提示

在多图合成的制作中，一定要注意光线的一致性、透视的一致性等。合成要不留痕迹，这需要多加练习。合成后根据画面的具体内容选择合适的影调与色彩，进一步强调主题思想。

12.2　将摄影作品转化为画意影像

绘画艺术在悠久的历史积淀中所传达的艺术感觉是无可比拟的，绘画以其独特的艺术语言和表现形式吸引着无数艺术家。同样作为二维视觉图像，摄影起步较晚，早期摄影也进入过画意摄影时期，当时的摄影家都是搞绘画的，尽管技术十分有限，但是却创作了许多不朽的摄影艺术作品。正是由于这些人有扎实的美术功底，把摄影当做艺术创作的工具，以其艺术思想作为创作指导，才有经典作品问世。现如今摄影技术突飞猛进，摄影逐渐普及化，人们越来越多的陷入技术的桎梏中，拘泥于摄影的记录功能，而忽视了艺术思想的指导作用。摄影后期制作中给我们提供了许多制作绘画效果的功能，让我们眼前一亮。下面的例子我们介绍几种绘画效果的制作方法，仅供参考。

原图效果

调整后效果

01 打开图像

按下【Ctrl+O】组合键，打开图像，如图12-23所示。我们对图像进行版画效果制作。

图12-23

02 去色处理

单击"图层"面板，按两次【Ctrl+J】组合键，复制两个图层"图层1"和"图层1副本"。隐藏"图层1副本"图层，单击"图层1"进行编辑。执行菜单"图像"/"调整"/"去色"命令，将"图层1"去色，如图12-24所示。

图12-24

03 查找边缘命令调整

执行菜单"滤镜"/"风格化"/"查找边缘"命令，如图12-25所示。

图12-25

04 色阶调整

按下【Ctrl+L】组合键，调出色阶对话框加强对比度，让边缘更加清晰，如图12-26所示。

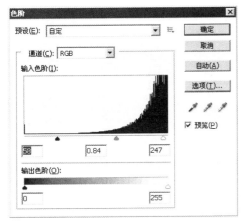

图12-26

05 调整图像效果

色阶调整后，主体物的轮廓线条清晰可见，如图12-27所示。

图12-27

06 铜板雕刻命令

在"图层"面板中单击"图层1副本"并显示该图层。执行菜单"滤镜"/"像素化"/"铜板雕刻"命令，如图12-28所示。

图12-28

07 高斯模糊图像

执行菜单"滤镜"/"模糊"/"高斯模糊"命令，如图12-29所示。

图12-29

08 木刻命令

执行菜单"滤镜"/"艺术效果"/"木刻"命令，如图12-30所示。

图12-30

09 混合模式调整

在"图层"面板中设置"图层1副本"的混合模式为"正片叠底",如图12-31所示。

图12-31

10 新建图层

单击"图层"面板下方的"创建新图层"按钮,新建"图层 2"。设置前景色为白色,按【Alt+Del】组合键填充"图层 2"。本步骤的调整是要制作版画的画纸纹理效果,如图12-32所示。

图12-32

11 添加杂色

执行菜单"滤镜"/"杂色"/"添加杂色"命令,在弹出的对话框中设置参数,点选"高斯分布",勾选"单色",如图12-33所示。

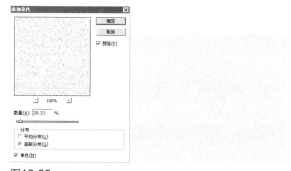

图12-33

12 波浪命令

执行菜单"滤镜"/"扭曲"/"波浪"命令,如图12-34所示。

图12-34

13 调整图像

按下【Ctrl+F】组合键,执行上次滤镜操作一次。按【Ctrl+M】组合键调出曲线对话框,增加画面纹理的对比,如图12-35所示。

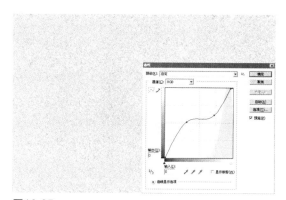

图12-35

14 设置图层混合模式

单击"图层"面板,设置"图层 2"的混合模式为"正片叠底",如图12-36所示。

图12-36

15 调整图像

在"图层"面板中，单击"图层1副本"，执行菜单"图像"/"调整"/"曝光度"命令，提高"图层1副本"的影调，如图12-37所示。

图12-37

16 移动图像

选择移动工具，按方向键分别向下、向右移动两次，错开图像像素，模仿版画的错落效果，如图12-38所示。

图12-38

17 制作选区

选择工具箱中的"矩形选框"工具，设置羽化值为100，在画面中框选选区，如图12-39所示。

图12-39

18 制作边框

按下【Ctrl+Shift+I】组合键，将选区反选。单击"图层"面板下方的"创建新图层"按钮，新建"图层3"，并把"图层3"置于"图层2"的下方。设置前景色为白色，按【Alt+Del】组合键填充选区，制作版画边框效果，如图12-40所示。

图12-40

19 调整图像

在"图层"面板中单击"图层2"，按【Ctrl+M】，调出曲线对话框，调节纹理图层，如图12-41所示。

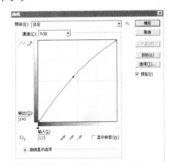

图12-41

20 最终效果

通过精细调整画面的影调，最终效果如图12-42所示。是不是有了一种彩色版画的效果呢？

图12-42

类似这种特效的制作中，设置图层间的混合模式是经常使用的方法。大家可以尝试使用不同的混合模式，调出自己想要的画面效果。

下面再介绍一种油画的制作效果。

01 新建图层

打开上例中的原图。单击图层面板下方的"创建新图层" 命令，新建"图层1"，如图12-43所示。

图12-43

02 设置历史记录艺术画笔

选择工具箱中的"历史记录艺术画笔"工具 ，在选项栏中选择滴溅画笔类型，"样式"为"绷紧中"，如图12-44所示。

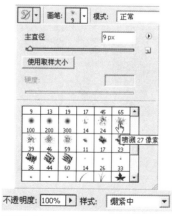

图12-44

03 调整图像

为了让笔刷效果更自然，可以在"画笔"面板中进行设置，勾选"纹理"、"杂色"、"湿边"和"平滑"等选项，如图12-45所示。

图12-45

04 画笔涂抹

首先放大笔刷进行大面积涂抹，为了更好的观看效果，我们隐藏"背景"图层，如图12-46所示。

图12-46

05 画笔涂抹

逐渐缩小画笔，涂抹主体部分，如图12-47所示。

图12-47

06 画笔涂抹

继续缩小笔刷，涂抹人物和马的位置，如图12-48所示。

图12-48

07 精细调整图像

不要害怕麻烦，缩小画笔笔刷，笔刷越小，刻画越精细。最终调整效果如图12-49所示。

图12-49

接下来介绍一种水墨画的制作方法。水墨画是中国传统的绘画形式，以风光山水创作居多，利用单色墨水和水的调和比例表现不同层次，非常写意。

01 打开图像

打开一枯树小桥的图片，如图12-50所示。

图12-50

02 去色调整

单击"图层"面板，按【Ctrl+J】组合键，复制"背景"图层为"图层1"。执行菜单"图像"/"调整"/"去色"命令，如图12-51所示。

图12-51

03 高斯模糊调整

再次按下【Ctrl+J】组合键，复制"图层1"为"图层1副本"。执行菜单"滤镜"/"模糊"/"高斯模糊"命令，制作水墨晕开的效果，如图12-52所示。

图12-52

04 混合模式设置

在"图层"面板中，设置"图层1副本"的混合模式为"变暗"，如图12-53所示。

图12-53

05 曝光度调整

到这一步为止，水墨效果基本完成。我们整体再对画面进行调整。单击图层面板下方的"创建新的填充或调整图层"按钮 ⊘ ，在下拉菜单中选择"曝光度"命令进行调整，如图12-54所示。

图12-54

最后介绍一种素描淡彩效果的制作方法。

01 打开图像

打开一幅风光照片，如图12-56所示。

图12-56

02 复制图层

在"图层"面板中按两次【Ctrl+J】组合键，分别复制两个图层："图层1"、"图层1副本"，如图12-57所示。

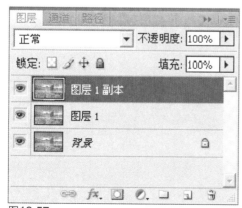

图12-57

06 最后效果

最后可以为照片加上相关文字或印章，水墨效果画就制作完成了，如图12-55所示。

图12-55

03 特殊模糊命令

在"图层"面板中单击"图层1副本"，执行菜单"滤镜"/"模糊"/"特殊模糊"命令，具体参数设置如图12-58所示。

图12-58

04 反相调整

执行菜单"图像"/"调整"/"反相"命令，如图12-59所示。

图12-59

05 特殊模糊命令

设置"图层1副本"的混合模式为"正片叠底",隐藏"图层1副本",单击"图层1",执行菜单"滤镜"/"模糊"/"特殊模糊"命令,在对话框设置参数,如图12-60所示。

图12-60

06 水彩调整

添加水彩效果。执行菜单"滤镜"/"艺术效果"/"水彩"命令,设置对话框参数,如图12-61所示。

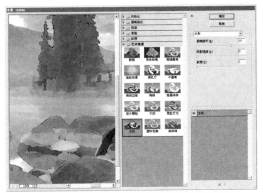

图12-61

07 减弱水彩效果

执行菜单"编辑"/"渐隐水彩"命令,设置不透明度为70%,如图12-62所示。

图12-62

08 "亮度/对比度"调整

单击"图层"面板下方的"创建新的填充或调整图层"按钮 ⊘ ,在下拉菜单中选择"亮度/对比度"命令,如图12-63所示。

图12-63

09 "色相/饱和度"调整

单击"图层"面板下方的"创建新的填充或调整图层"按钮 ⊘ ,在下拉菜单中选择"色相/饱和度"命令,如图12-64所示。

图12-64

10 最终效果

单击"图层"面板,显示"图层1副本",设置"图层1副本"层的不透明度为60%,最终效果如图12-65所示。

图12-65

12.3   梦幻空间

在Photoshop中可以为一般普通的照片添加梦幻空间效果，就可以给照片带来截然不同的感觉，本例是将照片中的绿色背景成分变成白色的梦幻效果，本例的关键是如何使用软件将背景中的绿色选中，然后进行调色。

原图效果

调整后效果

01 打开图片

打开一张儿童人像照片文件，此时的图像效果和"图层"面板如图12-66所示，下面我们要将人物的背景制作成白色的梦幻空间效果。

图12-66

02 设置色彩范围

执行菜单中的"选择"/"色彩范围"命令，调出"色彩范围"对话框，使用吸管工具 在图像中的绿色草地上单击，如图12-67所示。

图12-67

03 设置色彩范围参数

在"色彩范围"对话框中的设置"颜色容差"的参数,扩大选择的范围,如图12-68所示。

图12-68

04 继续设置色彩范围

在"色彩范围"对话框中,使用吸管工具 ✐ 在图像中的树上单击,添加选择范围,如图12-69所示。

图12-69

05 创建选区

设置完"色彩范围"对话框后,单击"确定"按钮,即可以得到如图12-70所示的选区效果。

图12-70

06 "色相/饱和度"调整

单击"创建新的填充或调整图层"按钮 ,在弹出的菜单中选择"色相/饱和度"命令,此时弹出"调整"面板同时得到图层"色相/饱和度 1",在"调整"面板中设置"色相/饱和度"命令的参数,如图12-71所示。

图12-71

07 调整后的效果

在"调整"面板中设置完"色相/饱和度"命令的参数后,关闭"调整"面板,此时的图像效果和"图层"面板如图12-72所示。

图12-72

08 编辑图层蒙版

单击"色相/饱和度 1"的图层蒙版缩略图,设置前景色为黑色,使用"画笔工具" ✐ 设置适当的画笔大小和透明度后,在图层蒙版中涂抹,得到如图12-73所示的效果。

图12-73

09 黑白调整

单击"创建新的填充或调整图层"按钮 ⊘，在弹出的菜单中选择"黑白"命令，此时弹出"调整"面板同时得到图层"黑白 1"，在"调整"面板中设置"黑白"命令的参数，如图12-74所示。

图12-74

10 调整后的效果

在"调整"面板中设置完"黑白"命令的参数后，关闭"调整"面板，此时的图像效果和"图层"面板如图12-75所示。

图12-75

11 设置图层不透明度

选择"黑白 1"为当前操作图层，设置其图层不透明度为"50%"，此时的图像效果和"图层"面板如图12-76所示。

图12-76

12 调整曲线

单击"创建新的填充或调整图层"按钮 ⊘，在弹出的菜单中选择"曲线"命令，此时弹出"调整"面板同时得到图层"曲线 1"，在"调整"面板中设置"曲线"命令的参数，如图12-77所示。

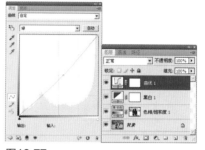

图12-77

13 应用曲线调整

在"调整"面板中设置完"曲线"命令的参数后，关闭"调整"面板，此时的图像效果和"图层"面板如图12-78所示。

图12-78

14 编辑图层蒙版

单击"曲线 1"的图层蒙版缩略图，设置前景色为黑色，使用"画笔工具" ✎ 设置适当的画笔大小和透明度后，在图层蒙版中涂抹，得到如图12-79所示的效果。

图12-79

15 设置渐变颜色

单击"创建新的填充或调整图层"按钮 ⚫ ，在弹出的菜单中选择"渐变"命令，设置弹出的对话框如图12-80所示。在对话框中的编辑渐变颜色选择框中单击，可以弹出"渐变编辑器"对话框，在对话框中可以编辑渐变的颜色。

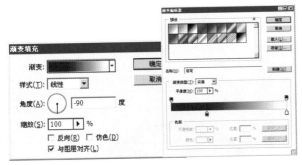

图12-80

16 添加渐变效果

设置完对话框后，单击"确定"按钮，得到图层"渐变填充 1"，此时的效果如图12-81所示。

图12-81

17 设置图层混合模式

设置"渐变填充 1"的图层混合模式为"色相"，此时的图像效果和"图层"面板如图12-82所示。

图12-82

18 最终效果

按住【Alt】键在"图层"面板上，拖动"色相/饱和度 1"的图层蒙版缩略图到"渐变填充 1"的图层名称上释放鼠标，以复制图层蒙版，得到如图12-83所示的效果。

图12-83

12.4　照片单纯化

在自然环境下拍摄的照片，利用Photoshop的各种特效可以制作具有强烈对比的照片。再加上文字，就可以制作人物照片单纯化的效果，此效果可以应用于个人网页中的资料部分以及明星海报中的漫画图像。本例运用了Photoshop中的"位图"、"图层混合模式"、"滤镜"、调色命令等技术。

原图效果

调整后效果

01 打开文件

打开一张美女人像照片文件，此时的图像效果和"图层"面板如图12-84所示，下面我们将要使用这张照片制作出单纯化强烈对比的图像效果。

图12-84

02 绘制裁切框

单击工具箱中的裁切工具 ，将选择后的裁切工具移动到画面中，单击鼠标左键拖动，绘制出一个裁切框，如图12-85所示。

图12-85

数码照片处理完全学习手册

03 确认裁切效果

调整好裁切框的大小后，按【Enter】键即可以将裁切框以外不需要的图像裁切去除，如图12-86所示。

图12-86

04 更改图像大小

执行菜单中的"图像"/"图像大小"命令，在弹出的对话框中，更改图像的大小参数，具体设置如图12-87所示，设置完对话框后单击"确定"按钮应用设置。

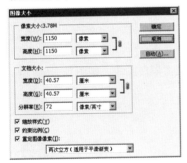

图12-87

05 "阴影/高光"调节

按快捷键【Ctrl+J】，复制"背景"得到"图层 1"，执行菜单中的"图像"/"调整"/"阴影/高光"命令，调出"阴影/高光"命令对话框，设置完对话框后，即可得到如图12-88所示的效果。

图12-88

06 复制背景

按快捷键【Ctrl+J】，复制"图层 1"得到"图层 1 副本"，设置其图层混合模式为"柔光"，如图12-89所示。

图12-89

07 设置图层混合模式

按快捷键【Ctrl+Shift+Alt+E】，执行"盖印"操作，得到"图层 2"，如图12-90所示。

图12-90

08 复制文件

执行菜单中的"图像"/"复制"命令，复制一个新文件，此时复制文件的图像效果和"图层"面板如图12-91所示。

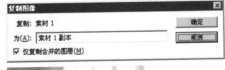

图12-91

09 转换为灰度模式

选择复制的文件，执行菜单中的"图像"/"模式"/"灰度"命令，在弹出的对话框中，单击"扔掉"按钮，将图像转换为灰度模式，此时的图像效果如图12-92所示。

图12-92

10 将图像转换为位图模式

执行菜单中的"图像"/"模式"/"位图"命令，在弹出的对话框中进行参数设置，具体的参数设置如图12-93所示。

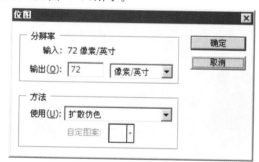

图12-93

11 应用设置后的效果

设置完参数后，单击"确定"按钮，将图像转换为位图模式，此时的图像效果如图12-94所示，放大显示图像可以发现图像是由许多颗粒组成的。

图12-94

12 粘贴图像

将颗粒效果的图像放入第一步打开的照片中。按快捷键【Ctrl+A】全选图像，按快捷键【Ctrl+C】复制。选择第一步打开的文件，按快捷键【Ctrl+V】粘贴图像，得到"图层3"，此时的图像效果如图12-95所示。

图12-95

13 复制图层

选择"图层2"为当前操作图层，按快捷键【Ctrl+J】，复制"图层2"得到"图层2 副本"，按快捷键【Shift+Ctrl+]】将其置与图层的最上方，选择"图像"/"调整"/"去色"命令或按快捷键【Ctrl+Shift+U】，执行"去色"命令，将图像中的色彩去除，使其变为黑白图像，如图12-96所示。

图12-96

14 制作干画笔效果

执行菜单"滤镜"/"艺术效果"/"干画笔"命令，在弹出的"干画笔"对话框中进行参数设置，得到的图像效果如图12-97所示。

图12-97

15 设置图层混合模式

将"图层 2 副本"的图层混合模式设置为"线性光",使其与下方的图层混合在一起,此时的图像对比就更强烈了,如图12-98所示。

图12-98

16 复制图层

选择"图层 2 副本"为当前操作图层,按快捷键【Ctrl+J】,复制"图层 2 副本"得到"图层 2 副本 2",设置其图层混合模式为"正常",此时的图像效果和"图层"面板如图12-99所示。

图12-99

17 制作绘画涂抹效果

选择"图层 2 副本 2",执行"滤镜"/"艺术效果"/"绘画涂抹"命令,设置对话框中的参数,得到如图12-100所示的效果。

图12-100

18 设置图层混合模式

将"图层 2 副本 2"的图层混合模式改为"变暗",与下方图层自然合成,此时的图像效果如图12-101所示,更改混合模式后的效果图像,表现出自然的柔和水彩画效果。

图12-101

19 复制图层

选择"图层 2 副本"为当前操作图层,按快捷键【Ctrl+J】,复制"图层 2 副本"得到"图层 2 副本 3",按快捷键【Shift+Ctrl+]】将其置于图层的最上方,设置其图层混合模式为"正常"如图12-102所示。

图12-102

20 制作绘画涂抹效果

选择"图层 2 副本 3",执行"滤镜"/"艺术效果"/"绘画涂抹"命令,设置对话框中的参数,得到如图12-103所示的效果。

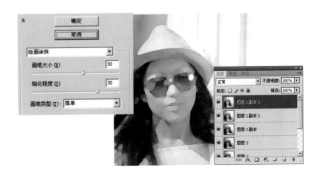

图12-103

21 设置图层混合模式

将"图层 2 副本 3"的图层混合模式改为"变暗",与下方图层自然合成,此时的图像效果如图12-104所示。

图12-104

22 为图像添加颜色

单击"创建新的填充或调整图层"按钮 ◎ ,在弹出的菜单中选择"渐变映射"命令,此时弹出"调整"面板同时得到图层"渐变映射 1",设置"渐变映射"的颜色如图12-105所示。在对话框中的编辑渐变颜色选择框中单击,可以弹出"渐变编辑器"对话框,在对话框中可以编辑渐变映射的颜色。

图12-105

23 确认设置

设置完对话框后,单击"确定"按钮,得到图层"渐变映射 1",此时的图像效果和"图层"面板如图12-106所示。

图12-106

24 复制图层

按住【Alt】在"图层"面板拖动"渐变映射 1"到"图层 2 副本 3"的上方,得到"渐变映射 1 副本",按快捷键【Ctrl+Alt+G】,执行"创建剪贴蒙版"操作,得到如图12-107所示的效果。

图12-107

25 继续调整图像颜色

按照前面介绍的方法,为下方的图层添加"渐变映射"调整图层,为下方的图层进行调色,此时的图像效果和"图层"面板如图12-108所示。

图12-108

26 调整曲线

选择"渐变映射 1"单击"创建新的填充或调整图层"按钮 ◎ ,在弹出的菜单中选择"曲线"命令,此时弹出"调整"面板同时得到图层"曲线 1",在"调整"面板中设置"曲线"命令的参数,设置完"曲线"命令的参数后,关闭"调整"面板,此时的图像效果和"图层"面板如图12-109所示。

图12-109

27 复制图层

选择"图层 2"为当前操作图层，按快捷键【Ctrl+J】，复制"图层 2"得到"图层 2 副本4"，按快捷键【Shift+Ctrl+]】将其置于图层的最上方，如图12-110所示。

图12-110

28 制作绘画涂抹效果

执行"滤镜"/"艺术效果"/"绘画涂抹"命令，设置对话框中的参数，得到如图12-111所示的效果。

图12-111

29 设置图层混合模式

将"图层 2 副本4"的图层混合模式改为"叠加"，就可以得到充分的颜色效果，此时的图像效果如图12-112所示。

图12-112

30 复制图层

选择"图层 2 副本4"为当前操作图层，按快捷键【Ctrl+J】，复制"图层 2 副本4"得到"图层 2 副本5"，设置图层混合模式为"颜色"，图层不透明度为71%，增强颜色效果，此时的图像效果如图12-113所示。

图12-113

31 设置色彩范围

执行菜单中的"选择"/"色彩范围"命令，调出"色彩范围"对话框，使用吸管工具在图像中的白色区域上单击，如图12-114所示。

图12-114

32 创建选区

设置完"色彩范围"对话框后，单击"确定"按钮，即可以得到如图12-115所示的选区效果。

图12-115

33 "色相/饱和度"调整

单击"创建新的填充或调整图层"按钮 ⊘，在弹出的菜单中选择"色相/饱和度"命令，此时弹出"调整"面板同时得到图层"色相/饱和度 1"，在"调整"面板中设置"色相/饱和度"命令的参数，如图12-116所示。

数码照片处理完全学习手册

图12-116

34 调整后的效果

在"调整"面板中设置完"色相/饱和度"命令的参数后，关闭"调整"面板，此时的图像效果和"图层"面板如图12-117所示。

图12-117

35 添加文字

使用"横排文字工具" T，设置适当字体和字号，在画面的右上方继续输入文字，得到相应的文字图层，如图12-118所示。

图12-118

36 添加图层样式

选择文字图层"醒"，单击"添加图层样式"按钮 fx，在弹出的菜单中选择"内阴影"命令，设置弹出的"内阴影"命令对话框后，单击"外发光"选项，然后设置弹出的"外发光"命令对话框，具体设置如图12-119所示。

图12-119

37 应用图层样式

设置完"图层样式"命令对话框后，单击"确定"按钮，即可得到如图12-120所示的效果。

图12-120

38 添加图层样式

选择最上方的文字图层，单击"添加图层样式"按钮 fx，在弹出的菜单中选择"内阴影"命令，设置弹出的"内阴影"命令对话框后，单击"外发光"选项，然后设置弹出的"外发光"命令对话框，具体设置如图12-121所示。

图12-121

39 最终效果

设置完"图层样式"命令对话框后，单击"确定"按钮，即可得到如图12-122所示的效果。

图12-122

12.5　制作旧电影放映效果

　　本例应用了Photoshop的各种调色命令，以及通道、滤镜及图层混合模式等，来创建创作照片的旧电影放映效果。通过本例的学习，读者可以学习到特殊的效果底纹以及制作旧电影放映效果的方法和技巧。

原图效果

调整后效果

01 打开图片

　　打开一张汽车照片文件，此时的图像效果和"图层"面板如图12-123所示，下面我们将要为这张普通的汽车照片制作旧电影放映的效果。

02 改变图像的色调

　　选择"滤镜"/"渲染"/"光照效果"命令，在弹出的"光照效果"对话框中进行参数设置，如图12-124所示。

图12-123

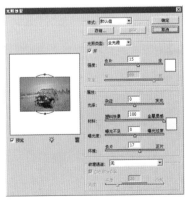

图12-124

03 确认设置

设置完"光照效果"对话框中的参数后，单击"确定"按钮，此时的效果如图12-125所示。

图12-125

04 新建通道

切换到"通道"面板，新建一个通道"Alpha 1"，此时通道中的状态和"通道"面板，如图12-126所示。

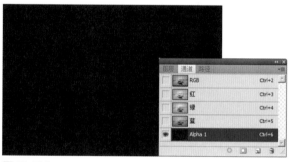

图12-126

05 添加杂色

选择"滤镜"/"杂色"/"添加杂色"命令，设置弹出对话框中的参数后，单击"确定"按钮，得到如图12-127所示的效果。

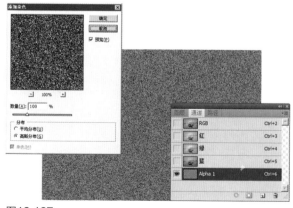

图12-127

06 反相图像

选择"Alpha 1"通道，按快捷键【Ctrl+I】，执行"反相"操作，将通道中黑白图像的颜色进行颠倒，（将图像中的颜色变成该颜色的补色）如图12-128所示。

图12-128

07 添加颗粒效果

选择"滤镜"/"纹理"/"颗粒"命令，设置弹出对话框中的参数后，单击"确定"按钮，得到如图12-129所示的效果。

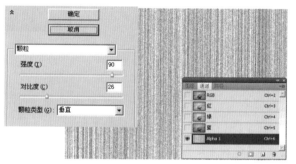

图12-129

08 添加水彩画纸效果

选择"滤镜"/"素描"/"水彩画纸"命令，设置弹出对话框中的参数后，单击"确定"按钮，得到如图12-130所示的效果。

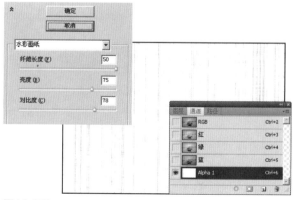

图12-130

09 色阶调整

选择"图像"/"调整"/"色阶"命令或按快捷键【Ctrl+L】，调出"色阶"命令对话框，设置完对话框后，即可得到如图12-131所示的效果。

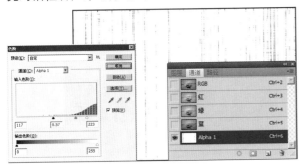

图12-131

10 反相图像

选择"Alpha 1"通道，按快捷键【Ctrl+I】，执行"反相"操作，将通道中黑白图像的颜色进行颠倒，（将图像中的颜色变成该颜色的补色）如图12-132所示。

图12-132

11 复制图像

按住【Ctrl】键单击通道"Alpha 1"的通道缩览图，载入其选区，切换到"图层"面板，新建一个图层，得到"图层 1"，设置前景色为白色，按快捷键【Alt+Delete】用前景色填充选区，按快捷键【Ctrl+D】取消选区，得到如图12-133所示的效果。

图12-133

12 添加云彩图像效果

新建一个图层，得到"图层 2"。设置前景色为黑色，背景色为白色，选择"滤镜"/"渲染"/"云彩"命令，得到类似如图12-134所示的效果。

图12-134

13 制作调色刀效果

选择"滤镜"/"艺术效果"/"调色刀"命令，在弹出对话框中设置"描边大小"为20，"描边细节"为1，"软化度"为0，得到如图12-135所示的效果。

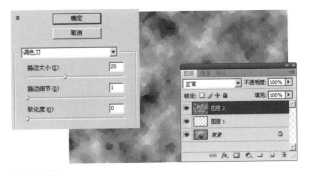

图12-135

14 制作海报边缘效果

选择"滤镜"/"艺术效果"/"海报边缘"命令，在弹出对话框中设置"边缘厚度"为2，"边缘强度"为0，"海报化"为2，得到如图12-136所示的效果。

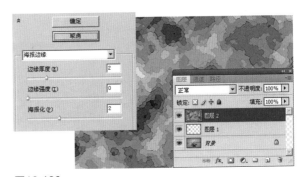

图12-136

15 设置图层混合模式

设置"图层 2"的图层混合模式为"柔光",使其与下方图层混合,此时的效果如图12-137所示。

图12-137

16 盖印图层

按快捷键【Ctrl+Shift+Alt+E】,执行"盖印"操作,得到"图层 3",选择"图层 2"新建一个图层,得到"图层 4",设置前景色为黑色,按快捷键【Alt+Delete】用前景色填充"图层4",选择"图层 3"如图12-138所示。

图12-138

17 新建通道

切换到"通道"面板,新建一个通道"Alpha 2",此时通道中的状态和"通道"面板,如图12-139所示。

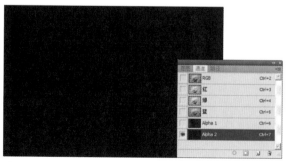

图12-139

18 制作选区

按【Ctrl+A】全选图像,选择"选择"/"修改"/"边界"命令,设置弹出对话框后,得到如图12-140所示的选区效果。

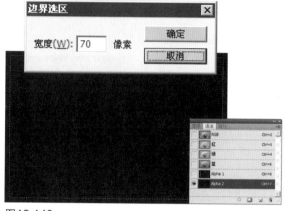

图12-140

19 填充白色

设置前景色为白色,按快捷键【Alt+Delete】用前景色填充选区,按快捷键【Ctrl+D】取消选区,得到如图12-141所示的效果。

图12-141

20 添加玻璃效果

选择"滤镜"/"扭曲"/"玻璃"命令,设置弹出对话框后,得到如图12-142所示的效果。

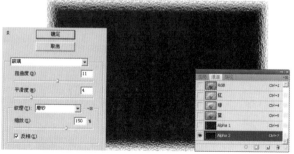

图12-142

21 载入选区

按住【Ctrl】键单击通道"Alpha 1"，载入其选区，切换到"图层"面板，选择"图层 3"，按住【Alt】键单击添加图层蒙版按钮，为"图层 4"添加图层蒙版，得到如图12-143所示的效果。

图12-143

22 通道混合器调整

单击"创建新的填充或调整图层"按钮 ，在弹出的菜单中选择"通道混合器"命令，此时弹出"调整"面板同时得到图层"通道混合器 1"，在"调整"面板中设置"通道混合器"命令的参数，如图12-144所示。

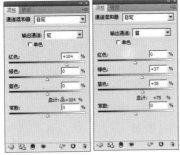

图12-144

23 调整后的效果

在"调整"面板中设置完"通道混合器"命令的参数后，关闭"调整"面板，此时的图像效果和"图层"面板如图12-145所示。

图12-145

24 最终效果

选择"通道混合器 1"为当前操作图层，设置其图层不透明度为"66%"，此时的图像效果和"图层"面板如图12-146所示。

图12-146

12.6 使照片产生染色玻璃效果

看惯了太多的普通照片，有时需要创作出一张与众不同的照片效果，本例应用了Photoshop的各种混合模式以及滤镜、图层蒙版等，来创作出一张颜色厚重背景具有染色玻璃效果的艺术照片。

原图效果

调整后效果

01 打开图片

打开一张美女人像照片文件，此时的图像效果和"图层"面板如图12-147所示，下面我们将要用这张人物照片制作出染色玻璃的艺术效果。

图12-147

02 复制图层

选择"背景"为当前操作图层，在"图层"面板中拖动"背景"到"创建新图层"按钮上，释放鼠标得到"背景 副本"，设置其的图层混合模式为"柔光"，此时的图像效果和"图层"面板如图12-148所示。

图12-148

03 继续复制图像

按快捷键【Ctrl+J】，复制"背景 副本"得到"背景 副本 2"，设置其图层混合模式为"柔光"，如图12-149所示。

图12-149

04 制作胶片颗粒效果

执行菜单中的"滤镜"/"艺术效果"/"胶片颗粒"命令，设置弹出对话框中的参数后，单击"确定"按钮，得到如图12-150所示的效果。

图12-150

05 复制图层

按住【Alt】在"图层"面板拖动"背景 副本"到"背景 副本 2"的上方，得到"背景 副本 3"，设置前景色为白色，背景色为黑色，执行菜单中的"滤镜"/"纹理"/"染色玻璃"命令，设置弹出对话框中的参数后，单击"确定"按钮，得到如图12-151所示的效果。

图12-151

06 添加图层蒙版

单击"添加图层蒙版"按钮，为"背景 副本 3"添加图层蒙版，设置前景色为黑色，使用"画笔工具"设置适当的画笔大小和透明度后，在图层蒙版中涂抹，将不需要的部分隐藏起来，即可得到如图12-152所示的效果。

图12-152

07 复制图像

按快捷键【Ctrl+J】，复制"背景 副本 3"得到"背景 副本 4"，设置其图层混合模式为"柔光"，图层不透明度为"55%"，如图12-153所示。

图12-153

08 绘制形状

设置前景色为白色，选择"自定形状工具"，在工具选项条中单击"形状图层"按钮，在图像的右下方绘制太阳形，得到图层"形状1"，如图12-154所示。

09 最终效果

使用"横排文字工具"，设置适当字体和字号，在"形状1"图像的下方输入文字，得到相应的文字图层，如图12-155所示。

图12-154

图12-155

12.7 打造梦幻美女写真效果

我们都想将一张普通的照片处理成梦幻美丽的艺术照写真效果，甚至比照相馆拍摄的效果还好，本实例将使用Photoshop软件制作出这个美妙的变化，让你变得更加美丽。

原图效果

调整后效果

数码照片处理完全学习手册

01 打开图片

打开一张风景照片文件，此时的图像效果和"图层"面板如图12-156所示，下面我们要将这张风景照片作为本例的背景。

图12-156

02 模糊图像

按快捷键【Ctrl+J】，复制"背景"得到"图层1"，执行菜单中的"滤镜"/"模糊"/"高斯模糊"命令，设置弹出对话框中的参数后，单击"确定"按钮，得到如图12-157所示的效果。

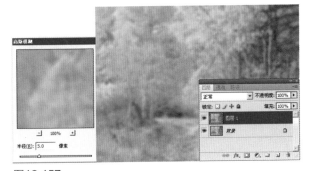

图12-157

03 设置图层混合模式

设置"图层1"的图层混合模式为"叠加"，此时的图像效果和"图层"面板如图12-158所示。

图12-158

04 色阶调整

单击"创建新的填充或调整图层"按钮，在弹出的菜单中选择"色阶"命令，此时弹出"调整"面板同时得到图层"色阶1"，在"调整"面板中设置"色阶"命令的参数，如图12-159所示。

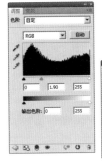

图12-159

05 应用色阶调整

在"调整"面板中设置完"色阶"命令的参数后，关闭"调整"面板，此时的图像效果和"图层"面板如图12-160所示。

图12-160

06 打开图片

打开一张美女人像照片文件，单击工具箱中的"磁性套索工具"，使用"磁性套索工具"人物的边缘绘制选区，如图12-161所示。

图12-161

07 保存选区

切换到 "通道" 面板，新建一个 "Alpha 1" 通道，设置前景色为白色，按快捷键【Alt+Delete】用前景色填充选区，按快捷键【Ctrl+D】取消选区，得到如图12-162所示的效果。

图12-162

08 复制通道

单击 "蓝" 通道，将其拖动到面板底部的 "创建新通道" 按钮 ▣ 上，以复制通道，得到 "蓝 副本" 通道，如图12-163所示。

图12-163

09 色阶调整

选择 "图像" / "调整" / "色阶" 命令或按快捷键【Ctrl+L】，调出 "色阶" 命令对话框，设置完对话框后，即可得到如图12-164所示的效果。

图12-164

10 反相图像

选择 "蓝副本" 通道，按快捷键【Ctrl+I】，执行 "反相" 操作，将通道中黑白图像的颜色进行颠倒，（将图像中的颜色变成该颜色的补色）如图12-165所示。

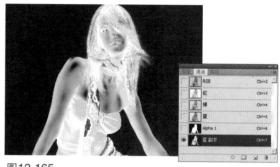

图12-165

11 色阶调整

选择 "图像" / "调整" / "色阶" 命令或按快捷键【Ctrl+L】，调出 "色阶" 命令对话框，设置完对话框后，即可得到如图12-166所示的效果。

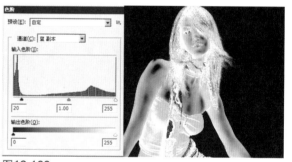

图12-166

12 编辑通道

使用 "画笔工具" ✎，在 "蓝 副本" 通道中将不需要作为选择的部分涂抹成黑色，将需要选择的部分涂抹成白色，其涂抹状态如图12-167所示。

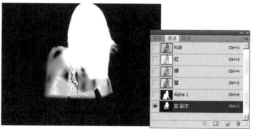

图12-167

数码照片处理完全学习手册

13 复制图像

按住【Ctrl+Shift】键单击通道"Alpha 1"和"蓝 副本"通道的通道缩览图，载入其选区，切换到"图层"面板，按快捷键【Ctrl+J】，复制选区内的图像，得到"图层 1"，如图12-168所示。

图12-168

14 添加人物图像

使用"移动工具" 将人物图像拖动到第1步打开的文件中得到"图层 2"，将其调整到合适的位置，如图12-169所示。

图12-169

15 添加图层样式

单击"添加图层样式"按钮，在弹出的菜单中选择"外发光"命令，设置弹出的"外发光"命令对话框如图12-170所示，设置外发光的颜色为白色。

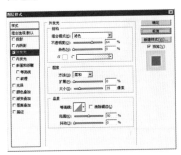

图12-170

16 添加外发光效果

设置完"外发光"命令对话框后，单击"确定"按钮，此时的人物图像就有了外发光效果，如图12-171所示。

图12-171

17 色阶调整

单击"创建新的填充或调整图层"按钮，在弹出的菜单中选择"色阶"命令，此时弹出"调整"面板同时得到图层"色阶 2"，单击"调整"面板下方的按钮，将调整影响剪切到下方的图层，然后在"调整"面板中设置"色阶"命令的参数，如图12-172所示。

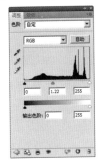

图12-172

18 应用色阶调整

在"调整"面板中设置完"色阶"命令的参数后，关闭"调整"面板，此时的图像效果和"图层"面板如图12-173所示。

图12-173

19 盖印图层

选择"色阶 2"和"图层 2",按快捷键【Ctrl+Alt+E】,执行"盖印"操作,将得到的新图层重名为"图层 3"按快捷键【Ctrl+Alt+G】,执行"创建剪贴蒙版"操作,如图12-174所示。

图12-174

20 模糊图像

执行菜单中的"滤镜"/"模糊"/"高斯模糊"命令,设置弹出对话框中的参数后,单击"确定"按钮,得到如图12-175所示的效果。

图12-175

21 设置图层混合模式

设置"图层 3"的图层混合模式为"滤色",图层不透明度为"64%",此时的图像效果和"图层"面板如图12-176所示。

图12-176

22 复制图像

按快捷键【Ctrl+J】,复制"图层 3"得到"图层 3 副本",按快捷键【Ctrl+Alt+G】,执行"创建剪贴蒙版"操作,设置其图层混合模式为"叠加",图层不透明度为"64%",如图12-177所示。

图12-177

23 模糊图像

按快捷键【Ctrl+Shift+Alt+E】,执行"盖印"操作,得到"图层 4",执行菜单中的"滤镜"/"模糊"/"高斯模糊"命令,设置弹出对话框中的参数后,单击"确定"按钮,得到如图12-178所示的效果。

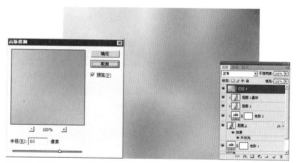

图12-178

24 设置图层混合模式

设置"图层 4"的图层混合模式为"柔光",此时的图像效果和"图层"面板如图12-179所示。

图12-179

25 制作云彩

新建一个图层得到"图层 5"，将前景色设置为黑色，背景色设置为白色，选择"滤镜"/"渲染"/"云彩"命令，按【Ctrl+F】多次重复运用分层云彩命令，得到类似如图12-180所示的效果。因为"云彩"是随机效果的滤镜，使用一次不一定能得到所需要的效果，所以需要多次重复运用。

图12-180

26 设置图层混合模式

设置"图层 5"的图层混合模式为"滤色"，图层不透明度为"58%"，此时的图像效果和"图层"面板如图12-181所示。

图12-181

27 添加图层蒙版

单击"添加图层蒙版"按钮，为"图层5"添加图层蒙版，设置前景色为黑色，使用"画笔工具"设置适当的画笔大小和透明度后，在图层蒙版中涂抹，将不需要的部分隐藏起来，即可得到如图12-182所示的效果。

图12-182

28 绘制正方形形状

设置前景色的颜色值为（R:255 G:205 B:0），选择"矩形工具"，在工具选项条中单击"形状图层"按钮，在画面的右上方绘制正方形，得到图层"形状 1"，如图12-183所示。

图12-183

29 继续绘制正方形形状

选择"矩形工具"，在工具选项条中单击"形状图层"按钮，在上一步绘制的正方形左上方绘制一个小一些的正方形，得到图层"形状2"，如图12-184所示。

图12-184

30 添加图层样式

选择"形状 1",单击"添加图层样式"按钮 _fx_，在弹出的菜单中选择"投影"命令，设置弹出的"投影"命令对话框后，单击"描边"选项，然后设置弹出的"描边"命令对话框，具体设置如图12-185所示。

图12-185

31 应用图层样式

设置完"图层样式"命令对话框后，单击"确定"按钮，即可得到如图12-186所示的效果。

图12-186

32 复制图层样式

按住【Alt】在"图层"面板拖动"形状 1"图层名称下方的"效果"到"形状 2"的图层名称上，以复制图层样式，得到如图12-187所示的效果。

图12-187

33 复制图层

按住【Alt】在"图层"面板拖动"图层 2"到"形状 1"的上方，得到"图层 2 副本"，按快捷键【Ctrl+Alt+G】，执行"创建剪贴蒙版"操作，使用"移动工具" ⊕ 将图像调整到如图12-188所示的效果。

图12-188

34 复制图像

按快捷键【Ctrl+J】，复制"图层 2 副本"得到"图层 2 副本 2"，按快捷键【Ctrl+Alt+G】，执行"创建剪贴蒙版"操作，设置其图层混合模式为"滤色"，如图12-189所示。

图12-189

35 调整曲线

单击"创建新的填充或调整图层"按钮 ⊘，在弹出的菜单中选择"曲线"命令，此时弹出"调整"面板同时得到图层"曲线 1"，单击"调整"面板下方的 ⬤ 按钮，将调整影响剪切到下方的图层，然后在"调整"面板中设置"曲线"命令的参数，如图12-190所示。

图12-190

36 应用曲线调整

在"调整"面板中设置完"曲线"命令的参数后，关闭"调整"面板，此时的图像效果和"图层"面板如图12-191所示。

图12-191

37 复制多个图层

选择"图层 2 副本"、"图层 2 副本 2"、"曲线 1"，按住【Alt】在"图层"面板拖动选中的图层到"形状 2"的上方，得到相应的副本图层，按快捷键【Ctrl+Alt+G】，执行"创建剪贴蒙版"操作，使用"移动工具"将图像调整到如图12-192所示的效果。

图12-192

38 添加文字

使用"横排文字工具" ，设置适当字体和字号，在前面输入文字的下方继续输入文字，得到相应的文字图层，如图12-193所示。

图12-193

39 添加图层样式

单击"添加图层样式"按钮，在弹出的菜单中选择"渐变叠加"命令，设置弹出的"渐变叠加"命令对话框如图12-194所示。

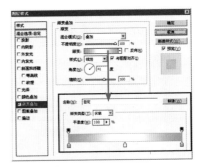

图12-194

40 应用图层样式

设置完"图层样式"命令对话框后，单击"确定"按钮，设置图层不透明度为"50%"，即可得到如图12-195所示的效果。

图12-195

41 添加文字

使用"横排文字工具" ，设置适当字体和字号，在前面输入文字的下方继续输入文字，得到相应的文字图层，如图12-196所示。

图12-196

42 复制图层样式

在添加了图层样式的文字图层的图层名称上单击鼠标右键，在弹出的菜单中选择"复制图层样式"命令，然后用鼠标右键单击最上方的文字图层的图层名称，在弹出的菜单中选择"粘贴图层样式"命令，得到如图12-197所示的效果。

图12-197

43 添加文字

使用"横排文字工具" T，设置适当字体和字号，在画面的右下方输入文字，得到相应的文字图层，如图12-198所示。

图12-198

44 复制图层样式

复制一个"渐变叠加"图层样式，然后用鼠标右键单击上一步输入的文字图层的图层名称，在弹出的菜单中选择"粘贴图层样式"命令，得到如图12-199所示的效果。

图12-199

45 设置图层混合模式

选择最上方的文字图层，设置其的图层混合模式为"正片叠底"，图层不透明度为"59%"，此时的图像效果和"图层"面板如图12-200所示。

图12-200

46 添加图层样式

单击"添加图层样式"按钮 fx，在弹出的菜单中选择"外发光"命令，设置弹出的"外发光"命令对话框如图12-201所示，设置外发光的颜色值为（R:0 G:255 B:12）。

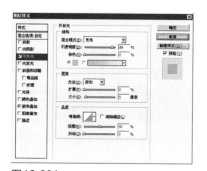

图12-201

47 添加外发光效果

设置完"外发光"命令对话框后，单击"确定"按钮，此时的文字就有了外发光效果，如图12-202所示。

图12-202

48 设置渐变颜色

选择"色阶 1"单击"创建新的填充或调整图层"按钮 ，在弹出的菜单中选择"渐变"命令，设置弹出的对话框如图12-203所示。在对话框中的编辑渐变颜色选择框中单击，可以弹出"渐变编辑器"对话框，在对话框中可以编辑渐变的颜色。

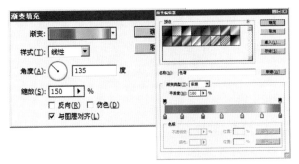

图12-203

49 添加渐变效果

设置完对话框后，单击"确定"按钮，得到图层"渐变填充 1"，设置其图层混合模式为"柔光"，此时的效果如图12-204所示。

图12-204

50 添加装饰文字

使用"横排文字工具" ，设置适当字体和字号，在人物的背后输入一些装饰性的文字，得到相应的文字图层，如图12-205所示。

图12-205

51 合并文字图层

将上一步输入的装饰性文字所在的图层选中，按快捷键【Ctrl+Alt+E】，执行"盖印"操作，将得到的新图层重命名为"图层 6"，隐藏文字图层，设置"图层 6"的图层混合模式为"线性加深"，图层不透明度为"54%"，此时的图像效果和"图层"面板如图12-206所示。

图12-206

52 添加图层样式

选择"图层 6"，单击"添加图层样式"按钮 ，在弹出的菜单中选择"外发光"命令，设置弹出的"外发光"命令对话框后，单击"颜色叠加"选项，然后设置弹出的"颜色叠加"命令对话框，具体设置如图12-207所示。

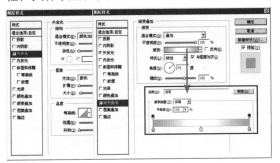

图12-207

53 应用图层样式

设置完"图层样式"命令对话框后，单击"确定"按钮，即可得到如图12-208所示的效果。

图12-208

54 打开图片

打开一张星光的素材图像文件，此时的图像效果和"图层"面板如图12-209所示。

图12-209

55 变换图像

使用"移动工具" 🔆 将图像拖动到第1步新建的文件中得到"图层 7"，将其调整到所有图层的最上方，按快捷键【Ctrl+T】，调出自由变换控制框，变换图像到如图12-210所示的状态，按【Enter】键确认操作。

图12-210

56 添加图层样式

单击"添加图层样式"按钮 fx，在弹出的菜单中选择"外发光"命令，设置弹出的"外发光"命令对话框如图12-211所示，设置外发光的颜色为白色。

图12-211

57 添加外发光效果

设置完"外发光"命令对话框后，单击"确定"按钮，此时的星光图像就有了外发光效果，如图12-212所示。

图12-212

58 打开图片

打开一张星光的素材图像文件，此时的图像效果和"图层"面板如图12-213所示。

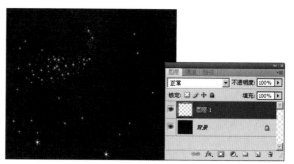

图12-213

59 变换图像

使用"移动工具" 🔆 将图像拖动到第1步新建的文件中得到"图层 8"，按快捷键【Ctrl+T】，调出自由变换控制框，变换图像到如图12-214所示的状态，按【Enter】键确认操作。

图12-214

60 复制图层样式

在"图层7"的图层名称上单击鼠标右键，在弹出的菜单中选择"拷贝图层样式"命令，然后用鼠标右键单击"图层8"的图层名称，在弹出的菜单中选择"粘贴图层样式"命令，得到如图12-215所示的效果。

图12-215

61 调整曲线

单击"创建新的填充或调整图层"按钮 ❂，在弹出的菜单中选择"曲线"命令，此时弹出"调整"面板同时得到图层"曲线2"，单击"调整"面板下方的 ● 按钮，将调整影响剪切到下方的图层，然后在"调整"面板中设置"曲线"命令的参数，如图12-216所示。

图12-216

62 最终效果

在"调整"面板中设置完"曲线"命令的参数后，关闭"调整"面板，此时的图像效果和"图层"面板如图12-217所示。

图12-217

12.8 制作褶皱旧照片

本例制作的是一张被揉皱的旧照片效果，通过本例的学习，读者可以对"云彩"、"浮雕效果"滤镜命令和混合模式中的"叠加"有更为深刻的了解。

原图效果

调整后效果

01 新建文件

执行菜单"文件"/"新建"命令（或按 Ctrl+N 快捷键），设置弹出对话框如图12-218所示，单击"确定"按钮，得到一个空白文档。

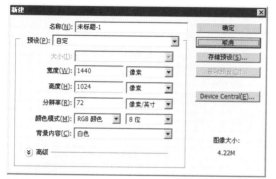

图12-218

02 设置前景色并填充背景图层

单击工具栏中前景色块，在弹出的对话框中进行前景色的设置，按快捷键Alt+Delete用前景色填充"背景"图层，如图12-219所示。

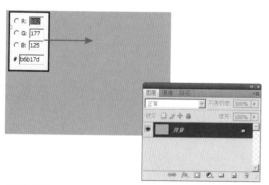

图12-219

03 打开照片

执行"文件"/"打开"命令，在弹出的"打开"对话框中选择一张自行车照片文件，此时的图像效果和"图层"面板如图12-220所示。

图12-220

04 变换图像

使用"移动工具" 将图像拖动到第1步新建的文件中得到"图层 1"，按快捷键Ctrl+T，调出自由变换控制框，变换图像到如图12-221所示的状态，按【Enter】键确认操作。

图12-221

05 载入选区

按住【Ctrl】键单击"图层 1"，载入其选区，切换到"通道"面板，单击面板底部的"创建新通道"按钮 ，新建一个通道"Alpha 1"，如图12-222所示。

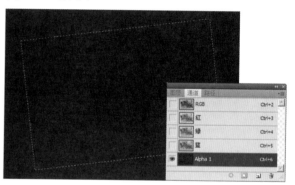

图12-222

06 平滑选区

执行"选择"/"修改"/"平滑"命令，设置弹出对话框中的"取样半径"为20像素，单击"确定"按钮，得到如图12-223所示的选区效果。

图12-223

07 填充通道

设置前景色为白色，按快捷键【Alt+Delete】用前景色填充选区，按快捷键【Ctrl+D】取消选区，得到如图12-224所示的效果。

图12-224

08 制作喷溅效果

选择"滤镜"/"画笔描边"/"喷溅"命令，在弹出对话框中设置"喷色半径"为25，"平滑度"为15，得到如图12-225所示的效果。此时的图像边缘呈现出碎边的效果。

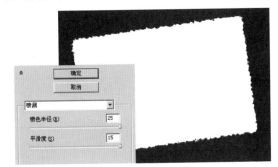

图12-225

09 制作强化边缘效果

选择"滤镜"/"画笔描边"/"强化边缘"命令，在弹出对话框中设置"边缘宽度"为1，"边缘亮度"为43，"平滑度"为8，得到如图12-226所示的效果。

图12-226

10 制作塑料包装效果

选择"滤镜"/"艺术效果"/"塑料包装"命令，在弹出对话框中设置"高光强度"为20，"细节"为6，"平滑度"为12，得到如图12-227所示的效果。

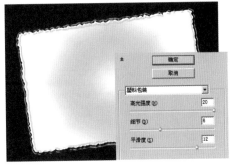

图12-227

11 调整通道效果

设置前景色为白色，使用画笔工具设置适当的画笔大小和透明度后，在图像中间的灰色部分进行涂抹，然后继续使用画笔工具在图像的边缘进行涂抹，其涂抹的效果如图12-228所示。

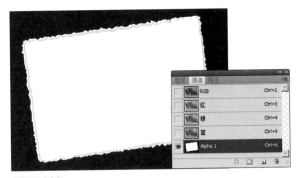

图12-228

12 缩小通道中的图像

按快捷键【Ctrl+T】，调出自由变换控制框，缩小图像到如图12-229所示的状态，按【Enter】键确认操作。

图12-229

13 载入选区

按住【Ctrl】键单击通道"Alpha 1",载入其选区,切换到"图层"面板,单击添加图层蒙版按钮,为"图层 1"添加图层蒙版,此时选区以外的图像就被隐藏起来了,如图12-230所示。

图12-230

14 更改图层混合模式

设置"图层 1"图层混合模式为"正片叠底"模式,使其与下方图层合成,图像效果如图12-231所示。

图12-231

15 添加图层样式

选择"图层 1",单击添加图层样式按钮,在弹出的菜单中选择"投影"命令,设置弹出的"投影"命令对话框如图12-231所示,单击"内阴影"选项,设置弹出的"内阴影"命令对话框如图12-232所示。

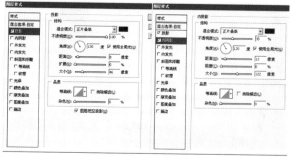

图12-232

16 确认操作,得到立体效果

设置完"投影"、"内阴影"命令对话框后,单击"确定"按钮,得到如图所示的立体效果,此时的图层面板如图12-233所示。

图12-233

17 "亮度/对比度"调整

单击"创建新的填充或调整图层"按钮 ◐,在弹出的菜单中选择"亮度/对比度"命令,此时弹出"调整"面板同时得到图层"亮度/对比度 1",单击"调整"面板下方的 ● 按钮,将调整影响剪切到下方的图层,然后在"调整"面板中设置"亮度/对比度"命令的参数,设置完参数后,关闭"调整"面板,此时的图像效果和"图层"面板如图12-234所示。

图12-234

18 调整曲线

单击"创建新的填充或调整图层"按钮 ◐,在弹出的菜单中选择"曲线"命令,此时弹出"调整"面板同时得到图层"曲线 1",单击"调整"面板下方的 ● 按钮,将调整影响剪切到下方的图层,然后在"调整"面板中设置"曲线"命令的参数,如图12-235所示。

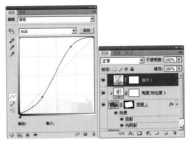

图12-235

19 应用曲线调整

在"调整"面板中设置完"曲线"命令的参数后，关闭"调整"面板，此时的图像效果和"图层"面板如图12-236所示。

图12-236

20 调整色阶

单击"创建新的填充或调整图层"按钮❷，在弹出的菜单中选择"色阶"命令，此时弹出"调整"面板同时得到图层"色阶1"，单击"调整"面板下方的❷按钮，将调整影响剪切到下方的图层，然后在"调整"面板中设置"色阶"命令的参数，如图12-237所示。

图12-237

21 应用色阶调整

在"调整"面板中设置完"色阶"命令的参数后，关闭"调整"面板，此时的图像效果和"图层"面板如图12-238所示。

图12-238

22 制作分层云彩效果

新建一个图层，得到"图层2"，设置前景色为黑色，背景色为白色，选择"滤镜"/"渲染"/"云彩"命令，按【Ctrl+F】组合键多次重复运用"云彩"命令，得到类似如图12-239所示的效果。

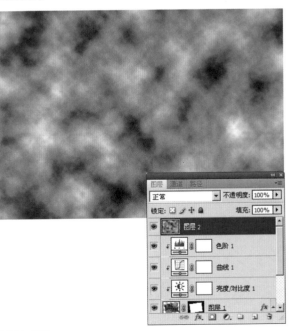

图12-239

23 制作分层云彩效果

选择"滤镜"/"渲染"/"分层云彩"命令，按【Ctrl+F】组合键多次重复运用"分层云彩"命令，得到类似如图12-240所示的效果。

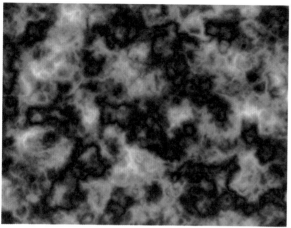

图12-240

24 放大图像

按快捷键Ctrl+T，调出自由变换控制框，将"图层 2"放大到如图12-241所示的状态，用自由变换控制框调整好图像后，按【Enter】键确认操作。

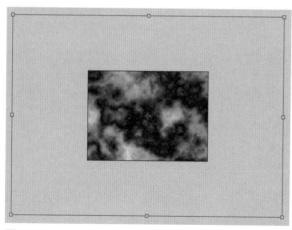

图12-241

25 制作浮雕效果

选择"滤镜"/"风格化"/"浮雕效果"命令，设置弹出对话框后，单击"确定"按钮，得到如图12-242所示的效果。

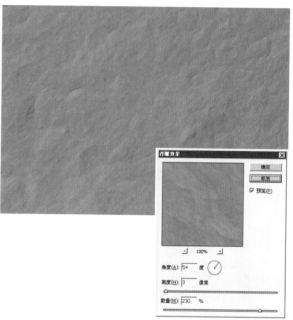

图12-242

26 "亮度/对比度"调整

选择"图像"/"调整"/"亮度/对比度"命令，调出"亮度/对比度"命令对话框，设置完对话框后，即可得到如图12-243所示的效果。

图12-243

27 模糊图像

　　选择"滤镜"/"模糊"/"高斯模糊"命令，在弹出对话框中设置"半径"为3像素，得到如图12-244所示的效果。

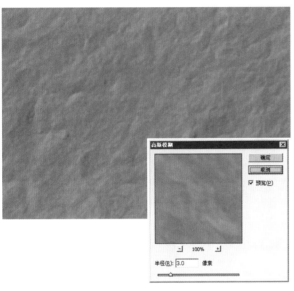

图12-244

28 更改图层混合模式

　　设置"图层 2"图层混合模式为"叠加"模式，与下方的图像混合，为下方的图像制作褶皱的效果，图像效果如图12-245所示。

图12-245

29 复制图层、加深褶痕。

　　按快捷键【Ctrl+J】两次，复制"图层 2"得到"图层 2 副本"、"图层 2 副本 2"，得到如图12-246所示的效果。

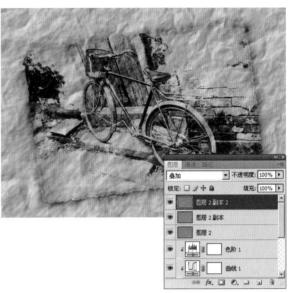

图12-246

30 创建剪贴蒙版

　　分别选择"图层 2"、"图层 2 副本"，按快捷键【Ctrl+Shift+G】，执行"创建剪贴蒙版"操作，得到如图12-247所示的效果。

图12-247

31 降低图像饱和度。

单击"创建新的填充或调整图层"按钮，在弹出的菜单中选择"色相/饱和度"命令，此时弹出"调整"面板同时得到图层"色相/饱和度 1"，在"调整"面板中设置"色相/饱和度"命令的参数，如图12-248所示。

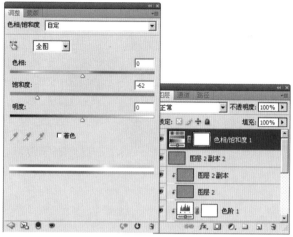

图12-248

32 确认调整

在"调整"面板中设置完"色相/饱和度"命令的参数后，关闭"调整"面板，此时的图像效果和"图层"面板如图12-249所示。

图12-249

33 复制图层蒙版

按住【Alt】键拖动"图层 1"的图层蒙版缩略图到"色相/饱和度 1"的图层名称上，以替换"色相/饱和度 1"的图层蒙版，得到如图12-250所示的效果。

图12-250

34 将图像颜色调整的偏黄一些

单击"创建新的填充或调整图层"按钮，在弹出的菜单中选择"通道混合器"命令，此时弹出"调整"面板同时得到图层"通道混合器 1"，在"调整"面板中设置"通道混合器"命令的参数，如图12-251所示。

图12-251

数码照片处理完全学习手册

35 确认图像颜色调整

在"调整"面板中设置完"通道混合器"命令的参数后，关闭"调整"面板，此时的图像效果和"图层"面板如图12-252所示。

图12-252

36 创建调整图层

单击"创建新的填充或调整图层"按钮 ，在弹出的菜单中选择"色相/饱和度"命令，此时弹出"调整"面板同时得到图层"色相/饱和度 2"，在"调整"面板中设置"色相/饱和度"命令的参数，如图12-253所示。

图12-253

37 确认颜色调整

在"调整"面板中设置完"色相/饱和度"命令的参数后，关闭"调整"面板，此时的图像效果和"图层"面板如图12-254所示。

图12-254

38 降低图像亮度并提高对比度

单击"创建新的填充或调整图层"按钮 ，在弹出的菜单中选择"亮度/对比度"命令，此时弹出"调整"面板同时得到图层"亮度/对比度 2"，在"调整"面板中设置"亮度/对比度"命令的参数，如图12-255所示。

图12-255

39 确认调整

在"调整"面板中设置完"亮度/对比度"命令的参数后,关闭"调整"面板,此时的图像效果和"图层"面板如图12-256所示。

图12-256

40 新建图层

新建一个图层得到"图层 3",将前景色设置为黑色,背景色设置为白色,选择"滤镜"/"渲染"/"云彩"命令,按【Ctrl+F】组合键多次重复运用分层云彩命令,得到类似如图12-257所示的效果。

图12-257

41 设置图层属性

选择"图层 3"图层混合模式为"叠加"图层不透明度为40%,得到如图12-258所示的效果。

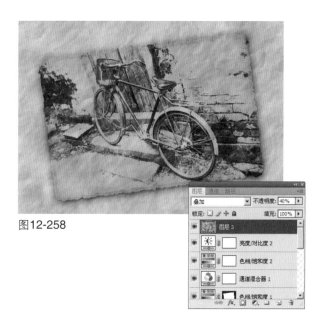

图12-258

42 调整曲线

单击"创建新的填充或调整图层"按钮 ,在弹出的菜单中选择"曲线"命令,此时弹出"调整"面板同时得到图层"曲线 2",在"调整"面板中设置"曲线"命令的参数,如图12-259所示。

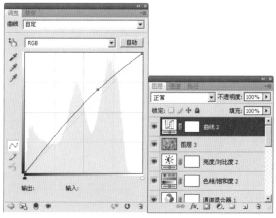

图12-259

43 应用曲线调整

在"调整"面板中设置完"曲线"命令的参数后，关闭"调整"面板，此时的图像效果和"图层"面板如图12-260所示。

图12-260

44 打开图片

选择"背景"图层为当前操作图层，打开一张纹理素材图像文件，此时的图像效果和"图层"面板如图12-261所示。

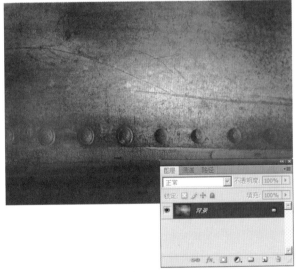

图12-261

45 变换图像

使用"移动工具" 将图像拖动到第1步新建的文件中得到"图层 4"，按快捷键【Ctrl+T】，调出自由变换控制框，变换图像到如图12-262所示的状态，按【Enter】键确认操作。

图12-262

46 添加图层蒙版

按住【Ctrl】键单击"图层 1"的图层蒙版缩览图，载入选区，按快捷键【Ctrl+Shift+I】,执行"反选"操作，单击"添加图层蒙版"按钮，为"图层 4"添加图层蒙版，此时选区以外图像就被隐藏起来了，如图12-263所示。

图12-263

47 调整曲线

单击"创建新的填充或调整图层"按钮，在弹出的菜单中选择"曲线"命令，此时弹出"调整"面板同时得到图层"曲线 3"，单击"调整"面板下方的按钮，将调整影响剪切到下方的图层，然后在"调整"面板中设置"曲线"命令的参数，如图12-264所示。

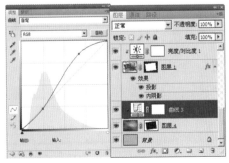

图12-264

48 应用曲线调整

在"调整"面板中设置完"曲线"命令的参数后，关闭"调整"面板，此时的图像效果和"图层"面板如图12-265所示。

图12-265

49 打开图片

打开一张纹理素材图像文件，此时的图像效果和"图层"面板如图12-266所示。

图12-266

50 变换图像

使用"移动工具" ⊕ 将图像拖动到第1步新建的文件中得到"图层 5"，按快捷键【Ctrl+T】，调出自由变换控制框，变换图像到图12-267所示的状态，按【Enter】键确认操作。

图12-267

51 设置混合模式

设置"图层 5"图层混合模式为"颜色加深"，此时的图像效果和"图层"面板如图12-268所示。

图12-268

52 复制图层蒙版

按住【Alt】键拖动"图层 1"的图层蒙版缩略图到"图层 5"的图层名称上，以复制"图层 5"的图层蒙版，得到如图12-269所示的效果。

图12-269

53 编辑图层蒙版

单击"图层 5"的图层蒙版缩略图，设置前景色为黑色，使用"画笔工具" ✐设置适当的画笔大小和透明度后，在图层蒙版中涂抹，得到如图12-270所示的效果。

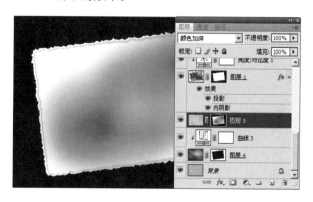

数码照片处理完全学习手册

图12-270

54 调整色阶

单击"创建新的填充或调整图层"按钮 ⊘ ，在弹出的菜单中选择"色阶"命令，此时弹出"调整"面板同时得到图层"色阶 2"，单击"调整"面板下方的 ● 按钮，将调整影响剪切到下方的图层，然后在"调整"面板中设置"色阶"命令的参数，如图12-271所示。

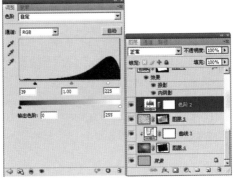

图12-271

55 最终效果

在"调整"面板中设置完"色阶"命令的参数后，关闭"调整"面板，此时的图像效果和"图层"面板如图12-272所示。

图12-272

读者意见反馈表

感谢您选择了清华大学出版社的图书，为了更好的了解您的需求，向您提供更适合的图书，请抽出宝贵的时间填写这份反馈表，我们将选出意见中肯的热心读者，赠送本社其他的相关书籍作为奖励，同时我们将会充分考虑您的意见和建议，并尽可能给您满意的答复。

本表填好后，请寄到：北京市海淀区双清路学研大厦A座513清华大学出版社　陈绿春　收（邮编100084）。也可以采用电子邮件（chenlch@tup.tsinghua.edu.cn）的方式。

书名：_____

个人资料：

姓名：_____ 性别：_____ 年龄：_____ 所学专业：_____ 文化程度：_____

目前就职单位：_____ 从事本行业时间：_____

E_mail地址：_____ 电话：_____

通信地址：_____ 邮编：_____

(1)下面的类型哪方面您比较感兴趣
①图像合成　②绘画技法　③书籍装帧　④广告设计
⑤特效设计　⑥数码后期　⑦插画设计　⑧其他
多选请按顺序排列：_____
选择其他请写出名称：_____

(2)Photoshop的图书您最想学的部分包括
①选区　②图层　③通道　④色彩
⑤路径　⑥蒙版　⑦滤镜　⑧其他
多选请按顺序排列 _____
选择其他请写出名称 _____

(3)图书的表现形式，您更喜欢哪些类型
①实例类　②综合类　③大全类
④基础类　⑤理论类　⑥其他
多选请按顺序排列 _____
选择其他请写出名称 _____

(4)本类图书的定价，您认为哪个价位更加合理
①38左右　②48左右　③58左右
④68左右　⑤78左右　⑥其他
多选请按顺序排列 _____
选择其他请写出范围 _____

(5)您购买本书的因素包括
①封面　②版式　③书中的内容
④价格　⑤作者　⑥其他
多选请按顺序排列 _____
选择其他请写出名称 _____

(6)购买本书后您的用途包括
①工作需要　②个人爱好　③毕业设计
④作为教材　⑤培训班　⑥其他
多选请按顺序排列 _____
选择其他请写出名称 _____

(7)您对本书封面的满意程度
○很满意　○比较满意　○一般　○不满意
○改进建议或者同类书中你最满意的书名
_____

(8)您对本书版式的满意程度
○很满意　○比较满意　○一般　○不满意
○改进建议或者同类书中你最满意的书名
_____

(9)您对本书光盘的满意程度
○很满意　○比较满意　○一般　○不满意
○改进建议或者同类书中你最满意的书名
_____

(10)您对本书技术含量的满意程度
○很满意　○比较满意　○一般　○不满意
○改进建议或者同类书中你最满意的书名
_____

(11)您对本书文字部分的满意程度
○很满意　○比较满意　○一般　○不满意
○改进建议或者同类书中你最满意的书名
_____

(12)您最想学习此类图书中的哪些知识
_____

(13)您最欣赏的一本Photoshop的书是
_____

(14)您的其他建议（可另附纸）
_____

注：用电子邮件回复的读者，请将个人资料和书名填写完整，其他项目填序号和答案即可。本页复印有效。